U0678637

WEIXINGXIAOSHUOXUANKAN
40 NIAN
DIANCANGBEN·SAN

微型小说选刊
40年典藏本

微型小说选刊杂志社　选编

百花洲文艺出版社
BAIHUAZHOU LITERATURE AND ART PRESS

图书在版编目（CIP）数据
微型小说选刊40年典藏本. 三 / 微型小说选刊杂志社选编. -- 南昌：百花洲文艺出版社, 2024. 12.
ISBN 978-7-5500-4986-4
Ⅰ. I247.82
中国国家版本馆CIP数据核字第20246TJ821号

微型小说选刊40年典藏本 · 三
微型小说选刊杂志社　选编

出 版 人　陈　波
总 策 划　张　越
责任编辑　李梦琦　熊元梦
书籍设计　方　方
制　　作　周璐敏
出版发行　百花洲文艺出版社
社　　址　南昌市红谷滩区世贸路898号博能中心一期A座20楼
邮　　编　330038
经　　销　全国新华书店
印　　刷　江西千叶彩印有限公司
开　　本　889 mm × 1194 mm　1/32　　印张　11.375
版　　次　2024年12月第1版
印　　次　2024年12月第1次印刷
字　　数　264千字
书　　号　ISBN 978-7-5500-4986-4
定　　价　48.00元

赣版权登字　05-2024-275

邮购联系　0791-86895108
网　　址　http://www.bhzwy.com

出版前言

20 世纪 80 年代，微型小说如同一股清新的春风，在中国文学的原野上悄然兴起。历经四十余载的改革开放浪潮，微型小说这一文体稳步发展，愈发成熟，创作队伍日益壮大，诞生了许多令人瞩目的微型小说佳作，已成为中国文坛不容忽视的一个文体。

《微型小说选刊》（原刊名《中国微型小说选刊》）于 1984 年在江西南昌创刊，是国内首家专门选载和刊登微型小说作品及理论文章的文学刊物。2024 年，我们迎来了《微型小说选刊》创刊四十周年。四十年来，从双月刊到月刊，再到半月刊，《微型小说选刊》始终坚守着荟萃微型小说精品、专注微型小说理论研究、促进微型小说文体发展的使命，选载和刊登了数以万计的微型小说佳作。为了丰富微型小说的文体内容，繁荣并鼓励微型小说创作，《微型小说选刊》一直致力于“书刊互动”，策划并出版了一系列有影响力的微型小说图书。微型小说选刊杂志社每年会编选一本当年度的“中国微型小说排行榜”，近年来还先后策划出版了“微型小说写作课系列”“新笔记微型小说系列”“微型小说名家系列”等一批受到文坛和市场关注的图书。

值此《微型小说选刊》创刊四十周年之际，为了总结并展示中国微型小说四十年来的创作成果和《微型小说选刊》

四十年间所刊载的微型小说佳作，微型小说选刊杂志社特别选编了这套《微型小说选刊 40 年典藏本》丛书，共 4 册。

《微型小说选刊 40 年典藏本》于 2024 年 4 月开始编选，历时五个月，于 2024 年 9 月基本定稿，后由于部分作者联系不上，无法取得授权，又进行了调整，收录作品最终确定为 400 篇。该丛书编选的原则是以作品说话，不厚名家，不薄新人，精选具有时代特色、反映社会变化、经得起时间考验的佳作，力求展示微型小说创作的繁荣和百花齐放，展示活跃在当今文坛的微型小说作家的创作。考虑到不少经典作品已经被很多选本选载过，如许行的《立正》、汪曾祺的《陈小手》等，这些作品已被广大读者所熟知，因此此次未予收录。

全书的编排顺序依据入选作品在《微型小说选刊》上的刊载时间，同时，在作品的数量上，每位作者最多只选 3 篇。由于时间紧迫，编者在编选之时难免会有遗漏，敬请广大作者和读者海涵。

目 录

欧阳明　挥　手 / 001
雨　瑞　断　弦 / 004
刘国芳　黑蝴蝶 / 007
邢庆杰　玉米的馨香 / 010
侯德云　一块木板的存在方式 / 013
秦　俑　化　妆 / 016
孙春平　讲　究 / 019
游　睿　弱　点 / 022
魏永贵　雪上的舞蹈 / 025
陈　毓　蓝瓷花瓶 / 029
飞　鸟　老　歪 / 032
非　鱼　荒 / 035
聂鑫森　泥人卞 / 038
万　芊　蜂　匪 / 042
尹全生　海　葬 / 045

刘正权　都不容易 / 049

马　卫　鱼局长 / 053

张爱国　拜　画 / 057

薛长登　瓷　瓶 / 060

刘正权　关　照 / 064

余显斌　友情不应两败俱伤 / 068

刘永飞　天　杀 / 071

羊　白　你长大了卖什么 / 075

何君华　父亲的眼泪 / 080

孙春平　圣手书生 / 083

徐　东　魔　法 / 086

崔　立　春天的故事 / 089

马新亭　大哥的秘密 / 093

安石榴　七天迈一米 / 097

墨中白　驯　狗 / 100

游　睿　如　雾 / 104

刘建超　老街剃家 / 108

安石榴　大　鱼 / 111

乔　迁　你家几楼啊 / 114

许心龙　挂历上的数字 / 118

砌步者　风中的小丫 / 122
蒙福森　父亲的木偶戏 / 125
秦兴江　种花生，收花生 / 128
庞　滟　左耳世界里的罪恶 / 132
万俊华　暖　冬 / 135
徐社文　胖　了 / 138
陈　毓　伊人寂寞 / 141
王　溱　钓青蛙 / 145
刘国芳　老杨办厂 / 148
曹隆鑫　一个人和一棵树 / 152
海　飞　酒里金刚 / 155
李忠元　老人的村庄 / 159
赵明宇　唐大抡 / 162
李秋善　马局长的妹妹 / 166
练建安　破　结 / 170
许　仙　红雪酒 / 175
夏　阳　好大一棵树 / 179
许心龙　拿手活儿 / 183
戴　希　骨灰盒为什么响动 / 188
宗利华　越　位 / 192

刘　平　　遥远的三百米 / 196

李永康　　盲人与小偷 / 199

吴　苹　　寻找孙敬和 / 202

季　明　　藏青色西服 / 205

申　弓　　前朝遗老 / 209

赵长春　　猎人张光 / 213

左　岸　　修鞋摊 / 216

季　明　　没事到丰城玩 / 220

徐国平　　炸掉一座老水塔 / 223

刘兆亮　　青岛啊，青岛 / 227

薛长登　　奔跑的鱼头豆腐 / 231

高沧海　　喜鹊登枝 / 235

相裕亭　　看　座 / 239

青霉素　　一条蛇 / 243

韦如辉　　一路狂奔 / 247

戴玉祥　　苍　蝇 / 250

李伟明　　换　位 / 253

大　海　　亲爱的老好人 / 255

李立泰　　菩　萨 / 259

蒋育亮　　李愉快的愉快生活 / 262

王琼华　一汤陈 / *266*

肖建国　天下仙人渡 / *270*

赵淑萍　河上的男人 / *274*

陈力娇　丹高子的满洲悲伤 / *277*

薛培政　奇　情 / *281*

葛会渠　关　门 / *284*

符浩勇　根叶谣 / *287*

骆　驼　采访江秀琴 / *290*

李　吟　人　鱼 / *294*

袁省梅　对台戏 / *297*

曾立力　安大师 / *301*

崔　立　故事的下半部 / *305*

代应坤　王大壮的最后请求 / *308*

原上秋　与楼擦肩而过的旅游 / *311*

马金章　橘红色瓦云漫天的傍晚 / *314*

羊　白　神灵的爱抚 / *317*

田双伶　石　榴 / *321*

李义文　1985 年的一场电影 / *325*

韦如辉　放生记 / *328*

赵淑萍　梨花白 / *332*

相裕亭　　威　风 / *335*

滕敦太　　留　痕 / *339*

肖曙光　　消失的照片 / *343*

红　酒　　武生二魁 / *346*

冷清秋　　你爱的人从来不曾离开 / *350*

挥　手

欧阳明

刚到九点半，老刘就转动轮椅，艰难地向院子移去。外面阳光很好，老刘的心情也很好，不等气喘均匀，就抬头朝对面顶楼的阳台望去。阳台上什么也没有，老刘一看表，还差十分钟。

老刘望的人是老李。老李和老刘同庚，他们从同一所学校毕业，同一天到同一个单位报到，同一天结婚，也同一天退休。不同的是，老刘住的是 A 幢底楼，老李住的是对面 B 幢顶楼。

老刘和老李共同的爱好是下棋。退休后，闲来无事，两人就天天下棋，不是老刘往 B 幢的顶楼爬，就是老李往 A 幢的底楼跑。几年前，他们的老伴儿都去世了，儿女们为了生计，天天早出晚归。下棋，让两位老人干瘪的日子像成熟的稻谷一样饱满起来。

“棋上分不出输赢，只有看谁先去见阎王了。”老刘说。“谁先去谁就算输！”老李哈哈大笑。

十几年过去了，老刘和老李都坐上了轮椅。老刘再也无法爬上顶楼，老李再也无法下到底楼。

“电话里下棋，每天上午十点，我给你打电话。”老刘说。

十点一到，老李的电话就会丁零零响起。他们一边说棋，一边嘘寒问暖，还经常相互戏谑说，阎王在等你。每次挂电话时，又相互叮咛：“能吃就吃，啥事都别往心里去啊！”

有一天，老刘按时拨通了电话，那边接了，却不说一个字。老刘忐忑不安，晚上打电话问老李的儿子：“你爸怎么啦，接了电话又不说话？”“他哑了。今天早晨起来，突然就说不出话了。”“耳朵没聋吧？把电话给他，我要跟他说话！”

“怎么哑了呢？不说话，不怕闷死我呀？这样吧，时间不变，我给你打过来，听见我说话，你就拍桌子。”老刘对老李说。

次日上午十点，老刘准时打电话过去，电话里就传来了“啪啪”的响声。“老家伙，力气不小嘛！看来除了说不出话，其他零件还算正常嘛。”老刘说。“啪！啪！啪！”又是一阵响声。

不料有一天，老李竟然不接电话了。好不容易等到了晚上，老刘又打电话问老李的儿子：“你爸在家吧？”“在啊。”“在，怎么不接电话？”“哦，聋了，昨天晚上，耳朵突然就听不见了。”

老刘急忙写了张纸条，叫儿子给老李送去。纸条上写：每天上午十点，到阳台上挥手，谁不来，谁就是王八蛋！

十点终于到了，老李的头也终于冒出了阳台。老刘慌忙举起右手，不停地摇晃，一脸孩子般的笑容。老李也举起右手，不停地挥动。“老家伙，想吃啥就吃啥，别当王八蛋啊！”老刘冲老李喊道。

转眼就到了秋天。老刘的手开始有些不听使唤了，每次抬举都很吃力，每次挥完手后，都会酸痛难忍。眼睛更不中用了，看老李，除可见手在挥动外，其他的一片模糊。但老刘依然坚持每天按时挥手，每次挥过之后，都会长长地吁一口气。

等到天空洒下雪花的时候，老刘彻底不行了。早晨醒来，他感到呼吸困难。儿子说去医院，老刘说：“来不及了，答应我一件事，我走后，你必须每天十点向对面顶楼的阳台挥手，记住，不能露头。”说完，老刘头一歪，走了。

半个月之后，老刘的儿子挥完手又赶出去忙事，无意间撞上了老李的儿子。“你爸身体还好吧？”老刘的儿子问。“好啊，刚才还和你爸挥手呢！”老李的儿子说完，慌忙走开了。他怕话说多了，说漏嘴。爸半年前临走时交代过，千万不能让老刘知道他先走了。

（载《微型小说选刊》2012 年第 11 期）

断　弦

雨　瑞

经过一场旷日持久的争吵和旷日持久的僵持之后，他们终于冰释前嫌，破镜重圆。这与左邻右舍亲戚朋友领导同事们那苦口婆心、语重心长的劝说调解是分不开的。他们以不懈的努力责无旁贷、义不容辞地把这根绷断了的琴弦又接上了。

重新接到一起后，他们之间忽然变得格外客气起来。“请”“对不起”“谢谢”这类在社会上倡导的文明礼貌用语破天荒地进入了这个刚刚修复的小巢。男人从外面买米买煤回来，女人就会热情地迎上去：“辛苦了，快休息休息吧。”说着为他沏上一杯茶。男人双手接过，马上说声“谢谢”。女人晾衣服时要是溅了男人点儿水，或男人搬凳子时碰了女人的腿，前者就会马上道歉：“对不起。”后者便说：“没关系。”平时谁要是下班迟了点儿，一到家就会说：“抱歉得很，有点儿事耽误了。”每天早晨起来，两人都争着去买菜。下班回来，又争着做饭；吃过饭，又抢着刷锅洗碗。在家里，他们话说得很少，而且说每句话都得三思，唯恐会产生歧义，让对方猜忌；唯恐会触及过去的伤痕。有一次，他不慎说了句：“猪肉又涨价了，咱们老百姓可真吃不起了！”话一出口马上他就后悔了：她会不会怀疑我是在责备她老是买肉呢？于是赶紧认真解释说：“其实该吃还得吃，身体要紧。”然而第二天她果然只买了几样普通的素菜。于是第三天他便抢着上菜市场，一下买回了五斤纯瘦肉。她见后苦笑了笑："这又何苦呢！"

每天吃过晚饭，他对她说："出去散散步好吗？"她便说："好。"于是两人微笑着出去了。不大一会儿又转了回来。其实他更喜欢独自一个人散步。他习惯在散步时思考问题，但出于礼貌出于常规他得做出很希望她能同去的样子邀请她。她呢，其实压根儿不喜欢散步，她习惯静静地待在家里。她渴望安宁。但同样是出于礼貌出于常规她得做出很希望跟他一道的样子痛快地答应他的邀请。

邻居们亲友们同事们领导们开始称赞他们的优秀品质、高尚风格、美好情操和崇高境界，同时也丝毫没有忘记顺便提一下自己在促成他们和睦的过程中所起的显著作用。不久，男方单位的秘书便奉命整理出一份洋洋万言的题为《我们是怎样做好职工家属的思想政治工作》的材料，并打印两百份，分发给下属各单位，并上报市委宣传部、市妇联、工会、计生委、"五四三"办公室和讲师团。不久女方单位的一位领导便在一次职工大会上极为腼腆地介绍自己帮助这对小夫妻思想转变工作的心得体会。不久，各报社、电台、电视台的记者们便纷至沓来，一遍又一遍地逼他俩说出他们是怎样和好的，为什么以前感情不和而现在居然又和睦了，都读过些什么书籍、学习过哪些文件、听过些什么事迹报告、受过些什么熏陶，等等。最后，市妇联、工会、讲师团、"五四三"办公室联合为他们颁发了"五好家庭"奖状。

他们明显地消瘦了下来。这日子过得好沉闷，好压抑，好无聊，好让人揪心。他们好像是偶然住进同一间旅店里的两位文明旅客，相互客套着、寒暄着、礼让着，身不由己、言不由衷地为旁人在别别扭扭地生活着。他们觉得自己是那么虚伪，在生活中扮演一对让人恶心的可悲角色。实际上他们都在小心翼翼地保护着这根修复的弦。他们成天提心吊胆的，生怕一个不慎会使它再度断裂。它毕竟太脆弱太单薄且有着深深的创痕。它那原本就不够坚韧强健的肌体已被岁月锈蚀得斑痕累累。它再也经不起任何冲击和敲打了。实际上它已不再是原先的那根弦，它已发不出原先的声音了。

终于有一天，他忍不住了，对她说："我们这样活得太累太累了！"

"是的。"她点点头。

"还是分开吧？"

"我早想说了，可又怕你难受。"她长长地出了口气，"其实这根弦迟早还是要绷断的。"

第三天，他们微笑着去街道办事处办理离婚手续。办事处的那位老太太大惊失色地听完他们的陈述后，说："你们先回去，这事我们要研究研究，还得请示领导。"

第二天，没容他俩出门，一批接一批的邻居亲友同事领导便络绎不绝地出现在他们面前。从早上六点到晚上十二点半，他们赔着僵硬的笑脸接待了 32 位好心人。

第四天一早，当响起第一声叩门声时，他俩隔着木板门大声对外边说："请回吧，我们和好了！"

（载《微型小说选刊》2012 年第 11 期）

黑蝴蝶

刘国芳

那时候儿子依偎在他的怀抱里，有蝴蝶飞过来，是黑色的，很大。儿子从他怀抱里挣脱出来，趔趄着跑去捉。蝴蝶没捉到，倒是他跑过去把儿子捉到了，他说："莫捉蝴蝶。"

儿子仰着头，问他："为什么？"

他说："蝴蝶是人死了之后变的。"

儿子说："人死了都变蝴蝶吗？"

他说："都变蝴蝶。"

"爸爸以后也变蝴蝶吗？"

"莫乱说。"

儿子仍要去捉蝴蝶，他把儿子的一双手捉牢来。这儿蝴蝶蛮多，在他们头顶上翩翩起舞。儿子于是抬着头转来转去，大喊："这么多人都变了蝴蝶呀！"

他把儿子捉回家去了。

这以后他不大和儿子在一起了，他在外面交了个相好，很漂亮的一个女孩，女孩喜欢他，天天和他在一起。有一回女孩对他说："我们结婚吧？"

他说："我舍不得儿子。"

女孩说："以后我给你生就是。"

他发呆半晌，然后点了一下头。

于是，他就先和妻子办离婚，办了离婚再收拾东西往外走，儿子拉着他的手，问："爸爸，你去哪？"

他扯了个谎，说："出远门。"

儿子说："爸爸以后不要我了？"

他不好作声。

这时候有一只蝴蝶飞来了，黑色的，很大。

他看见儿子盯着它，一动不动。

黑蝴蝶晃来晃去飞走了。

他也走了。

以后他便见不着儿子了，他很想儿子。在他想儿子的时候他的新婚妻子便拍着肚皮对他说："莫慌嘛，我给你生。"

他想只好这样。

于是就等，等妻子肚子隆起来。可是等呀等，等呀等，妻子并没有给他生儿子。

他便愈发地想儿子想得慌。

有一回他再也忍耐不住，便瞒着妻子去看儿子。但好些年不见，他不晓得儿子搬哪儿住去了，很费劲地打听，才找到。

找到那屋时他看见了一个孩子，孩子很高了，已无昔日的稚气。他盯着看，有些不敢认，但直觉使他相信那就是他的儿子，于是他对孩子说："你认识我吗？"

孩子摇摇头。

他叫孩子认真看看他。

孩子认真看了后说："我不认识你。"

他说："我是你爸爸呀！"

孩子说："你不是我爸爸。"

他说：“我是你爸爸，我是你爸爸。”

孩子说：“不是，你不是我爸爸。”

他固执地说：“我就是你爸爸。”

孩子不再和他争，跑进屋去拿了一个小木盒出来，递给他，孩子说：“我爸爸在这里边。”

他把小木盒打开来。

打开小木盒后他眼泪就流了出来。

他看见小木盒里有一只蝴蝶。

是只黑蝴蝶，很大。

（载《微型小说选刊》2012 年第 16 期）

玉米的馨香

邢庆杰

那片玉米还在空旷的秋野上葱葱郁郁。

黄昏了。夕阳从西面的地平线上射过来，映得玉米叶子金光闪闪，弥漫出一种辉煌、神圣的色彩。

三儿站在名为“秋种指挥部”的帐篷前，痴迷地望着那片葱郁的玉米。

早晨，三儿刚从篷内的小钢丝床上爬起来，乡长的吉普车便停到了门前。乡长没进门，只对三儿说了几句话，就匆匆忙忙地走了。

三儿便在乡长那几句话的余音里呆了半晌。

“明天一早，县领导要来这里检查秋收进度，你抓紧把那片站着的玉米搞掉，必要时，可以动用乡农机站的拖拉机。”乡长说。

三儿知道，那片唯一还站着的玉米至今还未成熟，它属于“沈单七号”，生长期比普通品种长十多天，但玉米个儿大，颗粒饱满，产量高。

三儿还是去找了那片玉米的主人——一个五十多岁，瘦弱的汉子，佝偻着腰。

三儿一说明来意，老汉眼里便有浑浊的泪涌落下来。

“俺还指望这片玉米给俺娃子定亲哩，这……”汉子为难地垂下了头。

三儿的心里便酸酸的。三儿也是一个农民，因为稿子写得好，才被乡政府聘为了报道员，和在编干部一样工作。三儿进了乡政府之后，村里的人突然都对他客气起来。连平日里从不用正眼看他的村支书也请他吃了一顿。所以三儿很珍惜自己在乡政府的这个职位。

三儿回到“秋种指挥部”的帐篷时，已是晌午了。

三儿一进门就看见乡长坐在里面，心便剧烈地顿了一顿。

“事情办妥了？”乡长问。

三儿呆呆地望着乡长。“是那片玉米，搞掉没有？”乡长以为三儿没听明白。

“下午……下午就刨，我……我已经和那户人家见过面了。”三儿都有点儿结巴起来。

乡长狐疑地盯了他一会儿，忽然就笑了。乡长站起来，拍了拍三儿的肩膀说：“你是不会拿自己的饭碗当儿戏的，对不对？”

三儿无声地点了点头。

乡长急急地走了。

三儿目送着乡长远去后，就站在帐篷前望着那片葱郁的玉米。

天黑了，那片玉米变成了一片墨绿。晚风拂过，送来一缕缕迷人的馨香，三儿陶醉在玉米的馨香中，睡熟了。

第二天一大早，乡长和县里的检查团来到这片田地时，远远地，乡长就看到了那片葱郁的玉米在朝阳下越发地蓬勃。乡长就害怕地看旁边县长的脸色。县长正出神地望着那片玉米，咂了咂嘴说：“好香的玉米呵。”乡长刚长出了一口气，县长笑着对他说：“这片玉米还没成熟，你们没有搞‘一刀切’的形式主义，这很好。”乡长心里一块石头落了地，脸上一片灿烂，心想待会儿见了三儿那小子一定表扬他几句。

乡长将县长等领导领进了帐篷。乡长正想喊三儿沏茶，才发现篷内已经空空如也。

三儿用过的铺盖整整齐齐地折叠在钢丝床上，被子上放着一纸“辞职书”。

乡长急忙跑出帐篷，四处观望，却没有看到一个人影。一阵晨风吹来，空气里溢满了玉米的馨香。乡长吸吸鼻子，眼睛湿润了。

（载《微型小说选刊》2012 年第 19 期）

一块木板的存在方式

侯德云

新居比旧居敞亮多了，也雅致多了，这是我和妻子精心设计的结果，也是瓦工和木工师傅们辛苦劳动的结果。住在里面，挺舒服。

也有不太舒服的时候。每天进进出出，看见放在楼道拐角处的那条长凳，心里就有点儿不太舒服。

那条长凳，现在名义上是属于我家的。它原先只是一块木板，木板不是我家的，而是附近一个建筑工地上的。

这事我看还得从头说起，不然，大家都让我弄糊涂了。

装修房子伊始，我请来了瓦工。瓦工笑嘻嘻地对我说："东家，你能不能弄块木板来，要厚一点的，给我搭个桥，你看我施工不方便。"

去哪儿弄呢？我犯了愁。我又不是开木材铺的。

"喏——"瓦工指着窗外，

"你到那儿看看，兴许能借一块来。"

窗外是一个整天叮叮当当的建筑工地，一座大楼正拔地而起。

我硬着头皮去了那里，心里惴惴不安。人家能借吗？

工地上有很多忙忙碌碌的人，我插进人群中，转了两圈，终于在一个角落里找到了一块厚木板。足有两米长，两寸厚，稍有点儿腐，不过载一两个人没问题。我挺高兴，走近一个正在筛沙子的人。

“师傅，我家装修房子，想借块木板用用，行吗？”

那人看了我一眼，又低头干活。

我以为他不同意，急忙追了一句：“最多用两天，用完了就还给你。”

这次他连头也没抬，仍然干着手中的活儿。

我愣了半天，心想，这人是不是有毛病，不如换个人问问吧。

这一换，就换了五六个人。怪了，没一个跟我搭话的。我有些茫然，这是怎么了？

一个满脸皱纹的老头蹭了过来，压低了声音说：“小伙子，他们不会跟你搭话的。这活儿，是包工不包料，用多少原料跟他们无关，他们既不能说借，也不能说不借。你要用什么，拿去就是了，跟谁也别打招呼。”

我半信半疑，扛起木板，走几步，四处望望。我看见有几个人向我扫了一眼，却没有一个过来阻止的，就壮了胆，大步流星地扛回了家。

想不到麻烦事还在后头。两天后，我又去了工地，还那块木板。我以为这是很简单的一件事，就径直走到老地方，放下木板，对离我最近的一个人说了声：“师傅，这是我两天前借的，现在还给你。”

那人扭过头，盯了我一会儿，突然放开嗓门喊起来：“我没借木板给你，快扛走！”

我顿时哑在那儿说不出话来。

那人的一嗓子，吸引来无数的目光。我看见一个披着工作服的人走了过来。

“老胡，怎么回事？”披工作服的人语气很冲。

那个被称作老胡的人就急了：“队长，这人说在工地上借了一块木板，来还。可我没借给他，真的没借。不信，你问他！”

队长就看着我。

我磕磕巴巴半天，也没说出句囫囵话来。

队长显然有点生气，回头朝那边的一群人嚷：“谁借给他的？”

“没借！没借！”

那边零零落落地响起了同一种声音。

队长白了我一眼：“你是不是弄错了？”

“我……”

“扛走吧，扛走吧，别在这儿添乱。”众人催促我。

我气呼呼地把木板又扛了回来。心里直骂，真见鬼！

请来的木工师傅倒乐了，啷啷啷，一阵敲敲打打，给木板钉上四条腿，把它变成一条长凳，派上了新的用场。

于是这块不知来自哪座山哪棵树的木板，就以一条长凳的方式待在我家里，直到装修结束。后来，我嫌它碍手碍脚，就搬到楼道的拐角处。我知道，这肯定不是它的最终存在方式，至于它的最终存在方式是什么，我无法预料，也懒得预料。

这件事我琢磨了好长时间，最后总算明白了点什么。明白了，就叹一口气。

我曾经把这事说给妻子听，她听完后，狠狠地用手指点了一下我的脑门：“傻帽，既然这样，为什么不再借点别的东西？”

（载《微型小说选刊》2012 年第 20 期）

化　妆

秦　俑

上大学那会儿，女生都爱扎堆儿，你三个一群，我五个一伙，一块儿上食堂吃饭，一块儿到图书馆晚自习，甚至闹起别扭来，也是拉帮结派的。

315是新组合的宿舍，一共六位姐妹。新学期刚开始，就明显分成了两派：一派五个人，吴莎莎、谭芳、曾丽、刘思琦，还有我；另一派，就只有陆小璐一个人了。

话说陆小璐长得很漂亮，站到人堆里头，一眼看去，很容易就能找出来。天生一张“明星脸”也就算了，偏偏她还特别臭美，每天都化妆，一大早就起来试穿衣服，弄得自己跟赶演出似的，衬得宿舍里其他姐妹都成了“灰姑娘”。加上她平时很少与人搭话，一到周末总有人开车来接，慢慢地，与大家便有了距离。

有一段时间，陆小璐突然变得无精打采起来，虽然天天还是一大早就起来化妆，试穿漂亮衣服，但她的精神明显没有过去好。睡在下铺的吴莎莎告诉我们，她经常半夜听到陆小璐在上铺翻来覆去的。我们都想，可能有什么事情要发生了吧。果然，从周一开始，陆小璐就没有回宿舍。刚开始几天，谭芳和曾丽还说些不着边际的风凉话，可时间一长，我们都开始担心起来。刘思琦是寝室长，想给陆小璐家里打电话，一问，才发现我们五个人都没有记她家的号码。又过了几天，有人开车过来拿陆小璐的铺盖衣物，大家都担心地问怎么回事。来人说，小璐特意叮嘱我转告大家，她要请假半年。

请假半年？我们都挺疑惑的，但这种事也不好细问。还是曾丽机灵，第二天上课的时候，她去问了辅导员。辅导员说，你们不知道吗？陆小璐请假做手术啊。

知道这个消息后，我们都很难过。虽然大家都不喜欢陆小璐，可她也不是什么坏人啊。刘思琦几个人便四处打探她的消息，原来事情比大家想象的还要糟糕：陆小璐有先天性的心脏病，一直不敢做手术，最近检查，发现不能再拖了。按照医生的建议，她将要接受四轮手术治疗，手术成功就可以恢复正常生活，但每一次都有很大的风险。

知道事情的真相后，宿舍里顿时安静下来，连续几个晚上，都没有一个人说话。最后，还是刘思琦拿的主意，大家一块儿去医院看望陆小璐。

不知道为什么，那天我们的心都慌慌的。在白色的病房里，我们见到了陆小璐，她正认真地对着一面镜子描眼线，打腮红，涂唇彩。从她的脸上，看不到一丝临危病人的迹象。忙完了，她转过头来，一眼就看到了我们几个，脸上闪过一丝惊喜，接着连忙将头背过去，说，你们来了，怎么也不通知我一声。过了一会儿，又缓缓地回过头来，说，其实很久就知道是这样的结局了，没什么啦，瞒大家那么紧，是不想让更多的人为我担心。

姐妹几个都不知说什么好。陆小璐仿佛又恢复了往日的神采，有说有笑地告诉我们，下午是第一轮手术，进去可能就出不来了，所以一上午她都在给自己化妆。我参加过别人的追悼会，殡仪馆的人化妆很差劲的，我可不想死得那么难看……

等了好几个小时，我们的脑袋里都是一片空白，甚至连对视的勇气都没有。终于，陆小璐被人从手术室推了出来。手术很顺利，她安详地躺在病床上，仿佛睡熟了一般。一圈人将她送回病房，315室的几个姐妹一块儿回家，一路上我们都沉默不语。

后来，我们陆陆续续地去过医院几回，也陆陆续续地听到她手术成功的好消息。大家都为她感到开心。这个陆小璐啊，真不是一般人，每次上手术台前，她都要给自己化妆，每次都那么地一丝不苟，就好像她不是去手术室，而是去赴一场晚宴。

但生活并不总能如我们所愿，最后一轮手术前几天，陆小璐突发高烧，接着昏迷了几天，就再没有醒来。事情来得太突然，当我们接到通知赶到殡仪馆时，一个肥胖的女人正在给陆小璐化妆。

我们看着安安静静地躺着的陆小璐，她瘦了，脸上的颧骨明显地突了出来。那个胖女人正在给陆小璐描眉毛，她看起来一点也不用心，将一条眉毛画得歪歪扭扭的。我们都无声地哭了，平时最讨厌看陆小璐化妆的吴莎莎，突然很激动地冲上去，一把夺过那个胖女人手中的眉笔。胖女人一脸不解。吴莎莎大声叫道，你怎么可以把她的眉毛画得这么难看！胖女人很诚恳地说，不要难过，人死不能复生。吴莎莎哭着将眉笔丢到地上，说，她很漂亮的，求求你，你不可以把她化得这么难看！……

第二天是追悼会。陆小璐的亲属怕我们再次“激动”，就没让我们参加。那是1997年秋天的一个星期六，天阴沉沉的，下着小雨，我们315的五个姐妹静静地守在宿舍里，不知是谁先开始的，我们都含着泪，对着镜子开始化妆。我们用这种独特的方式，为一个叫作陆小璐的美丽女孩儿送行。

（载《微型小说选刊》2012年第21期）

讲　究

孙春平

大学新生入学，302 室住进八位女生。当晚，各自报了生日，便有了从大姐到八妹的排序，尽管都是同庚。

不久，大姐王玲的老爸来看女儿，搬进了一个水果箱。打开，便有十六个硕大红艳的苹果摆在了桌面上，每个足有半斤重，且个头儿极齐整。王玲抢着把苹果一字摆开，再让大家看，众姐妹更好奇得闭不上眼了。原来每个苹果上还有一个字，合在一起是："八人团结紧紧的，试看天下能怎的！"之后便笑，一幢楼都能听到八姐妹的笑声。王玲得意地告诉大家，说家里承包了果园，入夏时她老爸就让果农选出十六个苹果，并在每个苹果的阳面贴上一个字或标点符号。秋阳照，霜露打，便有了这般效果。这是老爸早就为女儿考上大学备下的礼物。五妹张燕是辽宁铁岭来的，跟赵本山是老乡，故意学着那个笑星的语气对王玲老爸说："哎呀妈呀，王叔，您老可真讲究啊！"众人再大笑，"讲究"从此便成了 302 室的专用词语，整天挂在了八姐妹的嘴上。

第二个来"讲究"的是三姐吴霞的妈妈，她带来了八件针织衫，穿在八姐妹身上都合体不说，而且八件八个颜色，八人一起走出去，便有了"赤橙黄绿青蓝紫，谁持彩练当空舞"的效果。吴霞说，妈妈在针织厂当厂长，这点儿讲究，小菜一碟。

年底的时候，二姐李韵的家里来了"钦差"，是她爸爸单位的秘书，坐着小轿车，送给大家的礼物是每人一个皮挎包。女孩子挎在肩上，可装化妆品，也可装书本文具，款式新颖却不张扬，做工选料都极精致，只是都是清一色的棕色。但细看，就发现了“讲究”也是非比寻常，原来每只挎包盖面上都压印了一朵花，或蜡梅或秋菊，八花绽放，各不相同。李韵故作不屑，说一定又是年底开什么会了，哼，我爸就会假公济私。

每有家长来，并带来讲究的食品或礼物的时候，默不作声静坐一旁的是七妹赵小穗。别人喊着笑着接礼物，她则总是往后躲，直到最后才羞涩一笑，走上前去。所以，分到她手上的苹果，便只剩了两个标点符号，落到她肩上的挎包则印着扶桑花。有人说扶桑的老家在日本，又叫断头花，那个桑与伤同音，不吉利，便都躲着不拿它。每次，在姐妹们的笑语喧哗中，沉默不语的赵小穗总是很快将一杯沏好的热茶送到客人身边，并递上一条热毛巾。平日里，寝室里的热水几乎都是赵小穗打的，扫地擦桌也是她干得多，大家对她的勤谨似乎已习以为常。大家还知道她的家在山区乡下，穷，没手机，她连电话都很少往家打，便没把她的那一份“讲究”挂在心上。

一学期很快过去，放寒假了。众姐妹兴高采烈再聚在一起的时候，已有了春天的气息。那一晚，赵小穗打开旅行袋，在每人床头放了一小塑料袋葵花子，说：“大家尝尝我们家乡的东西，是我妈我爸自己种的，没用一点儿农药和化肥，百分之百的绿色食品。”

葵花子平常，可赵小穗送给大家的就不平常了，是剥了皮的仁儿。一颗颗那么饱满，那么均匀，熟得正是火候而又没一颗碎裂，屋里立时溢满别样的焦香。

李韵拈起一颗在眼前看，说：“葵花子嘛，要的就是嗑时的那份情趣，怎么还剥了？是机器剥的吧？”

赵小穗说：“我爸说，大家功课都挺忙，嗑完还要打扫瓜子皮，就一颗颗替大家剥了。不过请放心，每次剥之前，我爸都仔细洗过手，比闹‘非典’时洗手过程都规范严格呢。”

王玲先发出了惊叹：“我的天！每人一袋，足有一斤多，八个人就是十来斤。这可都是仁儿呀，那得剥多少？你爸不干别的活儿啦？”

赵小穗的目光暗下来，低声说：“前年，为采石场排哑炮时，我爸被炸伤了。他出不了屋子了，地里的活儿都是我妈干……”

吴霞问：“大叔伤在哪儿？”

赵小穗说：“两条腿都被炸没了，胳膊……也只剩了一条。”

寝室里一下静下来，姐妹们眼里都噙满了泪花。一条胳膊一只手的人啊，蜷在炕上，而且那不是剥，而是捏，一颗，一颗，又一颗……

张燕再没了笑星般的幽默，她哑着嗓子说：“小穗，你不应该让大叔……这么讲究……”

赵小穗喃喃地说：“我给家里写信，讲了咱们寝室的故事。我爸说，别人家的姑娘是爸妈的心肝儿，我家的闺女也是爹娘的宝贝……”

那一夜，爱说爱笑的姐妹们都不再说话，寝室里静静的，久久弥漫着葵花子的焦香。直到夜很深的时候，王玲才在黑暗中说：“我是大姐，提个建议，往后，都别让父母再为咱们讲究了，行吗？”

（载《微型小说选刊》2013 年第 1 期）

弱　点

游　睿

我遇到了最棘手的对手。

参战几十年，在我的枪口下，没有人不是应声而倒的。这些人当中有军人，也有革命干部。尤其是革命干部，只要我需要他们倒下，只要我扣动扳机，他们都乖乖就范。为何？因为我知道他们的弱点，所以在枪里装上专门对付他们的子弹。但这回不同。正当我战绩累累、春风得意之时，我的新对手来了。我的上级告诉我，只要能干掉他，我们将得到一大堆战利品。但干掉他很难。我用望远镜认真地打量他。他是一个四十岁左右的中年人，戴着一副眼镜，奇瘦无比。他的脸铁青，一脸严肃。经验告诉我，他应该是一个很有身份的干部。

这有何难？我放下望远镜，当即往自己的机枪里装上了一种子弹。这种子弹对付一般人都有效，因为它是由黄金铸造的，这黄金里面的毒，足可以杀死一个正常人。许多像他一样的干部都命丧于此。

我扣动了扳机，等待着他应声倒下。然而，我错了。当我的子弹打到他身上的时候，不料他的身体如铜墙铁壁一样坚硬，竟“当”的一声将子弹弹了回来。不但没将他打着，反而差点儿将我自己伤了。

我一惊，但随即就冷静了下来，我有的是办法，有的是不同的子弹。于是我用了第二种子弹。这种子弹很有威力，它是由二十四个美丽女人的大腿和心做成的。在以往的战争中，它的威力几乎所向披靡。

我瞪了他一眼，心中冷冷地说，去死吧。于是我扣动了扳机。

然而我又错了。子弹飞到他铁青的脸上居然又弹了回来。若不是我闪得快，又险些伤了自己。同时，我看见他双眼圆瞪，脸上有着骇人的表情。

我就不信我找不到你的弱点。我擦了擦额头的汗水，很快又用上了另一种新的子弹。这种子弹由山珍海味提炼而成，专门用来打对手的嘴。

我瞄准他的嘴，再一次扣动了扳机。可是他的那两颗大门牙如两个忠诚的卫士一样，将子弹弹了回来。我骇然，我生气，我愤怒。他妈的，怎么就打不垮他呢？

而后，我又用了很多子弹。比如用汽车做子弹，用古玩字画做子弹，连最毒辣的用他的家属做子弹的手段都试过了，但都无济于事。

厉害，厉害。他是我遇到的最厉害的对手。不行，我得休战两天，认真研究研究，找准他的弱点。

于是我请了两天假，在家休息。说是休息，其实我满脑子想的还是如何找到他的弱点。

这两天来，为对付他我已经筋疲力尽。妻子说我瘦得不像个人样了。妻子给我调好了热水，叫我洗澡。于是我将自己的疲劳洗了个干净之后，走到镜子前准备梳梳头。

就在这时，我“呀”的一声尖叫起来。妻子慌忙跑过来问我怎么了。我指着镜子里那个面黄肌瘦的人，惊恐地问，那是谁？

那是你自己呀，这些天你累得连自己都不认识了？

我自己，我自己。哦，那是我自己，我反复念叨着。突然间，我站起来，穿好衣服就跑，妻子在后面追着喊，你去哪儿？我说，去上班。

我到了单位，连夜赶制了一枚子弹，这是一枚很简单的子弹，是用镜子做的，我做好了子弹以后，急忙跑上了战场，对准那个让我绞尽脑汁的对手扣动了扳机。

“轰”的一声响，子弹飞出了膛。我看到四面镜子困住了他。接着，他在里面惊恐地吼，你是谁？！你是谁？！再接着，是玻璃破碎的声音。最后，他轰然倒下，双手被砸得血肉模糊。我深深地舒了口气，但同时两眼有了泪花。原来打倒他的那枚子弹既不是金钱，也不是美女，而是他自己呀！这是他致命的弱点。我骇然。

（载《微型小说选刊》2013 年第 3 期）

雪上的舞蹈

魏永贵

那个下午美惠一直趴在窗前。

美惠的眼睛一刻不停地看着窗外的风景。

其实现在窗外的风景十分单调，天地一片洁白。其实即使有美丽的景致，现在的美惠也根本无心欣赏。雪越下越大。雪下得天昏地暗。以前河水一样穿梭往来的车流人流现在似乎也被冻僵了，影子也没有。

美惠，别趴那儿，窗台太凉了，他不会来的。妈妈走到美惠的房间，提醒说。

不，他说过一定会来的，说好下午三点准时出现的，现在离三点还有十几分钟呢。美惠头也不回，继续看着窗外。

妈妈轻轻拍了一下美惠：你这傻孩子，他说三点，可你们约时间的时候没有想到会下这么大的雪呀。今天连公交车出租车也停了，他能飞过来吗？

美惠调皮地一笑：他昨天说过的，就是天上下刀子他也会来的。现在是下雪，不是下刀子呢。美惠又把头扭向了窗外。

美惠是在网上和他认识的。美惠平时是很少上网的，只是在两周一休的空档，妈妈才给她一个小时的时间上网。读高三的美惠过完春节就要向高考冲刺。跟班上其他同学比，美惠已经够幸运了。

美惠妈妈对美惠的“宽容”是有原因的。妈妈对美惠一直怀有歉疚。

美惠三岁的时候在一个下雪天摔了一跤，骨折了，因为复位不好，留下了后遗症。从此，左腿和右腿的步幅就不能一致，有一些轻度的瘸。而且每到阴雨天，特别是下雪寒冷的时候，左腿的伤处像有许多蚂蚁在咬，隐隐地疼。后来大了，上学了，美惠发现自己和别人不一样，就慢慢变得沉默寡言了。上了高中以后，爱美的美惠有时候偷偷一个人躲在屋子里哭泣。

美惠讨厌冬天，可她同样害怕夏天。夏天里同学们都穿上五颜六色的连衣裙，亭亭玉立，而她穿上连衣裙，走起路来就有些滑稽，所以只能在房间镜子前穿。

孤僻自卑的美惠封闭了自己。当她提出买一台电脑的时候，妈妈立即同意了。妈妈说：我相信我们聪明美丽的美惠能够把握好自己。美惠笑着说：妈妈，你拐弯抹角的，不就是怕我网恋吗，哪有你想的那么复杂。

美惠给自己取了一个叫“厌雪公主”的网名。在网上冲浪不久，她就和一个叫“雪上飞”的家伙对上了话。

雪上飞说：你不是“厌雪”，是厌学吧。

美惠说：不，我的确讨厌雪，是一场雪把我几乎变成了一个身体有缺陷的人。

聪明的美惠回避了“残疾”两个字。

雪上飞说：这有什么，身体有缺陷，可以用生命的精彩来弥补。如果因为身体缺陷最终导致思想缺陷，那样的生命才是真正的可悲呢。

美惠马上回敬雪上飞：哼，你在背诵谁的哲理散文呢，你怎么能体会我的痛苦。你叫“雪上飞”，你一定喜欢雪吧。

雪上飞说：对，我喜欢雪的洁白，雪的博大宽厚包容。我喜欢在飘着雪花的时候翩翩起舞，让自己的身体和灵魂随雪花一起飞舞，所以我给自己取了“雪上飞”这样一个美丽又富有诗意的名字！

雪上飞的乐观和风趣，感染了美惠。美惠感到很快乐。经过几次交流，美惠知道雪上飞也是一个高三的学生，住在城市的西区。后来她还知道，在不久前，雪上飞还获得了学校组织的冰舞比赛冠军，那个节目是他自编自演的，名字就叫《雪上飞》。

昨天晚上，他们又在网络上“遭遇”了。“舌战”了一番后，美惠说：雪上飞，明天让我欣赏欣赏你的获奖作品《雪上飞》吧。美惠只是调侃而已，没想到雪上飞一口答应了：好啊，我正想出门呼吸几口新鲜空气呢，时间、地点，你定！

美惠一下慌了，她只是随口说说，再说，还没有跟妈妈汇报，不能随便决定，而且，最主要的是，自己这个样子，会不会吓跑他。网上不是流行“见光死”吗，真要让他失望了不就失去了一个好朋友吗？

美惠半天没有回复，雪上飞大概看出了她的犹豫。雪上飞说：怎么，“厌雪公主”怕被人拐骗了？你说个地方，你只在窗口看一眼，可以吗？

美惠觉得雪上飞的想法很浪漫，而且，也不需要面对面接触，避免第一次见面的尴尬。于是，他们约定了今天这个“特别”的约会。美惠家对面就是一个小广场，广场中央有一个雕塑。雪上飞说好下午三点整就在雕塑旁边准时出现。下线的时候美惠说：明天可能会有雪呀。雪上飞说：你忘了我的名字就叫“雪上飞”吗？

没有想到真下雪了。而且下得这么大。

美惠，三点到了，他不会来了，除非他能飞过来。妈妈又走到美惠房间来了。美惠笑着说：妈妈，你说对了，他的名字就叫“雪上飞”，他还获得过冰舞表演冠军呢！

就在美惠和妈妈说话的时候，窗外的大雪中，渐渐出现了一个身影，直接滑到了广场中央的雕塑旁。美惠看见了，妈妈看见了！

妈妈，是他，是他！

美惠激动得喊了起来。

那个身影顶着洁白的雪花，忽然翩翩起舞了。那样轻盈，刚毅。纷飞的雪，成了美妙绝伦的舞台背景。

挤在窗口的美惠闪着泪花。

妈妈的眼睛也湿润了。

那个雪中欢快飘逸的舞者，在雪地上画出了一道道优美的生命曲线，用他身下那张轻巧的轮椅！

（载《微型小说选刊》2013 年第 5 期）

蓝瓷花瓶

陈 毓

那段日子对她来说，是一杯清清的茶。

新婚中的她，爱情是醒里梦里的一片绿洲。

有朋友也要走进围城。朋友送来了大红的请柬。她和丈夫商量了好一阵，决定送一份礼物去。仅仅为了省钱，他们便没去任何商店。最后她说，就送咱家这只蓝瓷花瓶吧。丈夫没听懂似的看着她，她正看着那只蓝瓷花瓶，目光静寂得像夏夜的一片月光。丈夫知道蓝瓷花瓶是她母亲送给她的结婚礼物，是她最心爱的东西。

蓝瓷花瓶便送了朋友。

在送完花瓶的第二天，他们便离开小城去了南方。走时仅带了几本书和几件随身的衣服，看看屋子，倒也没多少东西可带，不想带的若带着也没什么用。

渐渐地，他们有了些钱，日子也不再如从前那般清贫。后来她和丈夫开了一家工艺品商店，专营一些美丽的仿古工艺品。也许丈夫天生就是块做生意的料，他们的生意很好。她也渐渐迷上了瓷器收藏，常常宝贝似的在灯下看了这件看那件。她便常常跟丈夫提起那只当年送给朋友的蓝瓷花瓶。忙碌在生意里的丈夫总要几经提醒才能和她回到同一话题上。她便有了些痴，总是一遍又一遍地说，再也见不到那么好的工艺了，再也看不见那样奇妙的蓝色，还有那样恬静的白色睡莲，就像是一群栖息在蓝色湖波上的天鹅。她和丈夫说这话的时候，依旧是目光静寂地望着不可知处，只是眼睛里多了两片火焰。

那一年，家里来信说她母亲病重，想着店里眼前的一大堆业务，又想贫苦惯了的母亲一向总是将苦难和着粗茶淡饭吞咽下去，料想这回也依旧抵熬得住，便想等忙过了这阵儿再回去。她万万没有料到自己一念之间会铸成终生的遗憾。不久，一封告知母亲病故的电报将她击得昏天黑地。

他们回到不再有母亲的小城。她和丈夫一起去看朋友，一进朋友家门，她一眼就看见了那只蓝瓷花瓶。朋友将蓝瓷花瓶放在漂亮的红木家具上。朋友夫妇一再感谢婚礼时她送给他们这么美丽的礼物。他们的话题反反复复地环绕在花瓶周围。而她，更是执着得如同一只扑向火焰的飞蛾。

后来她有事没事总去朋友那里泡时间。朋友不知道她心里的故事。每次朋友都非常热情地待她，说欢迎她这么忙的人经常来看她。

看得出朋友和她一样爱着那只花瓶，花瓶从未染上过一粒灰尘，朋友坚持不给瓶子里装任何饰物，即便是鲜花，朋友说，配不起。

这就让她那句话永远只能萦回在心头化成一声幽幽的叹息。

她现在已经有能力去买一件更贵重的礼物给朋友了。她甚至想过要用昂贵的礼物去换回那只花瓶，但她不能啊。

她再次去看朋友，她和朋友坐在客厅的地板上谈笑。她借故起身取一样东西，然后仿佛是不经意地、重重地拂掉了那只花瓶。

她不记得是怎样走出朋友家的，也不记得朋友都说了些什么。她只看见这一刻的月亮，一轮冷寂的圆月亮，如镜似的悬在中天之上。

她站在一片月亮地里。

她看见自己月光下的影子是那么落寞与孤单。

她缓缓地从口袋里掏出一块碎瓷片，就着月光，她看见躺在手心的那片瓷，像一面残缺的镜子，又像是一团水珠。

她轻轻地唤了声“妈！”，眼泪如断了线的珠子，一滴滴落在洒满月光的地上。

（载《微型小说选刊》2013 年第 6 期）

老　歪

飞　鸟

那年冬天，我随同村的钢叉去一个建筑工地打工。

工棚里，钢叉和几个人抽着烟，打扑克赌钱。我不由得苦笑，掏出本小说，光线太暗了，随手一扔，砸着了邻铺的人。他揉着眼支起头，我忙道歉。他没说话，看了我一会儿，又躺下了，打开收音机，有个打牌的人喊：“老歪，声音放小点，老子输钱了，小心拾掇你。”他就把音量调小了。

天上的星星还未散尽，哨子声响起来。我用馒头夹根腌萝卜，舀一碗小米稀粥。看墙外一棵梧桐树上飞旋起无数叽叽喳喳的麻雀，东方泛起一溜溜的鱼肚白。饭后集合，工头开始分活。

我跟着一个五六十岁的人运砖头，他太邋遢了，一件半大的袄，已经看不出本来的颜色，看上去灰乎乎的；一条黑裤子，满是污垢；脚上穿一双旧解放鞋；头发不算长，却脏乱；胡子楂和脸上的水泥灰、油灰很好地结合了；皱纹里一双不大的眼。走起路，耷拉着脑袋，迈左脚身子就向左边歪，迈右脚身子就向右边歪，我差点笑出来。

他忽然问：“你多大了？”我迟疑了一下答：“十六。”他站住了，好像想什么事情。工头扯着嗓子喊：“老歪，快点干活去，找骂呢还是今天的工钱不想要了？”老歪连忙快步走，身子晃得更厉害了。

装砖头时，老歪说："你站里面些，看见戴红安全帽的过来再干，没人就歇着。"他装砖头的样子让我忍俊不禁。他拿起一块砖头反复看，像琢磨一件奇特的物品，然后再慢慢地放进车斗里，像电影里的慢镜头。他不爱说话，说话时又不看你的脸，好像是自言自语，他说："你应该上学，要不，去哪里学个技术吧，才十六啊。"

晚上，工棚的人大都出去玩了，老歪好像睡着了，我一个人听着收音机。钢叉领一个我不认识的人进来了。他走到我身边，看着老歪，老歪发出轻细的鼾声。钢叉说："想不想挣钱？"我说："这不是废话吗？"他压低声音说："明天晚上跟我们出去吧，挣大钱。"我犹豫了一下，他说："干一次，顶你在这累死累活几个月。"我心动了，说："中，就干一次，挣了钱我回家接着上学去。"

第二天我干活心不在焉了。老歪问："病了？"我摇摇头。他说："肯定病了，还不轻呢。"我没理他。下午工头派活，让我和老歪去抬一个电机，电机不大，有四十来斤，我在前他在后，用一根钢管抬着，轻轻松松地走。走着走着，听见"啊"一声，我忙转身，看见老歪绊倒了，电机不偏不倚正好砸在我右脚上，这下轮到我"啊"了，一阵钻心的疼。

老歪连忙用小斗车拉着我去了工地旁边的诊所，骨头没事，只是皮外伤，上完药就回来了。工头骂了他一顿，老歪说："都是我的错，药费我拿，他的伙食费我也出。"

晚上，钢叉他们几个出去了，天明才回来。

这天，钢叉没出工，蒙头睡觉。下午，他买回来几瓶啤酒，几根火腿肠，我是第一次喝啤酒，晕得不行。钢叉说："我分了一千多块呢，你砸着脚了，没去成，真亏啊。”我遗憾且羡慕不已，更加恨老歪。钢叉安慰我：“伤好了，再跟我们干，准能发大财。”

过了几天，我能慢慢地走路了，这天上午下大雨，我歪在工棚里看书，钢叉和几个上了夜班的工友都在蒙头大睡。忽然进来几个人，一个人威严地说：“警察！不要动！”几个人扑过去，摁住了钢叉。

被惊醒的工友们一个个面面相觑，不知所措。钢叉戴上了手铐。几名警察架着他走出工棚，钢叉浑身筛糠样，变了声调地哭喊着。钢叉大我两岁，今年十八了。我忽然浑身颤抖，牙齿咯咯喳喳地互相撞击着。

后来我才知道，钢叉他们那晚打劫了一个男人，那人拼命反抗，被钢叉他们踢到天桥下摔死了。我在钢叉被抓后，发起了高烧，老歪送我去打了吊针。退烧后，我决定回家。老歪一直把我送到了车上，他从怀里掏出一本书送给我，说：“坏事干一回也不中啊，我有个儿子，高高瘦瘦的，和你差不多哩，警察去抓他，他吓得从六楼跳下去了。”我猛然愣住。老歪慢慢地走出车站大门，我这才回过神来，已然明白了一切，不禁泪流满面。

车开动了。我打开老歪送的书，发现里面夹着一沓钱，半拉烟盒纸上歪歪扭扭地写着：孩子，去上学吧。

（载《微型小说选刊》2013 年第 9 期）

荒

非　鱼

岛，的确是荒岛。

偶尔的闯入者看见过碗口粗的蛇吊在树上吐着长长的芯子，还有猛兽。

民厌恶那个城市的遮遮掩掩和诡谲莫测，心怀鬼胎的人们时刻算计着别人和被别人算计，他怀着必死的决心登上了荒岛。让蛇吞了，让兽食了，总比让人折磨得不死不活要好。

民来到岛上，郁郁葱葱的森林，清浅的小溪，歌唱的小鸟，奔跑的野兽，让他欣喜若狂。

三个月过后，民觉得有点儿寂寞了。他和鸟兽尽管相处和谐，可彼此语言不通，他太需要把内心的感受告诉一个能听明白的人。于是，他说通了一个女人跟他来到荒岛，两个人的日子有了诉说和倾听。

没持续多久，诉说和倾听变得重复、无聊，而且，两个人过日子怎么可以没有孩子呢？于是，他们生了一个孩子，健壮得像一只小豹子一样的儿子。

儿子一天天长大，在森林里跑来跑去，赤身裸体，奔跑的速度像风，爬树的敏捷像猴子。民的妻很担心，孩子要变成野人了，可怎么是好？他必须得到教化。

负责教化孩子的老师被请到岛上，他耐心地教给民的儿子礼仪、知识。民的儿子渐渐失去了奔跑的兴趣，变得温文尔雅。到了十八岁，民的儿子提出他该结婚了，他要享受爱情。

第五个出现在岛上的，是一位善良美丽的姑娘，她和民的儿子结了婚。她带来了她的父母和弟弟，民和他的妻与两位亲家一起吃饭、聊天儿，谈论他们的儿子和女儿。

矛盾是偶尔产生的，来自那位教师。他因为那个弟弟骂了他，便恶毒地制造了一起谎言。民和亲家大吵了一架，谁也不理会谁，除了那位教师。又没有第二个中立的人来劝解，他们整日不说话，彼此像仇人。

民觉得必须树立自己在岛上的威信。岛上的第九个公民来了，是一位公正的律师，他帮助民调解了和亲家的矛盾，并为民制定了岛上的公约。民作为岛主，拥有岛上的最高权力。监督公约执行的两名检察官来了，保证公约执行的三名士兵来了，这都是缺一不可的。

随着公约的执行，其中的漏洞越来越多，完善漏洞的同时，新的职业诞生了。民的儿子成了从城市向荒岛选拔、输送人员的最佳人选，他的妻则做了他的秘书，帮助登记每天都有哪些新的职业诞生，需要多少人员来补充。

厨师、保姆、巫师、侦探、心理医生、经纪人、司机、工人、制造商、乞丐、银行家……几乎每隔两个小时，就有一个新的职业诞生。民看着他手下的臣民越来越多，大家天天早上向他朝拜，温顺地听他训导，实在太高兴、太满足了。

民的儿子垄断了整个岛域经济，成了岛上的经济巨头，他的钱多得无法计算，不知道怎么去花，只知道如何去挣到更多的钱。他的父亲是岛主，那么他理所当然地拥有岛上的全部资产，他不能容忍还有那么多人从他的手里领工资，他开设了妓院、赌场、美容院、服装店，他必须让那些人把领的钱再乖乖地送回来。

民每天站在岛的最高处——官邸的楼顶，看着岛上的变化，得意扬扬。这都是他的功劳啊，他是这座小岛的开拓者，是至高无上的王。

森林已经砍伐得差不多了，要造纸，要造各种各样的房子，到处需要木头，森林没了，民就命令大家种草。驱逐和猎杀，让鸟兽变得非常稀罕，民命令大家紧急建造动物园，把剩余的动物保护起来。

政变似乎在一夜之间爆发，有人说民老了，要他让位，说他的儿子骄奢淫逸，横行霸道，让岛上的经济处于极度混乱的状态。

尽管政变被镇压下去了，可民变得焦虑不安，他不知道那些觊觎他的权力和他儿子金钱的人藏在哪里，他们什么时候会突然再次发起政变，甚至突然枪杀他们，或者绑架他的孙子。

民的焦虑越来越严重，整日忧心忡忡，疑神疑鬼。岛上最权威的医生说，民患了抑郁症，他必须到一个清静的地方休养三个月，否则，他不会活过一年。

民听取了医生的劝告，他给儿子留了一封全权委托书，要他处理岛上的一切事务。

民乘坐一叶小舟，在一个清晨离开了岛，他的手下已经为他寻找到了另一座荒岛，他将一个人在那里静静地调养。

小舟渐行渐远的时候，民回头看了看曾经的荒岛，现在，那里是一座多么美丽的现代化城市啊！

（载《微型小说选刊》2013 年第 11 期）

泥人卞

聂鑫森

“泥人卞”大名叫卞雨生，二十五岁，他营生的方式很特别。他用一种洁白的胶泥为人塑像，塑的是几寸大的人像，或全身，或半身，须眉毕现，惟妙惟肖，连衣褶、扣眼都分毫不差。这门手艺自然是家传，算上去，已有十代了。不过，到了卞雨生这一代，似乎格外引人注目起来。

“泥人卞”本人长得帅气，个子高挑，两只眼睛黑多白少，黑的像墨玉，白的像羊脂，带点红晕的两颊总是浮着笑意。这模样长得很有人缘，特别是那些大户人家的太太、小姐，喜欢把他叫到家里来给自己塑像，她们也格外舍得给工钱。

可惜“泥人卞”的父母，在四年前的一场霍乱中相继去世，留下他孤零零地过日子。

他外出揽活，上上下下干干净净，穿着一件长衫，蹬着一双青布鞋，手里提着一个黑漆小木箱，里面放着胶泥、雕刀、管针，不紧不慢地走街串巷，间或喊一声：“塑——像——哟——”声音亮亮的，脆脆的，很好听。

有一天，他走累了，在一所孤儿院的门口，放下木箱当凳子，歇一歇脚。刚坐下，从里面走出一位很年轻的姑娘，白衬衣，青裙子，脸模子像是精心雕刻过的，卞雨生用眼角一扫，愣住了，世上居然有这么漂亮的人！他下意识地喊了一声：“塑——像——哟——”

姑娘“咯咯”地笑起来。她走上前来，说：“能给我塑个像吗？”

“能！”

“到里面去好吗？正好这些学生可以看个新鲜。”

卞雨生兴奋起来，他觉得这样美的人不塑像，太冤了。

他被引进一间小小的教室，一些细伢子欢呼起来。

她说：“我叫叶霜，是孤儿院的保育员。你呢？”

“卞雨生，玩泥巴的。”

叶霜又笑起来。

卞雨生让她站在讲台前，说要给她塑个全身像。

“半身不好吗？”

“不，全身好。”

卞雨生扫了一遍她的全身，发现叶霜的脚很窄，穿一双小巧的咖啡色皮鞋，十分好看。

含笑的叶霜站得很自然。

卞雨生打开箱子，挖出一团白胶泥，灵活地在手上捏起来。胶泥黏黏地响着，先是头部，再是腰部，最后是足部。

卞雨生再摸出一把小雕刀，“沙沙沙”地刻起来，短发上的那个兰花发夹，裙子的皱褶，皮鞋的带子，都凸显出优美的线条。然后，他再修饰眼睛、眼睑、睫毛、细眉，温柔、娴静、雅致全在刀下表现出来了。

最后，叶霜跑过来，捧过塑像，佩服得直咂嘴，说：“了不起！了不起！你是一个了不起的民间艺术家！”

“卞先生，你能不能抽空到这里来，给孩子们讲讲课，让他们学一点玩泥巴的技艺？”

“行。行。”

“倘若将来他们抢了你的饭碗呢？”叶霜开了个玩笑。

“不要紧的。我就到孤儿院做保育员，跟叶小姐一起做事。”

一星期的时间，卞雨生来一两次，其余的时间他得去谋生计。但他脑袋里总装着叶霜的样子。

他到孤儿院讲过课后，心里热热的一团，一身的力气都用在那个大木槌上——“啪、啪、啪”，把胶泥捶打得又瓷又熟，捶打出腻腻的油星子来。

夏天的太阳热辣辣的。雨生在午后应邀到商会会长吴钧衡家去，给他的四姨太塑像。她对卞雨生说：“别叫我吴太太。就叫我小四吧。”她说话的时候，眼神媚媚的，胸脯挺得老高。

她把卞雨生引到她的卧室。窗上挂着湘妃竹帘，屋里的摆设很阔气，西式床、皮沙发、电扇、电唱机、仕女图……她把门轻轻关上了。

“你今天替我塑个新花样。”

说毕，她飞快地脱掉薄薄的旗袍，露出猩红的秋衣和肉色的秋裤。

卞雨生低下了头，不看。

“你怕会长吗？有我哩，塑吧。”

“好，我塑。”

卞雨生把像塑好，全身的，不过没有一点儿媚态，倒是很端庄。

“像我吗？”她把胸脯一直拱到他面前，浓烈的香水味呛得他想呕吐。他身体颤颤的，雕刀“当啷”一声掉到了地上。

“银样镴枪头！”她不屑地望着他，说，“回去吧。就当你送我一个人情，工钱免了！”

“谢谢吴太太。”卞雨生像逃犯一样窜出了门。

不知道为什么，叶霜再也不让卞雨生去孤儿院讲课了。他上门找叶霜，传达室的人说：“她不想见你，你走吧。”

他很伤心。他哪里明白个中缘由，原来有一次叶霜到吴家去商量给孤儿院募捐的事，热心的四姨太接待了她，并把她带到卧室去闲谈，叶霜看见了那个雕像，那分明是卞雨生塑的四姨太！

四姨太的塑像让叶霜既伤心又愤怒，但她不能说。最终，她敷衍了四姨太几句，就回到了孤儿院。

三年以后，卞雨生离开了古城，不知到哪里去了。

多年后，叶霜成了家，有了儿女，无人在身边时，她还会拿出“泥人卞”给自己塑的像细细地看，看着看着，眼睛就湿了……

（载《微型小说选刊》2013 年第 11 期）

蜂　匪

万　芊

养蜂人阿奎这回跛着腿率领喽啰进虬村，腰佩利器、头裹蜂纱，杀气腾腾。此时，他已是金鸡湖上令富户们闻风丧胆的湖匪匪首。阿奎行劫，与众匪不同，很少兵刃相向，血肉横飞，而其所驯养的蜂群却骁勇无比，且能召之即来挥之即去，虽非刀枪，却胜于刀枪。

阿奎这回进虬村，谁都清楚是专奔许三宝而来，许家是虬村的首富，与阿奎有宿恩也有宿怨。

这当然还得从好几年前说起，那几年每逢春暖花开，养蜂人阿奎总要摇着蜂船进虬村，借许家大片的油菜田放养蜜蜂。阿奎长得人高马大，操一口爽朗的客地话，与村人见面就熟，煞是讨村上大姑娘小丫头们的喜爱。许三宝有一女，年仅十八，名唤晚香，生得体态轻盈、面容姣好，尤其那小嘴唇似樱桃般红润。两人一来二去，嫩黄的油菜田里弄出了风流韵事，还山盟海誓，以心相许。而许三宝不愿违昔日的媒妁之约，执意不允这门不当户不对的亲事。于是，一对野鸳鸯，棒打之下，毅然结伴私奔。孰料被许三宝发现，便黑灯瞎火里带着家丁追出村，半道拦下蜂船，拉回晚香。混乱中，许三宝只一扁担就把毫无防备的阿奎劈下湖去，阿奎幸得湖匪救起，却落得个终身跛疾。之后兵荒马乱之际，阿奎虽四处奔波养蜂，然终难以维持生计，后无奈之下被拉入伙成为湖匪，专做打家劫舍的勾当。因其养蜂成癖，故驯蜂助劫，竟也每每得手，后终成匪首。自然，这回进虬村，明摆着是专为报那一扁担之仇而来的。

阿奎拥无数驯蜂进得许宅，众匪狂呼捉得许家老少家丁，逐个绑在牛棚石柱上，许三宝见是养蜂人阿奎，顿足大骂，阿奎二话没说，撩诸蜂性起，围攻许三宝，可怜那许三宝经不起群蜂肆意攻击，早已肿若栲栳，顿时全无锐气。

阿奎冷冷一笑，示意“蜂”下留人，众匪方为许三宝拂去群蜂套上麻袋，许三宝在麻袋里呻吟着。那声音，阿奎听来挺解气。

此时，众匪又架出个花枝招展的美人，阿奎一瞥，正是晚香。她面容仍姣好，只是胡乱涂抹得粉面油头，双目无神，口中“噫、嘻”乱喊，还狂呼：“出嫁了，出嫁了！”阿奎一阵心酸，却仍木然，昔日只是听说当年许三宝追回女儿硬逼其嫁与镇上首富高家为媳，而晚香竟不从，后终因疯癫而罢休，今日方得以亲见，果然不假。

两匪依阿奎眼神行事，把晚香也绑于牛棚柱上，惹得许家上下一片骚动，凄凄哽咽声四起。晚香仍癫狂。阿奎勾勾手指，一匪捧上三只小盒，此乃阿奎呕心沥血驯养的三尾野蜂王，尾刺盈毒，骁勇无比。平时打劫，阿奎总随身携带。

阿奎先取一盒，在许三宝声嘶力竭的求饶声中，缓步走向晚香，冷峻无神，蓦地发问：“我是谁？”晚香仍疯癫：“出嫁了！出嫁了……”阿奎毅然伸手把那蜂王的毒刺蜇向晚香鼻唇间，那蜂针瞬间没入晚香细嫩的肌肤里，那红樱桃般的嘴唇随即红肿起来变了形。阿奎随手又取过另两只小蜂，逐一把另两尾蜂蜇入那粉脸的左右眉梢，姣好的面容顿时不堪入目。

许三宝无力地骂着："畜生……"

阿奎凝视了晚香许久，继而失望了，示意众匪撤走。可才转身，身后竟传来一声甜润细柔的呼唤："阿奎。"

阿奎回身，奇迹出现：晚香那张红肿的脸上两只眼睛竟然闪出明丽的眸光。

"阿奎……你别走……"晚香再也不疯癫了，羞羞地叫着，"阿奎，带我走呀……"

阿奎犹豫片刻，然还是拖着跛腿径直跨出许宅，上了匪船。

自此，金鸡湖上再也没有了蜂匪阿奎的消息。

知情人事后说：阿奎自那回挨扁担致跛且知晚香因被逼婚而疯癫后，这么些年里，一直私下里遍访江南针灸名医，此次来虬村，早已学得一手蜂疗的绝技。

（载《微型小说选刊》2013 年第 15 期）

海　葬

尹全生

蔚蓝的海，蔚蓝的天，蔚蓝的海和天的尽头，耸立着白得发亮的云山；白得发亮的云山下面，泊着一叶蓝灰色的帆。

是该撒网的水域了。海沉默着，船上的五个人也都沉默着。三个年迈的渔夫铁青着脸，在船舱里无声地抽烟；阿根和鸽子坐在船板上，互相用眼睛传递着惶惑。

这次出海本来就不是打鱼，而是一场阴谋。

主谋是鸽子爷，鸽子是他五十岁那年捡来的。捡来了鸽子他就没了鳏夫的孤独，却也捡来了数不清的艰辛。他用老渔夫多咸味儿的血汗养育他的心肝。为了鸽子能少一声啼哭多一个笑脸加一件新衣，他曾被雷电的金鞭抽下大海，曾被黑鲨的尾鳍砍断肋骨……

鸽子十九岁了，是条美人鱼呢！通风透亮的日子总荡漾着苍老的欢笑。可是，他渐渐发现鸽子再不像只小猫一样整天围着他撒娇，而是与阿根那小子黏糊上了！鸽子的变化使他目眩使他恐慌。十九年了，他还从没想过鸽子是会飞的。鸽子要是飞了，日子还叫什么日子？而且，他眼里的阿根哪点能配得上鸽子？而且，阿根又姓魏！为此，他告诫，他劝说，他恳求……然而一切都是徒劳，鸽子总是羞红着脸说：“爷爷，这事儿您别管。”

阿根这狗崽子，真把我鸽子的心勾去了！这哪成这哪成！鸽子爷请来了老二、老三合计对策。在荒僻渔村的古老小屋里，掩起门窗，点起蜡烛，倒上大碗烈酒，喝得眼睛血红。“那狗崽子，要掏我的心哪！”鸽子爷抹去两行浊泪。

老二眼里燃着愤怒和恐慌：“咱姓于，若他们成了，不是‘喂鱼’吗？”

老三一拳砸在桌子上：“拆！”

三个同胞兄弟捧着酒碗策划了一个险恶的阴谋：让阿根帮忙出海捕鱼，到深海逼他中断与鸽子的往来；他若是不从就将他朝海里推了，喂鱼！一旦事发蹲监狱要砍头——三个老兄弟一同摔碎酒碗一同低吼：“值！”

宁静的海天，静穆的云帆。

鸽子爷长长喷出一口浓烟：“阿根，你小子下来。”

阿根惶惶不安地走进船舱，盯着鸽子爷的脚尖；鸽子轻手轻脚地跟进来，盯着阿根的脚跟。海上骤然风起，船晃起来。鸽子爷首先发话：“你往后不准再勾引我的鸽子！”

阿根脸一红：“可我们……”

鸽子脚尖磨着脚尖：“……合得来。”

“你们姓氏相克！”

阿根、鸽子异口同声地说：“我们不信命。”

涛起云涌，满海烧起了黑色的火焰，满天烧起了黑色的火焰。船被浪烧急了，蹿上云端；又被云烧怕了，缩进浪谷。鸽子爷稳住身子，只冲阿根道：“你休想！”

仍是异口同声：“我们铁了心！”

老二、老三一拍大腿喝道：“铁了心也得散！”

船猛地一栽，像要翻跟头。阿根一把抱住就要跌倒的鸽子。老渔夫们的眼被烤红了，跃身跳起，齐发一声喊：“喂鱼！”

骤雨嚎着泼着倾过来，雷电咆着闪着抽过来，海天啸着旋着碾过来！帆经不住威吓，勾结风暴，背叛了渔人，把腰一弓，船尾便插进海里，船首便翘进云里……一排浪奸笑着撞进船舱。老渔夫们中断了已近尾声的胁迫，一齐扑出船舱，用斧头、牙齿和老命折断了桅杆。而木质船体上被砸被撞被碾裂的一道道口子，却是不能堵塞的。

阿根舍命从船舷上抢到仅剩的两个救生圈，一个塞给鸽子，一个递给鸽子爷。鸽子爷鼻子里喷出声恶气，夺过救生圈，递向老二、老三；老二、老三却推回来，风浪中喊："哥呀，带鸽子——逃命吧——"

鸽子爷牛眼圆瞪，把四个人看了个遍，最后牛眼套住了阿根，青筋布满了额头。云在向下压，浪在往上涌；船在往下沉，血在朝上冒……猛然，救生圈套到了阿根脖子上；猛然，鸽子爷的声音盖住了风暴雷霆："狗崽子！你要好好待我的鸽子……"

老二、老三也只是一刹那的惊愕。

三双枯手一同抹去两张嫩脸上的泪，三双枯手一同把两个跪着的人掀进了暴虐的大海，再喊一声："回去吧！孩子们……"

六道期望的光柱，把两个救生圈推向谁也看不见的生命的彼岸。之后三人一闭眼，随浪头跌进船舱，坦然封起舱门，在齐腰深的水里站定，打开酒葫芦……好来劲的老酒啊！

酒下了肚，豪情就淹没了忧伤。老二、老三道："我们已经是儿女满堂的人了！"

鸽子爷喊："我的鸽子，有甜甜蜜蜜的日子啦！"

满足的笑，苍老的笑，豪迈的笑……风暴掩不住，雷霆盖不住，海浪埋不住！

虽然当风暴过后，这里只剩下那片蔚蓝的海、蔚蓝的天。

海呀……

（载《微型小说选刊》2013 年第 17 期）

都不容易

刘正权

那些风言风语传到史绪涛耳朵里时，史绪涛正和韦腊香一起在千里之外的广东打工。

本来是不相干的两个人，因为一个电话，就走到了一起，这一下就是半个月，换句话说，两人做了半个月的露水夫妻。

那天史绪涛在超市给媳妇伍梅挑羽绒服，要过年了，他打算回家的，怎么也得让伍梅见身新吧！

电话就是在那会儿响起来的，接通了，居然是娘！史绪涛吓一跳，娘都60岁了，还颠着脚下黑王寨给自己打电话，一定是伍梅出事了！

平日里电话都是伍梅打来的。

伍梅果然出事了！娘说话吞吞吐吐的，娘说，绪涛啊，你回来吧，别在外打工了！

回来？史绪涛眼里润了一下，您当我不想啊，不打工伍梅连件不破的衣裳都没有，走不出门啊！

娘火了，说，娘我穿了一辈子破衣裳那不得天天躲在家里不出门？

史绪涛的嘴就被封住了，娘是寡妇，穿得破说明行得正站得稳，伍梅是有男人的啊！

见史绪涛不吭声，娘在那边就加重了语气，衣服破不破不要紧，关键是家要完整！

史绪涛就知道娘一准听见什么风言风语了。

伍梅带孩子加上养寡娘，把个家弄得有模有样的，咋就不完整了？她勤劳起来像头牛呢！

牛会有风言风语缠上身吗？真是的！史绪涛就说，娘你别逮我了行不？完了挂电话时还叹了一口气。这么一来他挑羽绒服就不那么上心了，随便拎了件就让服务员给装上带走，他估摸着伍梅能穿就成。

一直在旁边选衣服的一个女人忽然说话了，大哥你是黑王寨的吧！

史绪涛吓一跳，你咋晓得呢？女人说，我外婆是黑王寨的，她动不动就说你别逮我了！

史绪涛觉得女人一下子亲切起来，逮是黑王寨方言，蒙人的意思，史绪涛就笑起来，说，你没逮我吧！

两人就哈哈大笑起来，这么远的地方，遇上这么近的老乡，不容易呢！

衣服挑好了，是以韦腊香的身板试的，史绪涛仔细对比了腊香和伍梅，两人都差不多。

最终却没回成家，衣服穿在了腊香身上，碰上百年不遇的大雪了。

那个年，两个人是在一起过的！很凄惶的一个年，两个人就忍不住喝了点酒，望着窗外漫天飘舞的雪，腊香忽然哭了，说，年过得不像个年，我死的心都有了！

史绪涛伸出手揽住腊香肩头，说，死都不怕了，还怕年过得不像年？

腊香说，你不知道的，在家少过一个年就得丢掉不少东西的！

丢掉什么？史绪涛觉得很奇怪。

儿子的念想啊！腊香擦了一把眼泪。

还有男人的温存吧！史绪涛知道腊香不好意思提这个。

自己呢？自己丢掉什么了？史绪涛把头低下来，娘的话又一次在耳边响起。史绪涛苦笑着，照娘的话来推断，自己非但没丢掉啥，反而头上加了顶绿帽子。

那顶绿帽子让史绪涛眼里发了红，他一把搂过腊香，疯狂地扒掉腊香的衣服。

腊香居然没有反抗！事后腊香穿好衣服，只冲史绪涛说了一句话，原谅嫂子吧，都不容易的！

史绪涛就呜呜呜地哭了起来。腊香不许他哭，说，一年到头，顺顺溜溜，你这样会把喜庆劲哭跑的！

也是的。两个人在一起过年，总得有点喜庆劲吧！史绪涛就不哭了，说，我们守岁吧！守岁在黑王寨是两口子的事。

腊香就把头偎在史绪涛怀里，像两口子那样守起岁来了。

年过了，喜庆劲也淡下来。史绪涛和腊香那天又在一起喝了点儿酒。史绪涛喝到一半时，眼神开始打飘，腊香问，想家了？

史绪涛点头，嗯，这雪不是化了吗？

那你回吧！腊香望了望窗外。窗外雪化得正浓。史绪涛看见，腊香脸上不知何时也挂了两滴雪花样的东西。

腊香是在史绪涛出门买火车票时走的，那件她只上了一回身的羽绒服叠得方方正正放在床上，上面还留有一张纸条——回家看嫂子带上，做女人很不容易的！

腊香才是真正的不易呢！

好几回，史绪涛和腊香躺在床上时，梦中叫的却是伍梅的名字。是的，伍梅也应该有个男人疼的，不然她会和腊香一样孤苦。

揣着这么个念想史绪涛踏上了回家的路。

因为下雪，史绪涛没跟伍梅打电话。那样她要下寨子接他很不方便的，史绪涛突然回来让伍梅吓了一跳。言语间躲躲闪闪的，有着那么点不易觉察的不安。

一年不见，伍梅脸上竟添了好多皱纹，史绪涛在这皱纹里看到一丝又一丝的艰辛，他就在这份艰辛中把伍梅一把搂住。那一夜，他们前所未有地亲热，半夜里史绪涛起床小解，开灯时看见伍梅眼睫毛上还挂着几滴泪珠。

都不容易呢！史绪涛轻轻擦掉熟睡中的伍梅眼睫毛上的泪珠，再轻轻躺下来。躺下不久，他做了一个梦，梦中腊香穿着那件刚上身的羽绒服和他手挽手走在大街上，忽然一转眼，腊香不见了，腊香！

史绪涛半梦半醒中急促地叫了两声，翻身又睡着了。

伍梅其实是醒着的，她轻轻拍了下史绪涛的背，寻思着，出门在外的男人，也不容易呢！

（载《微型小说选刊》2013 年第 24 期）

鱼局长

马　卫

他姓余，局长，喜欢吃鱼，不吃鱼就难受。“宁可出无车，不可食无鱼”，故人称鱼局长。

他在家里特制了几个大水缸，专门养鱼。鲤、草、鲢、鲟、鲫，样样不缺。别以为吃鱼容易，鱼局长吃的鱼，并非水箱养的或池塘养的，那种用饲料喂大的鱼，他才不吃呢。

鱼局长吃的鱼，是清水鱼，山沟河溪里野生的。他是地区水产局局长，近水楼台先得月，所以吃清水鱼对别人来说千难万难，可对他来说，一点儿也不难。

比如神口县前河产的洋鱼，汤如奶汁，因为流过一段盐泉，其味鲜美。每年县水产局给他送五十斤，还得用专门的冷藏车送来。

再比如大宁县的娃娃鱼，两栖类动物，叫声如同婴儿，那肉和汤大补。虽然被列为保护动物，可县水产局每年给鱼局长送的，不会少于十条。

鱼局长吃鱼，煎、煮、蒸、炸、烤、熏，吃出百种花样。他虽然年过四十，人却如二十多岁的模样，没有白发，青丝葳蕤；皮肤白皙；精力充沛，胜过刚毕业分来的大学生。

单位的少妇，那些想往上爬的，都曾和他私下约过会。但是，往往让鱼局长遗憾，这些少妇，风骚，技术一流，但一摸她们的皮肤，就失望了：粗糙，没有弹性，远远不如他的皮肤。

没有攀上领导，少妇们只能原地踏步，前进不了。而鱼局长得了美名——不好色。

上级曾考察过他，他已被列为后备干部。如果不出意外，将来他会当上副专员或更大的官。

想不出现意外，就得处处检点。很多官员，未提升前，都克制自己。得到提升后，就疯狂敛财好色，弥补失去的东西。

要想获得更大的利益，就要先牺牲小利益，先舍后取，这是传统文化的精妙之处。余局长深悟其中三昧。

2013年的夏天，鱼局长来到黑龙潭避暑，这儿虽然名声不大，却是极好的休闲胜地。

一是它未受污染，人少，还没有完全开发；二是山清水秀，松林成片，气温比城里要低十摄氏度左右，不用空调，还得穿长T恤；三是这里产一种鱼，叫斑鳜，俗称母猪鱼，是鱼中的极品，堪比中华鲟。中华鲟不敢吃，但这母猪鱼还没有被列入保护名册，正好大饱口福。

山区水冷，鱼长得慢，十斤以上的母猪鱼，得经过五年以上才能长成。这鱼，对男人还有另外的妙用——壮阳。

此话不假，本地的接风宴上吃了清炖母猪鱼，晚上还真睡不着。可是这地方，既无发廊，也无洗脚城。鱼局长没有带妻子，真难受。

鱼局长一个人出来，静坐河边，听清风，赏明月，转移注意力，不去想，也许过一阵就好了。可是这晚还真怪，越不想，它越强烈。

如果不是鱼局长有文化，想必也会像底层男人一样，自慰一番。就在他难受时，河里升腾起一股白白的轻烟。

鱼局长紧盯着看，那轻烟渐渐变浓，变成一位妙龄女子，冉冉上岸。他惊呆了。

这女子，向鱼局长款款而来。

一步三摇，风吹杨柳，那动人的样子，只在电影电视里见过。

女子离余局长还有几米远，一股香气便袭来，茉莉花香？不像。野百合香？也不是。山菊花香，也不全是。反正女子的香，把余局长的头熏晕了。

女子靠近他。

“你，你是？”平时口若悬河的鱼局长，居然结巴了。

“鱼局，你不认得我啊，我叫于小倩！”

“你也姓余？”

“我姓于，干钩于。”

“我姓余，人头余。”

“大名鼎鼎呢，谁不认得你鱼大局长？我听过你作的报告呢。”

“你在哪儿工作？”

“我就在这条河旁边的水产站工作。”

这样的夜晚，这样的情境，面对风华绝代的美人，早骚动不安的鱼局长，再也不能坐怀不乱了，聊了不到十分钟，就把小于带进了宾馆。

小于的皮肤，太嫩了，滑腻如婴儿；周身柔软无骨，甚至能将脚抬到额头，让鱼局长充分享受。一战如虎，二战如熊，三战如狼。直到一点儿力气也没有，才歇下来，几分钟后，鱼局长就进入了梦境。

等他醒来，浑身酸软，太阳已高照窗外。想起昨晚的荒唐事，鱼局长吓出一身冷汗，搞不好，会丢了前程。

睁眼一看，身边哪有女子，是一条鱼，已死在他的床上。鱼是母猪鱼，有一斤多重，墨色的背，半睁的眼，红色的泪珠。

鱼局长大叫一声，把陪同他的县水产局领导和同事惊醒了，他们赶来，看见鱼局长床头的这条死鱼，都傻了眼，不知何故。

“你们单位可有姓于的女子？”

“有，可是她死了。她是大连水产学院的高才生。”

“怎么死的？”

县水产局局长有些发愣，想了一阵才说：“去年过年，我们想给你弄点大的母猪鱼，就把任务交给她。她陪渔民打鱼时，踩滑了石子，掉进深潭，气温在零摄氏度左右，来不及救起，被活活呛死！”

鱼局长没想到，为了能让他吃上鱼，竟然发生了这样的事。

鱼局长连忙收拾好东西，急急离开黑龙潭。

回到家，鱼局长把鱼缸全砸了，将鱼放生在长江，旁人都无法理解。

而且上班后，鱼局长立即申请辞职。上级很奇怪，没发现他有啥问题啊，不贪，不色，也没有被纪委请去喝茶，辞啥职？

可就是劝不住。

从此，他见桌上有鱼，必定离席。

半年后，鱼局长苍老了，皮肤如同农人。再半年，他死了，无病，无痛。那天他路过一个渔场，闻到了鱼腥味，突然倒地，呼吸停止。

鱼局长走完了他并不长的人生，连他自己也没有想到是为什么。

（载《微型小说选刊》2014 年第 10 期）

拜　画

张爱国

江四海端坐高头大马，腰佩宝剑。马下，岳三山手牵缰绳，点头哈腰。身后，江四海的兄弟，兵器在手，昂首阔步，浩荡威武。路旁，彩旗猎猎，岳三山的兄弟，跪伏于地，磕头高呼：“欢迎四爷，天柱山兄弟誓死效忠四爷……”

江四海在马上一抱拳：“好！好啊！”

到了山顶，岳三山一声“请四爷下马”，就连忙跪倒，双手撑地，将宽厚的后背平展在江四海脚下。江四海不吱声，踩着岳三山的背，下了马。岳三山迅速爬起，跟上，为江四海引路……

一年前，岳三山绝不会如此低眉顺眼。

岳三山的天柱山与江四海的独秀山相距四五十里，是舒州府最有名的匪山。两山势如水火，二十年来，大大小小的火拼无数次，皆势均力敌，各有胜负，从无一方能取得压倒性的胜利。可是半年前的那次火拼，江四海大败岳三山，直杀得岳三山及剩下的几十名兄弟跪地求饶，发誓从此唯江四海马首是瞻。江四海这才留了岳三山等人性命，并让他们继续留在天柱山，但一举一动都要报告。

一年来，岳三山谨记江四海的命令，可几天前，江四海得到密报，岳三山在练功房里挂了江四海的一幅画像，每天和他的兄弟们在画像前练功比武。江四海也不知所以，这才亲赴天柱山，兴师问罪。

到了营寨前，岳三山请江四海进去喝茶。江四海不理，径直走进练功房。江四海立在自己的画像前，但见画像栩栩如生，与真人一般。岳三山捧上一杯茶，江四海一摆手，“啪！”茶杯掉在地上，粉碎。岳三山急忙跪下：“四爷，小弟接待不周，请四爷治罪！”

“岳三山，焉何将我画像挂于此处？”江四海生硬地说，“尔等每日刀枪剑戟，斧钺棍叉在我像前抡来使去，示威不成？”

“四爷饶命，小弟该死！”岳三山“咚咚咚”磕头，“四爷，小弟瞎了眼！二十年里不知天高地厚，竟屡次冒犯四爷和独秀山。承蒙四爷宰相肚里能撑船，大人不记小人过，一年前不仅不杀小弟，还让小弟留在山上。四爷之恩，小弟没齿难忘，小弟无以为报啊……”

“打住！就说这画！”江四海冷言道。

“是！小弟时时不敢忘四爷不杀之恩，怎么报答呢？小弟就请画师画了四爷的像。小弟和兄弟们每日练功前，三餐前，都三拜九叩，以此警醒自己和兄弟们不忘四爷再生之恩！”岳三山又“咚咚”磕头，“小弟有罪，未经四爷同意就请了四爷画像，请四爷处置！”

“可是真心？”江四海的表情舒缓了。

“不敢欺骗四爷！若有半句诳语，天打雷劈！”岳三山磕着头，一旁的兄弟们也磕着头：“我等不敢欺骗四爷！请四爷治罪……”

江四海笑了笑，一番训话后，下山而回。

十年过去了，江四海不断得到安插在天柱山上的兄弟报告：岳三山确实没有欺骗四爷，他每日数次都带着兄弟在四爷画像前谢恩。江四海终于放了心。

这年春节，江四海破天荒地允许兄弟们回家过年。

除夕夜，月黑风高，江四海正和留守山上的几十个兄弟喝酒，探子来报：岳三山不知哪来的上千人马，正杀向独秀山。

江四海出门一看，山下喊杀声震地。探子来报：独秀山大门失守，天柱山人马正向营寨杀来。

江四海急忙男扮女装，顺着山后一条小道向山下逃去，眼看就要下山了，却遇上一队人马，为首的正是岳三山。映天的火光下，岳三山端坐马上，全副武装，手举一面旗子——不，是一幅画像，江四海的画像，对身旁的人高声说："兄弟们，看清画上之人，发现者，赏金条十根！"

"三爷放心，一日看他无数次，不必再看！他江四海就是烧成灰，变成泥，兄弟们也认得出！"说着，就见一女人，身着旗袍，发髻高盘，胸脯饱满，扭扭捏捏地走在一队除夕祭山归来的山民之间。

"江四海！这女人就是江四海……"岳三山的兄弟们忽然大叫，一哄而上，将"女人"——江四海团团围住。

江四海一声长叹："灭我者，画像也！"说罢，拔剑自刎。

（载《微型小说选刊》2014 年第 14 期）

瓷　瓶

薛长登

家中有一个宝物，顾林在 8 岁那年就知道了。宝物是一个瓷瓶。瓷瓶上画着一幅仕女图，人物栩栩如生，呼之欲出。

他用手机对着瓷瓶各个角度拍了照片。

他坐车来到市区的一个叫王记的古董行。

这时他的手机响了，是母亲打来的，母亲告诉他医院催着交钱。他说知道了，并叫母亲不要着急。

“你们这里收古董吗？”顾林低声询问正在电脑前忙着的一个男人，他是王经理。

“你有什么古董？”王经理问。

顾林把手机上的照片翻给王经理看。

“瓷瓶现在在哪里？”王经理问。

“家里。”

“不知道是真品还是赝品。”王经理自言自语。

“应该是真品。”顾林说。他有点儿心虚，其实他也不知道是真品还是赝品。母亲常对他说，那是你父亲一直为之骄傲的东西……

王经理打了一个电话，一个穿着唐装的 60 多岁的老人从楼上下来。人们都喊他“老教授”，他曾是一所名牌大学的教授。

顾林把手机送到老教授手里。老教授看到照片，眼睛突然睁大，后陷入深思，而后又摇了摇头。

"刚才听犬子说瓷瓶在你家里？方便去看看吗？"老教授问。

"能。"他说，"不一定卖。"

"无妨。去观赏观赏。你不卖也无妨。"老教授说。

"顾林啊，快点来啊，又催交钱了。"母亲的电话再一次打来。他连连说："知道了。"

"胎骨薄匀，绘画细腻，不错。"老教授看着瓷瓶说。

老教授边看边摸。他时而嘴角露出一点微笑，时而蹙眉。

"太像了。"老教授自言自语。"你认识顾开庭吗？"老教授问。

"是家父。"他说。

"他人呢？"老教授问。

"他住院了，急需用钱，不是这样我也不会卖。您怎么知道家父的名字？"

"有过一面之缘。你打算卖多少？"

"3……30万。"他说。

老教授沉思片刻，说："好，30万就30万。"

到了古董店，老教授吩咐王经理付8万元现金给顾林，还开了一张22万元的支票，还亲自给他写了张条子。

"你怎么有这么多钱？"母亲看到几捆钱后，惊奇地问。

"卖了瓷瓶。"他如实说。

"也罢。你快去交钱，省得再催。重症病房花钱多。你爸还没醒过来，这次受苦了。"母亲说时眼里含着泪，"那个撞了他之后逃逸的人不知道能不能查出来。"

"应该能。"顾林安慰母亲。

两天后，父亲醒了过来。

父亲出院后，问瓷瓶卖了多少钱。顾林说：“30 万元。”

父亲说：“可以了。”

“看过瓷瓶后，买家还提到你的名字。”顾林说。

“他认识我？不可能啊，这个瓷瓶的主人在江南啊，离这远着呢，而且又这么多年了。”父亲说。

年底的一天，顾林接到一个陌生的电话，约他到市黄海咖啡馆见面。

“是您？”他一见面就认出了老教授，陪同他的还有他的儿子王经理。

“看到你的瓷瓶，我太喜欢它了，无论是真品还是仿品，我都无所谓，看到它亲切啊。”老教授说，“你知道你家为什么会有这个瓷瓶吗？”

顾林说：“我听母亲说，25 年前，父亲在江南打工，在一个冬日里，他救了一个落水的孩子，还救了跳到水里救孩子的父亲。天冷，父亲自己差点儿送了命，那家是开古董店的，就送了这个瓷瓶。听母亲说父亲当时还不愿意要，嫌弃它不能吃，还易碎，人家开古董店的老板正好到江北有事，父亲带着瓷瓶顺便坐着人家雇的船回了家。”

“你的父亲救了我和他啊。”老教授指着自己和王经理说。

“怎么这么巧？”顾林笑着感叹。

“其实我那天一看到这个瓷瓶，我就感觉是以前送出去的那个。”老教授说，“当年在送瓷瓶之前，我父亲找人鉴定过的，说是后人仿造的，知道它并不值钱，可是当时我家里的日子也不好过，我们还是把它送给了你父亲。这些年我们一直愧疚啊，你父亲救了我家两条命，我们却给他一个不值钱的东西。为了这个瓷瓶，我们才在江北开了个分店，就想找到你父亲啊。”

“原来是仿造的啊，那就不值钱了！”顾林说。

“不是钱的事，”老教授说，“我们现在就去见你的父亲，瓷瓶我们也带来了，送出去的东西我们不敢再要回来。这次我找专家鉴定过了，是清代粉彩瓷真品。”

“那值多少钱？”顾林问。

“最少 400 万。”

（载《微型小说选刊》2014 年第 16 期）

关　照

刘正权

女人冲我笑了一下，欲说还休的意思。

我赶紧低下头，把记忆中熟悉的女性名字梳理了一遍，显然，不认识！

抬头看女人，女人冲我又笑了一下，又很含蓄，欲说还休的样子。

我不低头了，一边用目光在女人脸上扫描，一边在脑海狠狠过滤，抱歉，没记忆！

这当口儿女人再冲我笑了一下，依然很含蓄，欲说还休的样子。

我有点儿不知所措了，目光从上到下再从下到上将她扫了一遍，还好，没什么离谱的地方。

一笑二笑三笑，无事献殷勤，非奸即盗了。我狠狠拍一下自己脑门，碰上了风尘女子，一定是的！

我都要沦落风尘了呢，如果我是个女人。

今天是我最后一次去一家单位面试了，再没单位录用的话，我将跟这个城市说再见，回家侍弄那一亩三分地去。

家里，有老娘倚门相望呢，娘的笑容虽然苦涩，但能让我睡得安稳，我记不清昨夜是第几十次失眠了，为生计。

对这个同样也为着生计的女人，我想不该吝啬自己的笑容。我付之一笑，说，很抱歉，我不能关照你！

女人脸上很灿烂，说，你的笑对我就是一种关照呢！

说完，女人冲我深深鞠了一躬！

居然，有女人向我鞠躬，我还能给人以关照！我心里美滋滋的，面带微笑穿过了马路，对面的摩天大楼中，有个单位没准正需要我的关照呢！

这么想着，我走进了电梯。

就这样，我轻松地被那家公司录用了。据主考官说，我是那天参加竞聘的人中最自信的一个，因为我的心态最为阳光，自始至终都犹如春风拂面，甚至在答错题时也没半点儿沮丧。公司不在乎人的学历，公司看重人的心态，据说这是借鉴国外某知名企业的用人观念。

也就是说，如果有可能，我真该感谢那个笑得很含蓄的女人。

随着财富的不断积累，我早已跳出原来的那家公司，有了自己的事业。

我开始留意那些徘徊在街头的风尘女人。

街头上的风尘女人很多，但那个笑得很含蓄欲说还休的女人却杳如黄鹤。她们也笑，是万种风情的那种笑。

我不会给风情万种的风尘女人鞠躬的，包括简单的关照，也不会给！

那天，轮到我做主考官了，我的公司扩大规模，招人是必然的了。

有一个学历低的男孩子引起了我的注意，在他的竞争对手中，学历比他高的有之，背景比他强的有之，严格地说，他只能作为那些竞争对手的陪衬。

可我分明感到一阵拂面的春风在他脸上绽开，似曾相识，我心里一跳。

我问他，路上遇见谁了？

他愣了一下，显然没想到我会提这样的问题。

一个莫名其妙的女人！他想了想笑着回答。

怎么个莫名其妙法？我问。

就是冲我无缘无故地笑啊，笑完了还鞠躬！男孩话没说完呢，我整个人已冲出办公室。

楼下如潮的人群中，我一眼看见了那个女人。

几个穿白大褂的护士正推推搡搡把她往一辆车上塞。

我拨开人群赶过去问，怎么回事？

没人回答我，护士们正手忙脚乱地推搡着。

我冲女人笑了一下。

女人没反应，她应该记得我的啊！

我只好冲女人又笑了一下，并说了一句曾经对她说过的话，很抱歉，我不能关照你！

女人忽然有了反应，女人很含蓄很欲说还休地笑了一下，女人说，你的笑就是对我的关照呢！

女人说的时候脸上的笑容很灿烂。

我不再迟疑，立马冲女人深深鞠了一躬。

我说，谢谢你！

那群护士不耐烦了，一个护士发了话，添什么乱啊！给一个疯子鞠躬，还说谢谢，她能听得懂吗？

什么？疯子？我抬头看了一下那辆车，果然印有某精神病院的红色大字。

疯子就听不懂谢谢吗？面对绝尘而去的汽车，我喃喃自语。

人有时候是需要别人的关照的，尽管她是一个疯子！

我回到公司，在台历上写下这么一句话，然后对那个尚在办公室等我的男孩说，希望你能留下来，关照一下我的公司。

（载《微型小说选刊》2014 年第 20 期）

友情不应两败俱伤

余显斌

十五岁时，正读初三，我如愿以偿地当上了班长。那种感觉，只有三个字：爽歪歪。

当上班长，得发表任职感言。

我站在讲台上，眉飞色舞地说，这一刻，我很幸福，我发誓，我会带着全班，夺得全校的文明班级称号。我的话，赢得了一片掌声。

可是，铁姐们儿朱芷却没鼓掌，假装睡着了。

下课，张逸跑到我跟前白着眼道："班头，那样的狗屁死党，踹了。"当时，张逸是副班长，所以，我们俩志同道合。

张逸对朱芷不满的另一个原因，是朱芷拿了她的一支笔。

那支笔很好看，是张逸参加书法竞赛时得的。可是，不久就不见了。也就这时，我发现，朱芷也有这样的一支笔。

于是，我悄悄告诉了张逸。

当时，我在心里暗喜，觉得自己班头在望了。

是的，朱芷当时也想竞聘班长。

她曾私下里对我说："莫颜，让我们公平竞争吧。"说着，指头一弹，嗒的一响。那一刻，我心里一沉，知道自己一定会输，因为，无论从哪一方面来讲，朱芷都比我突出。

我想当班头，特想当班头，那多出彩啊。

我想，我得盯紧了，赶紧找找朱芷的死穴，给她致命一击。

朱芷落选后，每次见我，态度都冷冷的。

我当然不能，因为我是班长，是全班的领导，领导得大度。一次，我赶上她，特意套近乎道："朱芷，我们一块走吧。"朱芷轻轻一笑，没回答。张逸后来说："妒忌。"还说，我当选班长，全班 53 票，唯独少朱芷一票。

张逸从大局着想，喟然长叹："有这样一个爱拿别人东西的人，班头，我们想当文明班级，不可能的。"说完，她悲天悯人地摇摇头。

本来，朱芷偷笔的事，张逸是准备上报老班的，被我拦住了。张逸狠狠地哼了一声，说饶她一次。事后，没在班上宣传，仅限于自己的小圈子里说说罢了。即使这样，对朱芷仍然十分不利。

不利的表现：第一，她竞选班长失败；第二，大家都冷着她，好像她身上有细菌一样。她从大家旁边走过时，大家都纷纷让开。

她无法在班上待下去，转到了另一个班。

她走时，没人理她，也没人去送。外面，只有小雨在不停地下着。

张逸的笔，后来得知，是她小弟弟拿去了。

一次，她回家写作业，小弟弟看见那支笔漂亮，偷偷拿着跑了，到小区的小朋友们面前显摆。显摆结束，不见了，怕张逸修理他，就咬着指头没敢告诉张逸。

当张逸把这些告诉我时，中考刚刚结束，天气炎热得像火一样。

我气坏了，质问她："怎么不早说？"

张逸白着眼睛，很丧气地说自己也是刚刚知道的。

我们说完，都站在太阳底下不说话，只有树上的蝉儿在一声声地叫，知了，知了！叫得人直想流泪。

老班也是此后听我说的，她一声长叹：“那次学校奖励的笔，是一个制笔公司赞助的。”老班接着解释说，公司老板就是朱芷的老爸。

一刹那，我明白了，朱芷为什么有那样一支笔。

其实，她当时可以申明啊，为什么就忍了下去？我发了信息给她，询问原因。不一会儿，接到回复：我们是朋友，如果我申明，大家一定会怀疑你是为了竞争班长，故意诬陷我，你怎么办呢？

言外之意，既然有一方要受到伤害，就让她去承担吧。

那一刻，我流出泪水，第一次，我知道了什么是真正的友谊。友谊，就是一方受到伤害时，宁愿遍体鳞伤，也要让朋友全身而退。

这一切知道得还不算晚，因为，高中，我和朱芷仍可以在一起。

（载《微型小说选刊》2014 年第 23 期）

天　杀

刘永飞

真没想到，十年之后他还认得我，只是快半天了我才想起他是谁。

那是三天前，我在大街上被一个陌生人突然抓住了手臂，我本能地奋力摆脱，可他的手铁钳般有力，我几乎不能动弹。

我正惶恐不安，“你是刘记者吧？”这个人忽然说话了。

我一愣，然后有些狐疑地看着他问：“你是？”他的眼睛一下子明亮起来了，兴奋之情溢于言表。

“我是马本德呀。”

“马本德？”

我迅速地在我的大脑里搜索了四五遍这个名字，却未能想起马本德是谁。出于礼貌，我还是笑着对他说：“你好。”

就这样，这个叫马本德的人一句一个“刘记者”地跟我交谈，而让我尴尬的是，此时我依然没能想起他是谁。

“刘记者，我以为这辈子再也没机会感谢您了，今天真是天意呀，正好择日不如撞日，我一定要请您吃顿饭，否则，我这辈子都不会心安的。”

我觉得我不能再装下去了，于是我满含歉意说：“真抱歉，我这人的记忆力不太好，确实记不得我们在哪里见过，烦请你给提个醒？”

这个叫马本德的人一下子愣住了，他半张着嘴，脸上出现一种无法形容的表情。

不过片刻他就调整过来了，他挠挠头说："哎呀，您可真是贵人多忘事啊，十年前，马家镇的副镇长开车撞死了我家的牛，这货不但不赔我钱，还让我给他修车，这事儿也不知道您怎么听说了，就到我家来采访，说要帮我主持公道，这事儿您总还记得吧？"

"哦，哦。"我想起来了，但同时我感到十分羞愧。

那还是十年前的一天，在县委当秘书的同学来找我，求我帮个忙，他说，他舅舅驾车撞死了一个农民的牛，当时他舅舅喝高了些，就说了些"醉话"，偏偏这个农民是个"一根筋"，逢事儿总喜欢讨个说法。这不，他声称要去省里市里讨个"说法"，可眼前正是他舅舅升镇长的关键时期，所以他来求我帮个忙。

我说："你县委秘书都解决不了的问题，我这个县报记者能解决什么呀？"他说："你去采访采访他，说要把这个事情在报上发一发，替他主持公道就可以了。"

我说："见了报岂不是更糟糕？"他说："哪能真见报呀，我们就是陪他玩玩，拖住他去上访的步伐，只要过了这个时间点也就随他了，再说了，再刁的民毕竟还是个民！"

以后的事儿我就不太记得了，只记得马本德比现在瘦，他当时反复说的一句话就是："不让他赔牛钱，难道让他道个歉都不中？"

我当时也是讲哥们儿义气，没有是非观念。当然，马本德最终也没去上访，而同学的舅舅也顺利地当上了镇长，可谓皆大欢喜。

可是今天再遇马本德，他口口声声说要请我吃饭报我恩情，我就羞愧难当了。但是我无论如何推辞，马本德总能给我顶回来，后来，当我看到他满眼的诚恳与祈求时，我决定接受他的邀请，只是我计划在席间偷偷地把账结掉，这也算是我的一点儿自我救赎吧。

席间的马本德又说了不少感激的话，每一句都让我如坐针毡。后来他又自言自语地说：“唉，他出事不能怪别人，只能怪他自己。”

我一听不觉窃喜，我知道他说的是谁，至于那个镇长何时出的事儿，出了什么事儿，我一概不知，也许马本德真以为是我的功劳。

此时，我说话不再唯唯诺诺，频频与他碰杯，我边给他倒酒，边自作聪明地附和说：“是啊，不过我都不记得他最后怎么样了。”

“他死啦。”

“啊，死啦，枪，枪毙的？”

马本德的脸色忽然变得难看起来，频频地自斟自饮，似乎忘记了我的存在，我不知道后来到底发生了什么，也不敢问。

“淹死的。”他说。

“淹死的？”我的脸皮火辣辣的，于是又厚着脸皮自嘲说，“我还以为我的文章起作用了呢。”

他说：“您能来我家采访就够了，这就是我要的结果，这个结果是给别人看的，是您给个坡让我下了驴。您真以为我会去上访呀，那是气话，气话而已。”

“可，他怎么会淹死呢？”我问。

“唉。”他猛地喝杯酒叹口气说道，“那是他当上镇长半年后吧，不知又在哪里喝多了，结果把车子开进了我家门前的池塘里，我当时正恨他入骨呢，根本不想救他。”

“你，是你没去救他，他才……”

“咋可能呢，他是人，又不是畜生，可当大家七手八脚地把他从车里弄出来时，他已经喝得肚大如鼓了，我们赶紧拨打 120。但 120 的人说，他们离我们这儿太远，赶过来怕也耽误了，就让我们先按他的方法抢救起来，可是我们都不会。后来，那个人又想起了什么似的说，赶紧牵头牲口来，让他趴在牲口背上。”

“那趴了吗？”

“没有。”

“咋啦？”

“咋啦？全村唯一的一头牲口不是被他给撞死了吗！”

酒席结束前，我去买单，却被告知已有人付过钱了。分手时，他紧紧地抓住我的手，眼泪汪汪地盯着我，似乎有什么话要说。看着他的眼泪吧嗒吧嗒地落下，我也有些难过，就鼓励他把伤心的事说出来，说出来就好了。

我这么一说，他就真的女人般嘤嘤地哭起来了，他说：“这么多年了，我跟谁都没有提起过，其实，我当时要是不去喊人，而是直接跳进塘里，也许他就有救了……”

我的心头不觉一颤，但我还是拍拍他的肩膀说：“这不怪你，是他自作自受。”可他还是哭个不停，他说：“你说的话我也这么想过，可他毕竟是个人，不是个畜生啊……”

他的哭声越发地响亮了。

（载《微型小说选刊》2015 年第 16 期）

你长大了卖什么

羊　白

童年是一个人的首都，有许多重要的东西，在那里已经发芽，而且不惧时光，顽强生长，影响我们一生。

我小学语文老师姓孙，他个子不高，尖嘴猴腮，右肩还有点儿斜，怎么看也不像是人类灵魂的工程师，因此起初我们并不喜欢他，背地里叫他“孙猴子”。

孙老师是个民办教师，家在我们邻村，有兄弟姐妹五个，他排行老大，高中毕业后没考上大学，复读吧，家里条件不允许，回村务农吧，又不甘心，就到我们小学当了老师。他的理想是有朝一日成为公办老师，公办老师和民办老师的差别很大，先不说待遇、名声，单找对象，就是一项很硬的资本。因名额有限，孙老师一直转不了公办老师，家里条件又不好，他长得又不气派，如此下来，二十七八岁了还是光棍一条。

孙老师脾气暴躁，动不动就想打人，我们班的女生尤其怕他。他发脾气时，脸上毫无表情，就那么冷峻地看着你，猛地扯你的耳朵，意思你听哪里去了。被他扯耳朵的同学疼极了，就在心里骂他，骂他活该讨不到媳妇，活该转不了公办。

说起来，孙老师虽只是个民办教师，然而心性高傲（起初我以为是自卑），不但不和我们说笑，也不怎么和那些公办老师说笑，总是独来独往，一副心事重重的样子。听邻村的同学说，孙老师口琴吹得很好，月影婆娑的晚上，孙老师会在他家院子里吹奏。有天晚上，我偷偷去了邻村，结果并没有听到孙老师的口琴声，我断定同学在吹牛，因为孙老师是他们村的，他自然要维护。说真的，孙老师看上去一点儿也不像老师。先不说他的长相穿着，民办老师在学校没有宿舍，他早晚和我们这些学生娃娃一样来来去去，无论是大夏天还是大冬天，看着他灰头土脸地独自走着，我们有意躲在后面，一方面骂他，一方面又替他难过，觉得他真掉价。有时候我想，如果他家那乱七八糟的土房子里，真飘出优美的口琴声，那该是多么滑稽！

孙老师人特别，上课也特别，他教我们认字不是按课文和生字表来，往往是一组一组的，没学过的也会出题目，让我们比较着记忆。比如学一棵树的“棵”字，他会让同学们把自己知道的所有木字旁的字都写到黑板上去，等同学们写得差不多了，他再补充几个，然后，这就是今天的作业。一个字三遍。第二天听写，不会的字继续写三遍。再不会，放学后留下来写三遍。

孙老师的这套野路子，很多公办老师都不服气，去校长那儿告状，说他不按教材备课，是误人子弟。可孙老师带出来的班语文成绩还不错，校长也就不好说什么，睁只眼闭只眼，由他去。

记得有一次，班里的几个差生还是分不清楚“买”和“卖”，老是写岔。孙老师讲着讲着，发脾气了，大吼着说：你们都给我听清楚了，这“卖”字上的“十”字，就是你们家的“粮食”，有“粮食”才能“卖”，没“粮食”就只能“买”了，懂了吧。

说完，孙老师借题发挥，问我们长大了想当什么。

大家七嘴八舌，说什么理想的都有，声音最响亮、最有代表性的是当售货员。售货员多神气，我羡慕得要死，往柜台里一站，感觉那些东西都是他的，可谓应有尽有，多美呀！

孙老师瞪我们一眼，说：你们不都想当售货员吗？那么，你们长大了想卖什么？

这个问题有意思。我们说得头头是道，有同学说卖冰棍；有同学说卖西瓜；有同学说卖甘蔗……同学们正兴致高涨，孙老师把桌子一拍，似笑非笑地看着我们。然后摇摇头，意味深长地说：你们说的这些东西虽然都不错，但毕竟不完全属于自己，总有一天会卖完的。你们想想，有没有什么东西，是真正由你们自己支配，取之不尽，用之不竭的。

我们疑惑了，我们能有什么东西呢？而且这东西取之不尽，用之不竭，那会是什么宝贝？是摇钱树，聚宝盆，阿拉丁神灯？

我们挠着头皮，还是想不出来。有胆大的同学，豁出去了，干脆把摇钱树、聚宝盆、阿拉丁神灯说了出来。大家一阵哄笑，又是七嘴八舌。

孙老师看我们闹得差不多了，又猛拍一把桌子，很生气的样子大声吼道：错。卖真才实学！

我们愕然，教室里顿时变得鸦雀无声，似乎空气也变得神圣起来。我们极认真地看着孙老师，看着他的一举一动。当你盯着一样东西，往细微处看，盯久了，你会看出宏伟高大，而且发着耀眼的光。我们这才醒悟，这个外冷内热的家伙，他的严厉里，原来一直包藏着对我们恨铁不成钢的期望和爱。

此后，我们很容易就把“买”和“卖”分清楚了。孙老师的土办法，你别说还真管用。更重要的是，一个问题在心里萌芽了：你长大了想卖什么？

还记得有年冬天，天刚下了雪，极冷，下课后同学们都缩着脖子窝在教室里，感叹着说：哇，好冷呀，冻死人了！

孙老师本来已经出了教室，他突然返回来，站在讲台上很严肃地问：你们知道“冻死人”是什么意思吗？

我们都不敢出声，看着他。

他大手一挥，一个字一个字地说：冻死人——冻的是死人，活人是冻不死的，知道吗？

说完，孙老师头也不回地走了。

我们愣愣地看着他的背影，不知谁先醒悟过来，呼啦一下全涌出了教室。

我们学校以前是个寺庙，新中国成立后改为校舍，房子大都破破烂烂，时不时要修补。每年，老师和学生们都要义务劳动，挑土搬石，忙得不亦乐乎。孙老师虽然身材矮小，挑土却是一把好手，也舍得出力气，可以一口气从沟里挑上来五十担土，不歇气。有次有个公办老师问孙老师：你耐力怎么这么好呢？孙老师说：我右肩斜，就是小时候挑水挑土压斜的，现在我改成左肩挑，压正了才好呢。

这是我唯一一次看见孙老师开自己玩笑。这个严肃的家伙，要是不板着脸，还算是个有趣的人。而且，他懂得的知识也比较多，比如，他说日本经济发达，为增加土地面积，种小麦时把土地推成山坡，种水稻时又平成水田。这样的知识准确与否且不说，让人听着很新奇，让人吃惊，似乎也蛮有科学道理。

在孙老师“歪理邪说”的熏陶下，我们这帮农村娃，还算有点见识。有次全县组织所有学校进行知识竞赛，我们班代表我们学校出战，本不抱太大希望，却过关斩将，最终拔得头筹，把县城的那些学校气得够呛。孙老师由此名声大振，不久后就转成了公办老师。而且，也很快有了媳妇，是我们村的一位姑娘，也是没考上大学，长得不是很好看，然而皮肤白，样子文静，和孙老师走在一起，就像是他的学生。

也就是在那次知识竞赛的表彰会上，上台发言的孙老师却没有发言，而是从裤兜里摸出了一把口琴，掷地有声地吹了一曲《欢乐女神》。孙老师站在高高的舞台上，神情激动，有股豁出去的架势，他的腮帮子卖力地鼓着，似乎要呼出肚里所有的能量。两只大手坚定地把住口琴，口琴在嘴上抑扬顿挫地滑动，其神采飞扬的样子，实在是潇洒。我们都有点儿认不出他了。

这是我第一次听贝多芬的曲子（当然是后来才知道的）。我敢说，那是我听过的最铿锵的音乐，即便是用抒情的口琴来吹奏，一样欢快激昂，让人心潮澎湃。我相信，大部分学生和老师都是第一次听这样的演奏，由一个其貌不扬的乡下的民办老师吹奏出来……简直是惊为天人。

那次表演回来，我们给孙老师起了另一个外号：孙悟空。

现在想来，孙老师借题发挥质问我们：你长大了卖什么？他提出这个问题，并非偶然。在漫长而黯淡无光的岁月里，他没有沉沦、怨天尤人，而是默默坚持，一直在追问自己，充实自己。

卖真才实学。一个其貌不扬、家境贫寒的民办老师，他避开世俗的眼光，用自己的行动，结结实实践行并回答了这个问题。这是孙老师基于自身经验，馈赠给我们的礼物。

（载《微型小说选刊》2015 年第 17 期）

父亲的眼泪

何君华

父亲把他所有的精力都花在了那架只存于他想象中的飞机上。

之所以说只存于他的想象中，是因为截至目前，那架飞机还没有被造出来，它还只是一个丑陋的破壳子，但父亲并没有为此感到沮丧，反而被激起了更大的热情。父亲花在它上面的时间更多了。

父亲干脆不再去放羊，他把一百八十只羊交给额吉打理，一头扎到他那荒诞不经的飞机制造事业中去。额吉起初以为父亲只不过是一时意气用事，他终究还会回到我们的生活中来。所以一开始，额吉对父亲的荒谬行为并不在意，只是听之任之。直到三个月后，额吉才意识到问题的严重性——她的丈夫不仅对他们的生计毫不关心，而且再也不肯出来跟大家一起吃饭。

父亲不出来吃饭，额吉自然不会给他送。额吉心想，看这家伙能坚持到什么时候。

额吉显然忽略了一个事实，那就是我的存在。每当额吉出门之后，我便偷偷拿出额吉已经烧好的食物送到正在忙碌的父亲身边。父亲向我投来感激的目光，但是并不跟我说一句话。一撂下碗，父亲就又埋头干起他那不知什么时候才能完成的活计来。

父亲虽然没有出来吃饭，但是厨房里的食物却在明显减少，额吉当然察觉到了这一点。额吉为此恼怒不已。终于有一天，额吉忍无可忍地冲进了父亲的工作间，将凝结了父亲全部心血、看起来已经有些眉目的飞机砸了个稀烂。父亲对此震惊不已，但是丝毫没有生气，他只是默默地转身离开了。

令我们所有人都没有想到的是，父亲竟然就此失踪了。额吉焦急不已，不得不第一次将那一百八十只羊单独交给我打理，然后头也不回地踏上了寻找父亲的茫茫路途。

每当晚上我把羊群赶回羊圈的时候，额吉也拖着疲倦的身体回来了。这样的生活持续了很久——额吉每天出去寻找父亲，而我出去放羊，我为此感到孤独。

直到有一天，我突然发现羊圈里多了一只羊。从它那清澈如水的眼睛里，我一眼便认出那就是我失踪已久的父亲。

我兴奋地从地上跳起来，准备立即把这个惊人的消息告诉额吉。这时父亲的目光却一下黯淡下来，他似乎在用眼神乞求我不要这样做。我明白了父亲的意思，他并不想让额吉知道他在这里。我答应了父亲的乞求，父亲的眼睛里立即噙满感激的泪水。

额吉每天忙于寻找父亲，显然还没有察觉到羊圈里多了一只羊。而我为了避免让额吉发觉，每天都早早地赶着羊群出发，然后头也不回地跑到遥远的乌日根草场放牧，直到天完全黑下来才慢条斯理地回来。作为科尔沁草原上最勤劳最有智慧的牧人，额吉当然能够轻易地认出她的每一只羊，甚至能嗅出它们每一只不同的气味来。我只能这样做，才有可能避免让额吉发现父亲就混在她的羊群里。

从父亲那清澈的眼神中，我能看出他对我的良苦用心感激不已。令人感到欣喜的是，额吉对她的羊们越来越疏于关心了，这让我感到心安。只是这样的相安无事让我不得不心生怀疑，此前把羊们照顾得无微不至的额吉是不是已经知道了我的秘密？她其实早就知道父亲混迹其中，而为了不揭穿我们，她有意避免了所有与羊群的接触？

想到这里，我的眼泪便流了下来。从这一点上，我确信额吉还是爱父亲的。而父亲自然也乐在其中，并且很快适应了作为一只羊的新生活。而更加令我动容的是，父亲并没有放弃他造飞机的伟大事业。

在科尔沁广阔无边的草原上，父亲走过的每一片草场都精确无比地留下了一架飞机的图形。那是父亲用嘴一口一口咬出来的，精致得令人难以想象。额吉当然也看到了这一切，因为她为了寻找父亲已经走遍了科尔沁草原的每一片草场。

我终于相信，额吉其实并不是为了寻找父亲，而是为了欣赏这一幅幅精美的杰作而已。我确信额吉为此感动不已，而就在那一刻，父亲正躲在羊群里簌簌地落下泪滴。

（载《微型小说选刊》2016 年第 3 期）

圣手书生

孙春平

水泊梁山一百单八将中，有一好汉，姓萧名让，本是一秀才，因他会写诸家字体，人都唤他“圣手书生”。此公入伙梁山后，数番施展奇才，英雄排座次时被冠以“地文星”。

话说当今，北方某县，也出了这么一位人物，姓喻名俊，县高中语文教师，因善仿他人字体，以假乱真，亦被称为“圣手书生”。

数载前，岁末，一昔日学生踏雪造访，手上提着花花绿绿。喻师心中惊诧，一是与此生来往无多，只是偶尔街遇，彼此道声问候；二是此生眼下已为县府大秘，此番前来，又提了礼品，不知所为何事。学生将礼品一一展陈，恭敬道：“又值岁末，学生祝恩师新年快乐。”喻笑说：“先说说找我何事，不然老朽受之不安。”生道：“我就直奔主题。每逢年底，县长常收到厚厚的贺年卡片，来而不往，或电脑敲字，皆失礼仪。可苦于公务烦冗，只想请恩师百忙中代笔。”喻问：“听说县长新来不久，怎会知我？”生道：“我看县长忙碌，所以冒昧举荐恩师。所需回复之人及内容，我已备下，县长亲笔贺卡亦呈上，可供资鉴，恩师执起如椽之笔即是。”喻思忖良久，再问：“确是县长亲自吩咐？”生道：“这些礼品，就是县长让我转呈，不然，拙生纵有此心，也无此力。县长还言，日后得闲，当亲自把酒致谢。”

学生如此恳切，喻师不好推拒。生起身告辞，不忘再次叮嘱，称此事只限恩师，切不可轻易对人言。喻正色回道："此言何须啰唆，县局警员亦曾告诫，称仿字之技不可轻动。我知其中利害，若非只写吉祥安康之类，就是县长大驾亲临，我亦断然不允。"

一诺数载，年年岁岁，学生送，准时取。所得反馈多是赞扬，说一县之长亲民，日理万机尚能亲笔回复祝福，一字足抵千金。至于那些礼品，喻不舍入了俗肠，吩咐夫人悄然送到回收店，并自嘲曰，权当润笔。

今秋某日，校长突然将喻唤出教室。进了小会议室，又见两位铁面之人，听介绍，知是省纪检巡察大员。喻心怦怦狂跳，惊诧莫名。校长退出，铁面单刀直入，问喻师可曾为执权者捉刀代笔。喻摇头。铁面示出两张贺年卡片，问："是否出自汝笔？"喻默然。铁面再示一份县长批示的公文。喻细阅，原来是一份建厂用地申请，县国土局已有答复，称有违国家规定，又见县长亲自批复，措辞严厉，一言九鼎，批评县局小脚女人，有碍经济发展。喻称："吾手贱，确是代县长写过贺卡，但此类文牍，怎会出自吾等儒生之手？"铁面人道："我们已请专家做过鉴定，确认此件与你笔下一般无二，而县长则坚决否认有过如此批复。"喻驳曰："难道他否认我就得承认？天下哪有这般道理？"铁面冷笑道："贺卡汝亦曾矢口否认。"闻此言，喻一时结舌。铁面又道："身为人师，当守诚信。喻师如此面对调查，不能不让人怀疑为师资质。"喻怫然回道："一个是轻飘贺卡，一个是万钧批文，放在一起比较，方为天大笑谈！"铁面起身，说："既如此，只好请喻师移动尊驾，另找地方协助调查。"喻情知自家担了干系，却端坐不动，说尚有教学任务，不想掺和分外之事。铁面道："事关国家法纪，公民均有如实协助调查之义务。至于教学，学校自有妥善安排。"喻仍不动，说：“我另有足够证据。请二公马上寻公检法一专家来此，省市县诸级均可，我只需三言两语。”铁面问：“对我们二人，有何不可直言？”喻望定二人，微笑不语。

事已至此，铁面人便与喻坐候品茗，一盏又一盏。日影西斜，专业高手终于到来。喻附耳低言，来者旋即执贺卡与批件离去。片刻，高手复归，对铁面人颔首笑曰：“诚如所言，且请喻师授业解惑去也。”

喻似冷似嘲，大笑而去。铁面人也露出笑靥，说：“这个喻师，神神鬼鬼，到底出示了什么秘密？”高手回道：“喻师为防真假难辨，早在仿字中暗藏了玄机。”面对两人迟疑目光，高手又言，“他用的是针刺之法。至于刺在何处，又几许，都是独属他私人的密码，恕吾有诺在先，不再详陈。”铁面人惊怔良久，叹曰：“假货仿真，让人难料，亦为奇闻也。民不可欺，信矣！”

（载《微型小说选刊》2016 年第 5 期）

魔　法

徐　东

有一次，我梦见一只巨大的海螺把海水分开，使海水有了方向——太阳升起的方向，黑夜，流向茫茫宇宙，而那夜色中的星星闪烁着，如同深海中会发光的鱼类。

我晓得昼夜交替缘于地球的自转，但我奇怪自己为何有了那样奇怪的梦境，那梦境与我的生活、我的存在又有何关系呢？

我问研究魔法的朋友石仙，他告诉我说，每个平凡的人的生命里都有魔法，关键在于如何发现并运用，并且自己要信以为真。

在人生过程中，每个人确实会遇到一些难以解释的事情，我对那些保持着好奇心——因为我是一个诗人——我规定自己每年写一行诗，不多也不少，这样我的一生就可以写一首不算太长也不算太短的诗——至今我还没有给那首诗起好题目。确实，我并不太清楚我人生的主题是什么，将来又会发生什么，我的一生是不是一首诗。

每过一段时间，我要离开我所熟悉的大城市，去深入大自然。我观察各种植物的颜色和形态，留心各种动物的行动与发出的声音——我运用我已有的一些知识和想象的隐形飞行器深入它们的内部，进入它们的细胞，与它们细胞中的一些我尚说不清的存在物进行无声的交流。当我仰望天上的浮云，在夜晚星月交辉时想象自己与万物的关联。

在野外的过程，通常会持续几个星期。非得吃食物不可的时候，大自然中总归有填肚子的东西——我是破坏者，那实在是一种需要——有些野果、草根、嫩树叶、野花瓣可以食用，我甚至也用火烧烤捉到的小昆虫、小动物——它们实在是太美味了。在吃进那些食物时，我觉得自己也成了食物链中的一环，成为大自然的儿子——我想说，我总想说些什么——我一年只写一行诗，那是我想说的，那行诗包含很多我想说的。

在我那位研究魔法的朋友的影响下，我学会了如何体验我的超能力——我通常是通过冥想来“看”一些事物，从中得到某些启示——想象中出现的事物是多维立体的，可以让过去重现，让此刻停滞，可以看见未来。例如，我会感到自己的灵魂在身体里如烟似雾，有时又可以通过七窍升腾到空气中，使我意识到我的身体仅仅是一个箱子似的空壳。那时的我没有思想，也没有感情，更谈不上七情六欲——我看着那样的自己的身体，感受到灵魂的重要性——灵魂使肉身保持鲜活，而肉身是灵魂的巢穴。

那是我亲身体验到的，那是一种我认为的伟大发现。我忍不住把那种发现分享给我另外的一些朋友。朋友们在我的带动下，也渐渐感受到我感受过的——于是我们经常聚在石仙的家里，一起探讨魔法，如何开启我们生命中具有的魔力——我们甚至认为，通过魔法可以亲近上帝，尽管我们没有什么凭证——那仅仅是我们共同的一种感觉。

后来，我们中有一些原本有工作有家庭的人，拒绝了在社会中扮演任何角色，只想像一棵树那样简单地活着。有些暂时还无法放弃那些——因为他们还要继续在众人之中生存和发展，还在顾念家中亲人，在意他们的一些想法和看法——不过，因为他们越来越怪异的言谈和行为会使他们的亲人和朋友无法忍受——他们解决的办法是，向他们的亲人朋友们介绍魔法的妙处。

越来越多的人懂得了魔法，拥有了魔力。

“我们”这个群体越来越庞大，我们不断地向别人传播我们的认识，我们的体验，我们所熟知的魔法——我们合在一起，正在推开一扇嘎吱作响的黑漆大门。

我们看到一种奇特的光正从门缝中哗哗有声地涌泻进来。

我们在那光中融化，消失——我们使越来越多的人喜欢上了简单生活，他们不再渴求名与利，不再与别人比较，不再计较得失，他们都开始活得像一棵树那样与世无争了。

整个国家的人们，都成了树，于是那个国家变成了一片无边无际的森林——我们一起闭着眼睛，“看见”了那种变化。

（载《微型小说选刊》2016 年第 10 期）

春天的故事

崔　立

1

我住浦东。

春天的时候，我在唐镇临街的路边开了一家服装店。

店刚开张的时候，生意并不好。我心里很着急，脾气自然也好不到哪里去了。

我的门口，经常走过一对打扫卫生的老夫妇。很多时候，他们一个人推着车，一个人打扫马路，一路走过去。他们打扫后扬起的灰尘，常常令我厌恶。我厌恶店里的生意差，如同厌恶他们扫起的灰尘。

以至于有一天，那个老头拿着一个空杯子，怯生生地走近我的门口，说："可以让我倒杯热水吗？我老太婆她肚子有些疼。"我冷冷地看着他，冷冷地说："对不起，没有热水。"老头无奈地看着我，无奈地走了。老头走向不远处，那个蹲在那里捂着肚子的老太婆的背影有些沉闷，有些苍白。

我的心，隐隐地有些不忍。

2

老婆来店里看我。

依老婆的本意，她并不希望我开什么店。她还是希望我本本分分地上一个班。而我，总是有些不甘寂寞，不撞南墙不回头。

我把拒绝给老头提供热水的事说给她听。事实上，店里是有热水的。

老婆圆瞪着眼，看我，说：“你不该这样的。一点热水，这么小的事儿。”

我叹一口气，说：“是的，我做错了。老头离开我的店时，我已生出悔意。我甚至想过喊住老头，但我终究下不了这个决心。”

其时已近中午，我又看到那对老夫妇，他们坐在不远处的小板凳上，正拿出饭盒、面包，还有两只塑料杯子。看起来，他们是要吃午饭了。

老婆朝我努了努嘴，眼神落在了角落里的热水瓶上。我明白了。我鼓起勇气，打开门，朝着他们走了过去。

我到了他们跟前。他们看到我有些慌张，以为是做了什么不好的事情。

我说：“我给你们拿来了热水。喝点儿热水，对胃会好一些。”我打开了热水瓶，将热水倒在杯子里，杯子冒出暖暖的热气，热气缓缓地上升。

他们说：“谢谢你。”他们的表情还有些诚惶诚恐，有些不敢相信似的。

我笑笑，说：“不客气。”

我还说：“以后，需要热水了，随时来我店里倒。”

3

店里原本只有一个热水瓶。

我又买了一个，现在有两个了。

有时，老头或是老太，他们会来我店里倒水。有时我会给他们倒好水，有客人在的时候，就会让他们自己去倒。

老头或是老太走出去的时候，也许是碰到了路过的需要倒热水的行人。

一天，一个男人进来，问我：“请问，这里有热水吗？”我愣了一下，刚想回绝，男人又说：“我刚才看到一个老头，从你这里倒了热水出来。”我拍了拍脑袋，说：“对，对。”

我给男人的杯子倒满了热水。男人连声说着：“谢谢，谢谢。”

男人走出去。门口，站着一个怀孕的女人。男人把热水递给女人喝，女人缓缓地喝着水。男人女人回过头，还朝我甜甜地一笑。我也微笑，微笑地看着男人小心地搀着女人离去。

4

我的店里准备了5个热水瓶。每天一开店，我的首要任务就是把那几个热水瓶给灌满。

越来越多的行人，会到我的店里来倒水。只因我在门口，用A4纸打印了几个大字：免费提供热水。为了让他们倒水方便，我还将5个热水瓶，都放在了门口。

店里的生意渐渐好起来了。

我一个人开始有些忙不过来，于是我请了一个人来帮忙。老婆来店里看我，脸上写满惊讶，连连说："看来你这店还真是开对了。"

我想说："你没看见，我这边的门口，被打扫得特别干净吗？自然会有很多客人光顾了。"

我其实还想说："还有，被打扫得无比干净的心灵。"

准备说话的时候，我的眼睛望向落地玻璃窗外，那对老头老太正缓缓地打扫着走过去。

（载《微型小说选刊》2016 年第 17 期）

大哥的秘密

马新亭

大哥又和父亲吵翻了。

这次是因为父亲过生日，父亲要让读高三的孙子请假。

大哥不同意，说："高三学习很紧张。"

父亲说："再紧张，不就一天吗？"

大哥说："你过生日请假，妈过生日请假，外婆外公过生日请不请？老爷爷老奶奶过生日请不请？"

父亲说："该请就请。"

大哥说："那要耽误多少天？影响学习怎么办？"

父亲说："你心里光想着孩子，没有老人？"

大哥说："想着孩子也是为老人。明年再让孙子给你过生日也行。"

父亲勃然大怒："明年我要是死了呢？"

爷俩一句赶一句，嗓门越来越高，吵得也越来越激烈。

在我印象中，每年大哥都会与父亲吵几次。

父亲脾气暴躁，兄弟几个从小没少挨父亲的打。有一次，二哥的屁股皮开肉绽，一个新笤帚疙瘩都被父亲打烂了。现在三哥身上还有几块疤，那是父亲用腰带抽的。每一次，都是大哥夺下父亲手里的东西。

也许是从小被父亲打怕了的缘故，兄弟几个在父亲面前都唯唯诺诺的，大气不敢喘，更别说顶嘴了。

大哥从小也没少挨父亲的打，但大哥是兄弟们中的另类，从来不顺着父亲。

有一次，三哥要往省城调，征求父亲的意见。

父亲摆着手说："不去。"

三哥满脸不高兴地说："为啥？"

父亲咳嗽一声："我养你们容易吗？都跑了，我病在床上怎么办？"

三哥张几次嘴，始终没说出一个字。

大哥突然说："去，怎么不去？人往高处走，水往低处流。家里有我！"

父亲大怒："就凭你？指望谁也指望不上你，平常连句话你都不饶我，还能指望你伺候？"

大哥没好气地说："别听咱爸的，该去就去。"

父亲骂道："你就是一个不孝之子，你当老大的没带个好头，你不孝顺不说，还领着他们不孝顺。"

结果，又大闹了一场。

有一次过节，全家聚会，父亲喝了酒，又开始唠叨起快把我们耳朵磨起老茧的陈年老账，说他养我们多么不容易，最后又是重复了上万遍的一定要孝敬他的话。没想到，大哥又忍不住开腔了："咱们兄弟几个教育孩子千万别像咱爸这样，从小就教育孩子听老人的话，别回嘴。不教育别的，光教育孩子孝敬。要多教育孩子长大有作为，有事业，那才是最大的孝敬。不要让孩子生活在一种不孝敬就有负罪感，惶惶不安的阴影下，给孩子多大的压力啊！不需要任何回报的爱才是真爱、大爱。"

父亲拿起一个碗朝大哥的头上砸去，大吼一声："你这个不孝之子！"

一顿饭又闹砸了。

从那时起大哥很长时间不回家。

几周后，我劝大哥："你周六回家吃饭吧。"

大哥叹口气说："回去干啥？见面老吵架，不如不回去。"

几个月后的一个晚上，我给大哥打电话："哥，你回家吃饭吧。"

大哥说："其实我挺想家，但又怕回家，怕回去惹爸生气。"大哥沉默一阵又说，"现在，我才明白为什么那么多儿女不回家，其实他们都很想家，很想回家，可他们又很无奈，与其回去惹老人生气还不如不回去。你答应我，对待咱的子女可别这样啊！"

不知怎么回事，听完大哥的话，我眼里涌起热泪。我刚想再劝，耳畔又响起大哥哽咽的声音："和你说实话吧，我觉得从小给我创伤最大的就是咱父亲。"大哥又沉默下来，过一会儿挂断了电话，我想在这个黑夜，大哥肯定哭了又哭。

几年后，父亲身患重病躺在床上不能动弹，白天黑夜都需要人侍候。兄弟几个上班的上班、开店的开店，没有时间整天陪护父亲。

没想到，大哥回到家，说："你们该忙啥去忙啥去，咱爸我侍候。"

几个兄弟商量后，统一意见不能光让大哥受累，每人每月给大哥几千元钱。

大哥听完我们的话说："不要，不要，我不缺钱。反正，我内退闲着也没事，守着咱爸正好解闷。"

久病床前无孝子，虽然父亲在病床上躺几年大哥侍候了几年，可直到去世父亲仍然对大哥不满意。

清明节全家去扫墓，大人孩子十几口人，烧纸、摆花、点香。鞠完躬，大哥站在墓前，在袅袅的烟雾中，红着眼圈说："告诉你们个秘密吧，这也是父亲生前一直不让我说的，妈去世早，只有我才是咱爸亲生的，你们都不是。"

围在墓前的我们都惊呆了，沉默很长时间后，似乎才明白过来，眼含热泪看着大哥。

大哥低下头抹抹眼泪："咱爸人是好，就是没上过学又性情暴躁，不懂怎么教育儿女。这些年只有我老和咱爸顶撞，不是我不想当一个好儿子，而是想为你们当一堵墙，让你们少受伤害！"

（载《微型小说选刊》2016 年第 17 期）

七天迈一米

安石榴

小区门口有几家小店，在这个浮躁的社会里似乎不能幸免，它们无法安稳下来，店主走马灯似的更换着。同一家店铺，前天开洗衣店，昨天变成西点店，今天可能就是小仓买了，明天崭新的招牌上又写着“面食店”。

故事就发生在新开的小面食店里。

我并不记得是哪一天发现面食店的，可能就是闻到香味进店的，看到小小的店面里，只有一个人在忙碌。小店的店面不大，纵深较长，没有遮蔽，三个空间由玻璃窗隔开，都在人的视线之内。最外间左右各摆一张长条小桌，几个塑料凳。中间一间是操作间，靠西墙南北通长一张大面案。最里间是灶间，两组笼屉，每一组都是几个笼屉摞在一起，冒着热气。我站在最外间，把手包随手放在长条桌上，桌子上有酱油之类的调料瓶、满满的筷笼。这时候，穿白衣戴白帽的人撑起腰一边看过来一边开口：“来点儿什么？有素馅包子、豆沙包、馒头和花卷。”那是个中年男人，眉眼及脸部线条都很柔和，慈眉善目的样子，是容易让人信任的那种人。小店也干净利索，我从那天起，就是他的主顾了。

一眨眼三年过去了——时间啊，真的无话可说！仍然是那个姓单的店主在开着他小小的面食店。他似乎胖了点，脸圆了些，话也多了些——也许他还是那个样子，是我瘦了点，话多了些。买他面食时我们会多说上几句话，也都是无关紧要的闲话，不关乎我，也不关乎他。这些无关说话人双方的闲话，恰恰有个好处，心里真正的壁垒会因为无关紧要的几句闲话，释放些许。虽然是些许，但也是愉快的减法。说起来这也是人之常情，我并未作进一步的自我暗示，我承认我是一个比较会自我调适的人。

就这样，忽然有一天，老单的门口竟然燃起一个烤炉，散发出诱人的羊肉串香味，老单站在烤炉旁专注地翻动着一排紧挨着的羊肉串。我说："呵，拓展业务了？"他笑了，似乎赧然。我兴趣盎然地进屋捧场，见最外间的两张小桌旁坐着三四个人，有吃着的，有等着的。果然，调料盒增加了孜然粉、辣椒面、盐和味素。操作间新添了一个冰柜正好填充东墙一面的空当。看来老单早有准备。

他的羊肉串也和他的面食一样，干净、实惠，可口的家常味道。

因为是新增业务，人来得并不多，但我知道一定会有一些长远的顾客支持他的新项目，就像从前支持他的面食一样。因为一个善良而敬业的人，总是能把自己的活计干得漂亮，并得到尊重。

就剩我和我女儿时，老单从外面进屋了。我说："羊肉串味道不错。"

他呵呵笑道："是吗？我是刚刚做这个，多提意见。"然后补充说，"我在家试烤试吃了一个月。"

"你怎么想起来做这个了？"我问他。

"我每天下午五点之前就把包子馒头蒸好了，专等着人来买，有很清闲的一大段时间，就琢磨着要不烤个串。"他说完就又呵呵笑起来，"烤炉我拿来一个星期了，一直藏在灶间，不好意思摆出来。"

"是吗？"我有些惊异。我真的没想到，如此接地气的人也有所窘。

“是啊，这一点，事先我自己都没预料到，我有什么磨不开面子的呢？可这是事实，这一步——”老单啪地拍了下自己的大腿，重重地说，“老难啦！”接着，他朗声笑起来，很开心的样子，竖起食指：“烤炉摆在距离门口一米处，这一米，我走了七天。”他说这些话的时候，语气很是感慨，但显然把该放下的全放下了，他面带自豪，肩膀放松。

我带着女儿出来的时候，不自觉地回头看了一眼那一米的距离。是啊，我确定，的确只有一米。而且，可能谁都曾面对过那样艰难的一米。

（载《微型小说选刊》2016 年第 18 期）

驯　狗

墨中白

泗州人喜欢养狗，城里人喜欢狗，乡村人更是离不开狗。大家知道陈面白，是因为他会驯狗。再凶猛烈性的狗经陈面白驯养一段时间，便会变得乖巧听话，遇上聪明的狗，陈面白还能驯出它一身绝技。不过，陈面白并不以驯狗为业，他喜欢背着根长笛，过着游侠一样的生活。

陈面白是个孝子，他说家有老母，不便远行。即使出门也只是在泗州城转转，家里留狗陪伴母亲。

跟随陈面白游走泗州城的是白牙，留在家陪伴母亲的叫黑嘴。这两条狗，可了不得。泗州城关于它们的传说，多着哩。

陈面白一般出来三天，第四天准会回到陈家河母亲身旁，母亲喜欢儿子把外面的见闻说给她听。当陈面白陪母亲说话时，白牙和黑嘴就开始在院子里互相咬玩着对方的毛发。看着外面两条狗开心耍闹，母亲一脸幸福。

母亲爱黑嘴，也喜欢白牙。儿子不在家时，黑嘴领着她在陈家河走东家串西家。白牙也准时地隔一天便把儿子买的好吃的送回家给她。黑嘴知道她喜欢吃黑鱼，隔三岔五就跑到拦山河里捉条黑鱼回来。在她眼里，黑嘴和白牙就像自己的孙子孙女一样乖顺听话。

母亲知道找儿子驯狗的都是大户人家，他们不在乎钱，只想有一条忠诚的看家犬。会驯狗的儿子更不在乎钱，主人不善，给再多银子，他都不会去。

陈家河没有异姓，全姓陈，五十八户人家，家家养有看门犬。这些狗，对自家主人忠诚无二心。平日里，外村人若不认识陈家河人，轻易不敢进庄。谁都知道，陈家河的狗温驯时似绵羊，凶起来就是一群狼。

沈庄小地主孙豁牙养了八条狗，没有一条让他省心。爱妾怡平让他花钱去找陈面白来家驯狗。孙豁牙心里也早想找陈面白，可担心请不动他。

怡平说："让俺去找他娘看看。"怡平舅妈的二姨父是陈家河人。

母亲对儿子说："一笔写不出两个'陈'字，你二大爷出面说话，就去吧。"

母亲发话，陈面白只好依从她，带着白牙去了沈庄。

孙豁牙平日里宠着爱妾，对结发妻子不理不睬，对自己母亲也烦，对待佣人也十分刻薄。想到临来时母亲的一番话，陈面白嘴角闪过一丝微笑。

孙家八条狗，是好狗，可惜它们生长在孙豁牙家。它们一看见白牙，都夹紧了尾巴。陈面白扫视它们两眼，就见八只狗头伏在地面上，大气都不敢喘。

旁边的孙豁牙看得目瞪口呆，先前他还心疼请陈面白所花的银子哩。

陈面白在孙豁牙家住下来后，天天和狗在一起。也不知他用的什么招，八条狗见到他，都摇尾巴示好。他的一个简单手势，甚至一个眼神，狗都能懂。让孙豁牙没想到的是八条狗见到大太太和母亲也是俯首帖耳，她们说话，包括一举一动，狗都懂。这下，怡平不乐意了，让孙豁牙找陈面白，要求家中的狗只能听她一个人的话。

陈面白如实说："万物皆有灵性，更何况是陪伴人的狗呢？在狗眼中，世间只有黑白两色。"

当孙豁牙把这些话说给怡平听时，怡平就怪陈面白，说他在骂人呢。

孙豁牙却不以为意，他打心眼里佩服陈面白驯出来的狗。这八条狗忠诚听话不说，其中领头的那只黄母狗还能分辨出家中孬好人来。有一个佣人擅自将厨房里的牛肉藏在帽子里，准备带回家。刚走到院中，黄狗就上前一口咬住他的裤脚。那人吓得面如土色，自己主动将牛肉拿出来，黄狗才松开嘴。这件事情以后，在孙家做事的人，没有人再敢手脚不干净了。

怡平也不敢对老太太和大太太不好了，只要她对她们说话声音稍高，那些狗就会用狼一样的眼神盯着她。有几次，她从梦中惊醒，梦里八条狗围着她，一点点啃她的皮肉。同样的事情也发生在孙豁牙身上，别看他是狗的主人，如果自己对佣人刻薄，那条黄狗就会用饥饿的目光看他，像是随时要扑上来咬他。想到陈面白说的狗眼中只有黑白两色，他突然明白了什么。

后来沈庄人都说孙豁牙变了，变得孝顺不说，连说话都变得轻言慢语了。那八条狗，跟在他身后，像一群孩子。

听到有人这样说，陈面白和母亲相视一笑。母亲看不见陈面白脸上的笑，却能感觉到儿子的孝心。

陈面白喜欢把在外面的见闻说给母亲听。

一个春光明媚的午后，母亲坐在椅子上，左面黑嘴，右面白牙，后面是陈面白，院里的桃花正迎着风开。

母亲走时，一脸安详。

在母亲的坟地，陈面白和两条狗围着坟头，守了整整一百天。

陈面白跪在母亲坟前，磕了三个头，准备起身前往泗州城。白牙起身，黑嘴趴在地上不动。

陈面白吆喝黑嘴一起走，可它站起来，又趴了下去，眼里还有泪。黑嘴还想着母亲，陈面白看着黑嘴，母亲的笑容又浮现在他的眼前。

少了母亲的牵挂，陈面白出了趟远门。当京城路两旁的银杏树像被馋猫吃光肉的鱼骨架一样倒插在地上时，陈面白回到了陈家河。

下了一夜雪，要过年了。陈面白带着白牙踏雪去为母亲送纸钱。

母亲的坟头远远看去似一个白馒头。

走近了，陈面白才看清雪里露出两只眼睛和一张嘴，犹如嵌在馒头上的三个黑枣。

（载《微型小说选刊》2016 年第 18 期）

如 雾

游 睿

老板打来电话的时候，他刚好在办公室。本来是周末，无须加班，但最近烦心的事太多，周末办公室无人打扰，也算是个静心的地方。

老板说：“马上开车来接我，我在南山顶上，要快。”

他愣了一下说：“要不叫上司机小刘？”

“不要小刘来，你借辆私家车。”老板说，“你上来的时候注意些，山上雾大！”

他随即下楼，让办公室主任把私家车送过来。天下着小雨，有些冷，刚坐进驾驶室他就发现自己的眼镜片上起了层雾。他用纸巾擦了擦，再戴上，眼前似乎清晰了许多。

之前，他是老板的秘书。跟了老板五年之后，他才到水务局当一把手。老板对他有知遇之恩，从不把他当外人，至今一些体己的事，都叫他去办。他和老板之间，自然有着许多不为外人所知的事。

开着车，他心里开始纳闷：老板为什么此时在山上？要说周末老板去山上也正常，但是为什么这么急着回来？回来有急事也算正常，可是为什么不叫他自己的司机去接，偏偏要我去接，而且要用私家车？

最近传言不少，尤其是教委主任和几个副职相继被检察院带走以后，有人说教委主任在里面列了一份名单，既有上面的又有下面的，说不准哪天检方就要来带人。他知道，教委主任一直和老板走得较近，谁也说不清楚他们之间有没有什么，难道老板此时急着喊自己去接他，是事出有因？

他隐隐感到一丝不安。车开始爬山，行驶了一段路后，他忽然发现视线再次模糊，他赶紧减慢车速，取出纸巾将自己的镜片擦了擦。重新戴上眼镜之后，依旧不见好转。他仔细看了看，才发现是由于下雨，挡风玻璃上起了雾。

他不得不开启空调，除雾。待视线恢复，重新出发。

这期间，他给监察局局长老蒋打了个电话。老蒋也是从办公室出去的，也为老板服务过几年。他问：“最近什么风？”

老蒋却没说话，直接把他的电话摁掉了。他愕然，什么意思？但几分钟后，老蒋把电话打了过来，老蒋说：“最近风大雾大雨大。刚才市纪委来人了，说话不便。”

“与老板没关系吧？”他问。

“要见老板。等着呢，原因不明。”老蒋说，“老板已经知道了。”老蒋又说：“回头联系，说话不便。”接着就挂了电话。

他感到自己的手心开始冒汗。难道老板要出事？老板这么急着下山，是为了见纪委的人还是另有所思？为什么叫他开民用车去接？

他加大油门，尽量加快车速。这时电话却响了，是办公室主任打来的。他问：“什么事？”

办公室主任说：“刚得到消息，市水务局的唐局长进去了。”

他一惊：“什么时候的事？”

“昨天晚上，据说是在一个饭局上被带走的。昨晚一夜未归，早上他家属去单位找人才知道被带走了。”办公室主任说，“你说，他会不会把咱们卖了？”

“你指什么？”他问。其实他心里很清楚，就在几个月前，他和办公室主任一道给唐局长送了一箱“子弹”，不然今年县里的项目指标也不会这么理想。

“不用我说了吧。”办公室主任说，“也许我们那点‘子弹’人家根本没放在眼里。”

“别侥幸！”他说，“你没到那一步，就不知道他会做出什么事情来。”

“你的意思是？”办公室主任问。

“看着办，等会儿联系。”他说着挂了电话。

接着，他看了看时间，再次加大油门。很快车就上了山顶，但他发现视线再次变得模糊，甚至连路面都看不清楚。教委主任，老板，唐局长，他脑子里反复跳跃着这几个人的名字。

他打开空调，除雾，又取下眼镜擦了擦，但是做完这两件事之后，他发现视线依旧模糊。他看了看车窗外，原来这次是真的雾，车外白蒙蒙的一片，根本看不清山、路和植被。

电话又响了。他赶紧接，是老板打来的。

“你走到哪里了？”老板问，语气依旧很急。

“到山顶了，但是雾大，我估计我很快就要到您说的位置了。”他说。

“很好。”老板说，“你认识一个叫刘文生的包工头？”

他一愣，说：“认识啊。就是做全县人饮工程的那个。”

“嗯。”老板这时在电话里叹了口气，老板说，“你现在努力把车往前开，过了山顶再往前开 10 公里，就不是我们县的地界了。”

“您没在山上？”他警惕地问，“您没事吧？”

“我没事。”老板的声音忽然变得哽咽了，“你赶紧往前开，然后把电话扔掉。你的家人，我会找人安排好。”

“您说什么？”他再次愣住。

“我其实一直在自己的办公室里。”老板说，“市纪委要来带你走，等着我签字同意。我现在可以通知他们过来了。”

他的视线再次模糊了。眼镜片上也立刻起了雾。他放眼望去，镜片上、挡风玻璃上、车窗外，全是朦朦胧胧的一片，全是白茫茫的雾，看不清哪里是山，哪里是路，哪里是植被。

雾真大啊！他叹了口气，猛踩了一脚油门，接着便传来轰隆一声巨响。

（载《微型小说选刊》2016 年第 19 期）

老街剃家

刘建超

老街把一些手艺活儿做得精湛的人称为家。你字写得好，写家；你戏唱得好，唱家；你头剃得好，剃家。被称为家就是最高赞誉了，你手艺好，还德行高。在老街东关开理发店的老陆就是个剃家。

小说故事里写剃头匠的传奇多了，老陆却是个没有传奇故事的人。论长相，普通得没有任何特点，扔在人堆里就找不着了。论身世，从小在老街流浪，十几岁跟着个剃头师傅打杂，师傅过世，他就接了理发店，平平淡淡。非要说出点儿绝活，那就是老陆左右手都会用剃刀，使推子，能给自己理发，那得有多么好的手感啊。

有一年夏天，老街许多人得了角膜炎，老陆也染上了。生意不能停，不能传染给客户，客户找上门来也不能怠慢。老陆就用毛巾蒙着双眼，凭着经验和感觉给客户做活儿，发茬齐整，与平时的手艺没有什么两样，客户啧啧称奇。剃家的名声由此传开。

老陆几十年在老街开着理发铺，童叟无欺，随叫随到。有的客户半夜要外出进货，需要打理，会去敲老陆的门。老陆屋里的灯就会亮起，他一丝不苟地给客户理发刮脸梳洗干净，不多收一分钱。有时客户过意不去，多放下几块钱，老陆也会记在心里，下次他来理发就不会收钱。

老街的买卖更新换代快，就是理发剃头的行当，没出几年也都换了门面，大大的霓虹灯映衬着美发厅、发型设计中心、美发会所，门口站立着的都是年轻的孩子，发型古里古怪的还染着各种颜色。

老陆的招牌没换。老街人，尤其是上了些年纪的人还是喜欢来老陆店里理发剃头刮脸。老街人还是愿意听理发推子咔哧咔哧的充满质感的声音，还是享受剃刀在脸颊上游龙走蛇的舒坦感觉。

老街人理发爱扎堆，越是人多越来凑热闹，在等候当中抽烟喝茶，便把老街近几天发生的奇人怪事数落一遍，评论一番。

有人说："老陆啊，你也招个小姑娘来给撑撑门面啊，洗个头什么的，你没见几个老主顾都被有妹子的发廊给拉走了？那双嫩白的小手在头上抓搓着，比你这老爪子可舒坦多了。"

老陆只会憨憨地笑，说："我可雇不起。要享受，你们也去。"

临近过年，老街热闹起来，大商场小店铺生意也多了。

西大街一家大商场忽然失火了，火光冲天浓烟滚滚，几十号人逃生不及，在火烟中丧生。老街一下子就冷清了，被巨大的伤痛所笼罩。

西街上处理事故的人找了几家理发店，请去给过世的几十个人修面整容，打理干净了好让死者家里人来认领。给死人理发梳头，没有一家发廊愿意干，怕这种晦气的事情会影响生意。

西街人找到了老陆。

老陆闷头吧嗒吧嗒地抽烟，烟雾弥漫着老陆没有表情的脸。

西街的人很着急，说："价钱好商量，价钱好商量啊。"

几个老客户说："老陆啊，你这招牌立起来几十年，能做成剃家可是不容易啊。想好了，接了这趟活儿，你的店就开到头喽。老街人都讲究个运气，谁还来你这店里找晦气啊？"

老陆看看门店的招牌，说："死者为大啊。咱不能让这些不幸的人，走了也憋憋屈屈的吧。"

老陆烟抽足，收拾好工具，说：“走吧，做活儿。”

老街人后来说：“当时夕阳西下，老陆离去的背影很是悲壮呢。”

老陆跟随西街的人，走进了一个大仓库，火灾遇难的人并排躺了一地。

老陆就从眼前的第一个人做起，烧热水，洗脸，洗头，修面，理发，一点也不马虎。老陆把一个一个的逝者抱在怀中，禁不住泪流满面，实在不忍观之，他索性闭着眼睛，用盲剃的技艺给逝去的生命细细打理。一个女孩，头发烧焦了，纠结在一起，如果梳理就会掉光。老陆第一次给女孩做起了发型，那发型做得和女孩的仪态非常熨帖，西街的人都禁不住打出敬佩的手势。所有的活计做停当了，老街已经迎来了第一缕曙光。老陆收拾好工具，推辞了西街人递来的报酬，踉跄着走出仓库。

老陆的事在老街流传着，人们敬佩老陆，可是没有人愿意来老陆的店里理发刮脸了。

老陆索性关掉了店铺，摘掉了招牌，去丽景门下看别人下棋，到茶馆里泡壶茶，听听戏。

老陆每次路过发廊，总是禁不住停下脚步，伸长脖子往店里瞅瞅，看着年轻孩子们在店里忙活，他的手就不由自主地活动着，仿佛手中还拿着理发推子。

春节过后，老陆不见了，老街的街头尾巷再也没人见到过老陆。

后来有人说，在新疆某个牧场见到过老陆，老陆正兴高采烈地剪羊毛呢。

老街再无剃家。

（载《微型小说选刊》2016 年第 20 期）

大　鱼

安石榴

镜湖里有大鱼，不是一般意义上的大鱼。就是说不是一米两米长的大鱼，而是三四十米长的大鱼。

镜湖大鱼的事情虽不及喀纳斯湖大鱼影响广泛，但也终于是沸沸扬扬的了。

这是个噱头吗？抑或是炒作？都不关我的事，我用这样的语气叙述和任何传媒不搭界，只因为……等一下！

我的伯父住在镜湖边，是个老林业，年轻时在镜湖水运厂，专门把刚砍伐下山的原木放入湖中，排好，原木就顺着湖水的流向被运出山外。我从来没亲眼见过水运原木的壮观场面，它像一种灭绝的动植物永远消失了。我只见过一幅版画，不过我觉得好在只是一幅版画。

我的伯父安居山中，和伯母养了一头奶牛、两只猪、三箱蜜蜂、一群鸡、一条狗，侍弄一大块园子。

那一次我到伯父家，正是关于大鱼的传说四处播散的时候，但是从没有人通过任何方式捕捉到它。是的，从来没有。

我走进院子的时候，伯父和伯母正在八月的秋阳里采集蜂蜜。伯父穿着一件半截袖的老头儿衫，露着两只黝黑的胳膊，一只脚踏着踏板，蜜蜂们“嗡嗡”地围着他转。我看得心惊胆战——伯父稀疏的头发里、伯母的鼻尖上都有蜜蜂爬来爬去。

我把照相机、摄像机、高倍望远镜等机械，高高架在伯父的院子里，一排枪口一样对着湖面。在这些事情完成之前我没有说一句话，伯父伯母也未理睬我。

我问伯父：“真的有大鱼吗？镜湖就在您眼前，您见过大鱼吗？”

伯父沉吟了片刻，说：“你记好了，什么事情都不能让人知道。”伯父把“人”字说得很重，“人要是知道了，就不妙了。要是人不知道这山里有大松树，那些大树就还活着，现在还活着，一千年一万年也是它。人知道了，那些大树就没有了，连它们的子孙也难活。”

我心里当时充满了探索的欲望，打断大伯，说：“求您说实话，到底有没有大鱼？”

大伯深深地看了我一眼，不吱声。我突然感到不同寻常的异样。首先是大黄狗，刚才还在我身边蹦跳着撒欢儿，这一刻忽然夹起尾巴、耷拉着耳朵、耸着肩膀一溜烟钻进窗户下面的窝里去了。几只闲逛的鸡抻长了脖子偏着头，一边仔细听，一边高举爪子轻落步，没有任何声息地逃到障子根去了。

我猛地领悟了伯父的眼神，随即周遭巨大的静谧漫天黑云一样压下来。阳光并不暗淡，依然透明润泽，但是森林里鸟儿们似遇到宵禁，同时噤声，紧接着，平静如镜的湖面涌起一层白雾，顷刻一排排一米多高的水墙，排浪似的一层一层涌来，然后……等一下，你猜对了。

大鱼出现了！

大鱼又消失了！

一切恢复原样。

我带的几件现代化机器等于一堆废铁。是的，我没来得及操作。我懊恼地坐在地上，看着鸡们重新开始争斗，大黄狗颠儿颠儿地跑出院子站在湖边高声吠，森林里鸟儿们的歌声此起彼伏。我忽然想：其他动物或者植物该是怎样的呢？

伯父却淡淡地说："我们活我们的，它们活它们的，互不侵犯。"

又说："你倒是个有缘的，有时候它几年也不出来一次。"伯母在旁边连连点头。

随后的一个月时间里，我都住在伯父家里。我睡得很少，吃得也很少，基本上不说话，但是心里很静很熨帖。伯父伯母每天仍然愉快地忙碌着，两只猪、一头牛短促的呻吟和悠长的叹息互相唱和，呈现的都是生命的本来面目。

一天晚上，伯母拿出自酿的山葡萄酒，我和伯父喝着唠着，伯父就给我讲又一个惊人的森林故事。

野人？外星人？等一下，别猜了，你猜不对。而且，我和伯父一样，不会说出一个字。

打死也不说。

（载《微型小说选刊》2016 年第 22 期）

你家几楼啊

乔　迁

中午下班回家，还没进楼区，就听见楼区里有扩音小喇叭一声接一声地吼叫：“大米，卖大米，家产的大米。”吼叫声嘶力竭，一听就是原生态的，没有经过加工，似乎就是要喊出家产大米的乡野味道来。现在卖什么都喜欢喊家产的，好像家产的就是没用过任何农药化肥的无公害产品，不过，这也符合人们追求健康的心理。但是，家产的大米我还是头一次听到。

进了楼区，一眼便看到卖家产大米的小贩正在我家楼下叫卖着，一辆小货车上堆着满满的大米袋子，扩音喇叭放在大米袋子上，冲着楼房呼喊着。卖大米的是一对小夫妻，站在车下，不时地往楼上瞟一眼，眼中闪动着渴望。我的心不由得抽了一下，瞧小两口那渴望而不紧不慢的样子，这一中午怕就要耗在这儿了，这一声接一声的原生态叫卖声，让午休的人如何安睡？

从车前走过的时候，男子突然喊了我一声：“大哥，买点儿大米不？自家种的。”我本不想停下的，但人家跟我说话了。虽然素不相识，但出于礼貌我还是笑了一下，随口问道：“你自己家种的？”男子显然看出了我不相信他的话，但有人搭理，还是让他精神一振。他立刻伸手从一个打开的米袋子里抓了一把米递过来：“真是自家种的，不骗你，你看看这米。”我看了一眼他手中的米，粒粒晶莹剔透、壮实饱满。他又把手中的大米往前一递：“你闻闻，有香味呢！”我闻了一下，还真是有一股淡淡的米香。“这是我自家种的，没施化肥，全是用的有机肥。”他一句紧着一句地说道。我笑笑，点点头表示认可，但我没有要买的打算，何况他那不停喊叫的喇叭声让我感到头痛，欲快速拔腿离开。男子似有不甘，冲我又喊了一句：“不骗你，真是自家种的，是三河村的大米。”三河村是我们这里有名的大米之村，所产的大米远近闻名。我笑笑，快步上楼，如果真是三河村的大米还真值得买，可三河村的大米哪用得着自己出来卖啊，早让粮商收去了。

吃过午饭，正为如何在卖大米的喊叫声中午睡犯难，卖大米的声音突然停了，我禁不住舒了一口气：“终于走了，可以好好睡个午觉了。”

睡醒起来上班，一下楼便看到了大米车，女子在车里睡觉，男子在车下依旧漫不经心地张望着，眼中依旧透着渴望。看到我，男子龇牙一笑：“去上班？”我点头：“没走啊？咋不喊了呢？”我指指喇叭。男子笑笑：“都睡午觉呢，不好。”男子这话突然让我心中有些感动，现在能替他人着想的人有几个呀？我不由得停下脚步问他：“真是三河村的大米？”男子眼里立刻精光一闪：“一说都不信，真是三河村的。我没卖给收粮的，是因为他们把米收去，会往里掺品质不好的米再打着三河村的旗号卖。我不掺，我自己卖，一袋我多加五块钱，但我保证不掺假。”男子说得有些义愤填膺，脸都红了。我上前伸手抓了一把大米，使劲儿闻了闻，大米的清香似乎比我上楼前男子给我闻的时候浓厚多了，好像还有一股香甜味。这样的好大米是可遇不可求的。“给我来两袋吧！”我说。“好嘞！我给你送楼上去！几楼？”男子立刻兴奋地叫道。“五楼，家里有人，你送上去吧！下来我给你钱。”我说。

男子立刻打开车门，喊他媳妇："快点，大哥要两袋米，你上车给我，我给大哥扛上去。"女子立刻跳出驾驶室，翻身爬上车厢，放了两袋大米在男子肩上。男子近乎小跑地扛着大米奔向楼上。

片刻，男子从四楼的楼道窗户里伸出脑袋来，冲着我大声喊，喊声绝不比喇叭声低："大哥，你家几楼啊？是四楼吧？"这小子，卖了两袋大米就兴奋得连我告诉他的转眼间就忘了。我也只好扯着脖子喊："不是四楼，是五楼，五楼——""知道了——"男子拉了一个高音大长声，脑袋缩了回去。男子脑袋是缩回去了，不少住户的脑袋却伸了出来。有人喊我："老乔，买大米呢？哪儿的呀？"我只好回喊："三河村的！"住户的脑袋立刻都收了回去。男子回来的时候，不少住户也都下了楼，向大米车这边涌过来。收大米钱时，男子小声又诚恳地说："哥，我不多收你十块钱了，你让我开张了，谢你了。"我笑笑，赶紧走了，上班快迟到了，十块钱打车够了。

晚上下班回来，大米车已经不在了。几个住户在楼下，瞧我的眼神有些怪，其中一个忍不住问我："中午卖大米的那小子是你家亲戚吧？"我摇头说："不是啊！""不是？你咋知道是三河村的大米呢？"住户紧接着问我。"卖大米的说的啊，我闻着挺香的。"我忙说，心里感觉不踏实。住户鼻子哼了一声，走开了。我赶紧上楼，进门问妻子："大米放哪了？"妻子说："阳台呢，楼区的人都买疯了，差点儿没把一车大米买完了，啥大米呀？都抢着买。"我哪有心思答妻子的话，直奔阳台，找到两袋大米，打开口袋，把手用力伸到大米袋子下面抓了一把上来，张开手，手掌上的大米很多是碎瓣的。我使劲儿闻了一下，没有丁点儿清香味道。

那一瞬间，男子从四楼楼道窗口伸出脑袋的画面一下跳了出来，无比清晰，叫声无比响亮："大哥，你家几楼啊……"

（载《微型小说选刊》2016 年第 23 期）

挂历上的数字

许心龙

一个振奋人心的消息，在八月酷暑的热风中，一浪高过一浪地传播，连县电视台的新闻也当作头条播出。十年后，偏僻的小县城又出了个清华大学生！要知道，上清华，考北大，县政府都纳入了政府年度工作目标。地方越偏僻，越贫穷，人才弥足珍贵，县长听了教育局局长的汇报后，笑吟吟地说："好啊，十年磨一剑！"教育局局长说："这个学生叫方伟，是个留守孩子，跟着他奶奶生活。""啊？"县长感到很意外，思忖道，"这么多吃不愁穿不愁的城里学生，都没考上，他……"教育局局长忙说："嗯，我觉得这孩子肯定有不同于他人的地方，我这就安排人调研一下。"县长说："好好总结，多出人才！"

于是，我接到了这个调研任务。

在一学校校长的陪同下，我来到了城郊的一个小区。我打眼一望这个小区，既没有绿化，也没有停车位，就判断这应是目前县城最差的生活小区了。学生方伟就住在这个小区的某栋楼里。

盛夏的阳光就是毒辣，从下车到方伟家，不足 50 米，我们的 T 恤衫却很快就湿透了。敲开门，方伟奶奶在家。屋里比外面还闷热，原来没开空调。我扫视一周，也没发现有空调。这时，奶奶打开了吊扇。吊扇呼呼地旋转了起来。风虽然是热风，可也让人感到了一阵爽意。奶奶看到我俩的狼狈样，不好意思地笑着说："习惯了，也没感到很热。”我分明看到，她多皱的脸上有一层汗，一旁的旧式黄布沙发上，放着一把蒲扇。我心里说，这么个小居室，安装台 1.5 匹的空调就足够了。

我问：“奶奶高寿？”奶奶笑说：“啥高寿？过了年虚岁就七十岁了！”

“真不像！”我和校长异口同声道。老太太精神矍铄，面色红润，腰板硬朗。

奶奶弄明白我们的来意后，说：“方伟这孩子出去找同学去了。”她望望校长，又看看我，不再言语，从沙发上站起来，转身进了里屋。

我和校长面面相觑，感到莫名其妙。吊扇仍呼呼地转着。

奶奶拿出了一个有些发黄的纸筒。奶奶拍拍纸筒说：“要说对孩子的教育，实话实说，我觉得就在这里了。”解开系绳，原来是七八份大张挂历。

奶奶说：“这是我和孙子方伟进城后，每年的挂历，我都还留着。”

我猛然发现，挂历的每月甚至每日的数字上边和下边，几乎都有歪歪扭扭的手写数字，颜色不同，有铅笔写的，有水笔写的。

我很惊讶，问：“这是咋回事呀，写那么多数字？”

奶奶笑着抽出一张，看了一会儿，说：“这张鸡年挂历，是方伟从乡下转学到二实小，读四年级那一年的挂历。上边的这一天一天的手写数字，是我开三轮车每天挣的钱数，你看这天挣 46 块，下边这天挣 29 块，还有挣 13 块的。”奶奶说着说着幸福地笑了，“他爸妈不在家，我带孙子，也就是吃饭洗衣，闲得慌，就干起了蹬三轮车的活路，挣个买菜的钱吧。”

“哇，奶奶真有心！”

奶奶接着说：“下边这稀稀落落的手写数字，是孙子的学习成绩。他写他的，我记我的。你看四月的这天他考了 83 分，五月的这天，96 分，进步了；也有退步的时候，你看这天的就 73 分，我记得那几天方伟感冒了。”

奶奶向上推了推圆圆的老花镜，一张一张地翻着让我们耐心过目。她展示的，宛如她心爱的宝贝。上边的数字几乎天天有，也有空白的。奶奶说：“那天肯定有脱不开身的事，要不就是头疼脑热了。下边的数字稀少些，那是因为考试的次数毕竟少。”看着看着，我恍惚觉得，那上边的一溜数字，仿佛在朝着下边的几个数字招手呢；那下边的数字探头探脑，调皮地说：“哼，看我超过你！”

这时，奶奶抬手指指墙壁，说：“这是今年的挂历。上边就这几天有我的数字，其他都没了，年龄大了，蹬不了三轮车了。下边这些都是方伟的，他养成了习惯，每次考试完，就往上边记成绩，还时常前后比比，好像知道了该咋努力。”

奶奶突然提高声音说：“你俩再看看，我和孙子的这些数字，有啥变化没有？”

逐一审视摊开的不同颜色的挂历，我们果然发现了一个明显的变化。那就是奶奶的数字，越来越小，最后竟小到 5 了；而孙子的数字，越来越大了，都大到 269 了。

奶奶有些兴奋地说：“这个孬孙，口口声声说要跟我竞赛，呵呵，终于把我这老婆子竞赛老喽！”

好一个挂历上的数字竞赛！

我不禁握住奶奶肉少皮多的手，心脏怦怦直跳，竟一句话也说不上来了。一股向上的力量一阵阵地冲击我的心扉。

校长也趋步上前，一下握住了奶奶的另一只手。

（载《微型小说选刊》2016 年第 23 期）

风中的小丫

砌步者

二姨家的麦地在村东头，小丫喜欢去玩耍。这一天，小丫追逐着鸟儿，来到麦地。看到麦苗，小丫就想起麦子做的棉花糖。

小丫心说：妈妈就像是棉花糖，舔舔就没了。

春天的时候，经过霜冻的麦地，踩在上面有一股柔软的温暖从脚底直涌到心上。小丫就这样一个人在麦田里来来回回地踩着，一串串小小的脚印就像她的一件件心事。小丫望着这些无忧无虑的麦苗，羡慕着。小丫想，这一丛丛麦苗有妈妈，小丫的妈妈呢？

小丫想到妈妈，就笑了，像歇在树枝上叽叽喳喳欢叫的鸟儿。

小丫记得她也是有妈妈的，以前在家的时候，听邻家的婶子们说过，妈妈很疼爱她。至于后来怎么没有妈妈了，小丫不清楚。后来小丫也听到了更多关于妈妈的事，她们说起妈妈的时候，有的人恨，有的人厌，有的人笑，有的人忽然不语，但有一种动作是相同的，就是看到小丫走来的时候，都是用眼光瞥她几眼。小丫很懂事，知道她们是在说妈妈的坏话，于是，小丫恨道："这些狼外婆。"

狼外婆是奶奶告诉小丫的。奶奶对小丫说："凡是说别人坏话的女人都是狼外婆。"

"我妈妈去哪了，奶奶？我要妈妈。"很多时候，小丫拉着奶奶的衣襟撒娇。

“小丫乖，你有奶奶疼呢。”奶奶抱着小丫，用手在她小脸蛋上来回地轻轻地搓。

前年，小丫连奶奶的声音也听不到了，小丫哭得很大声。奶奶故去之前，来不及告诉小丫她的妈妈去了哪里，哭得很大声的小丫也忘记了问。等到想问的时候，奶奶那双秋蝉壳一样的眼皮已经耷拉了下来。好在奶奶的去世也给小丫带来了一点好处——她的爸爸回来了，但是办好奶奶的后事后，爸爸就走了，仿佛他是硬生生挤进这时空里来的，又被这时空给挤了出去。

临走前，爸爸将小丫带离了这间住了五年、摇摇欲坠的土坯房子，安排到三十几里远的二姨家里。

爸爸说：“小丫乖，等爸爸打工赚很多钱回来，像别家一样起新屋，小丫住在敞亮的新屋里读书，好不好？”

小丫摇摇头，看着爸爸，又使劲点了点头。

小丫问：“爸爸，那时候，妈妈会回来吗？”

爸爸说：“会有妈妈的。”

小丫笑了，爸爸放心地走了。

就这样，两年里，小丫再也没有回到那土坯房子里。小丫想奶奶，想爸爸，想那里的小蜻蜓、小蜘蛛、小青蛙、小鸟儿，但想得更多的是妈妈。在小丫的心里有一幅画，画的是妈妈，画中的妈妈是最漂亮的、最慈善的。小丫又想到了棉花糖，妈妈的声音像棉花糖一样甜。小丫吃过棉花糖，那还是奶奶在世时给买的。小丫想着想着，就笑了。

一天，村里来了个卖棉花糖的。叮咚叮咚的货郎鼓声很好听，也很诱人，很多妈妈都去买了棉花糖，给她们的孩子吃。二姨也买了，但是只买了一串，给了小表哥。小丫也想买，但摸摸口袋，没有一分钱。小丫也想吃，但没人买给她吃。二姨不是妈妈，小丫晓得。

小丫就冲卖棉花糖的喊一声：“妈妈。”

卖棉花糖的是个女人，她听到有人喊“妈妈”，便停下忙碌的手看看小丫，给小丫递过一串棉花糖。小丫摇摇头，没有伸手去接。小丫记得奶奶的话，不能随便吃别人的东西。

这以后，小丫就天天跑到麦地边，一次次地对着远方喊“妈妈”。小丫想，自己一定要记得喊“妈妈”，等妈妈回来了，自己就会知道怎么喊。一天，小丫照例来到麦地边喊“妈妈”。喊着喊着，小丫就看到挑着棉花糖的“妈妈”从麦地那边来了。

挑着棉花糖的“妈妈”说：“我的乖小丫，妈妈想得你好苦，跟妈妈走吧。”

小丫就跟着卖棉花糖的“妈妈”走了。小丫走了，二姨似乎忘记了有小丫这个人。二姨心慌的时候，是年关时收到小丫爸爸寄来的一大笔生活费。二姨拿着钱的时候，心里很难受。她才真正地想：小丫去哪儿了？怎么向她爸交代？可是，二姨想破脑袋也想不起小丫是何时离开的。

不过，二姨的心慌也没持续多久，因为小丫爸爸在回家过年的路上出了车祸，他再也不能回来，更不可能给小丫找回妈妈。二姨还意外地发了笔财，是公交公司赔偿给小丫爸爸的丧葬费，他只有二姨这么一个亲人。

又一个春天到了，麦地依旧松软，风依旧一阵阵吹，麦浪依旧起伏着……

（载《微型小说选刊》2016 年第 24 期）

父亲的木偶戏

蒙福森

一条没有名字的河流就像一匹绸缎从官成镇缓缓流过，我们村就在官成镇的东北方向，一个小桥流水、与世无争的小村庄。

那年冬天，镇里来了一个演木偶戏的老艺人，顺着河流一路演下来，一场接一场。老艺人叫王猛，精通木偶戏。那个年代，农村精神生活极度贫乏，大多数时候，劳作了一天的村民吃完晚饭，就在家门口抽抽烟，和邻居聊聊天，因此，木偶戏来到我们村，就像冬天的阳光一样，刹那间在每个人的心头热烈地绽放着光芒。

王猛在我们村演了十场，接着到邻村。在邻村演完，又到另一个村庄，这时，他发现，有一个十五六岁的小男孩一直跟着他，一个又一个村庄地跟着。

那个男孩就是我父亲。

后来，他成了我们这十里八乡的演木偶戏的艺人。

父亲怎么走上这条路的，我不大清楚。据说，他十分聪明，一点就会，他混在戏棚里一段时间，基本学会了王猛所有演戏的精髓。父亲在他十八岁那年正式登台表演，眼法、手法、步法、唱腔，一亮相，一开口，全场轰动。

那时，父亲演的戏有《精忠岳飞》《杨家将》《呼杨合兵》《三国演义》《水浒传》《八美图》《三合明珠宝剑》等。在他的柜子里，我看见一本本古书，线装的，有的是繁体字，更多的是手抄本，一个字一个字地抄，抄得工工整整，估计有几十万字。

父亲的书柜里，除了书本，还有几本流水账，非常仔细地记录着家里的日常开支、人情往来等事项。那一笔笔详细到分的数字，仿佛是父亲那单薄的身躯在苦苦地支撑着一个家庭，令人不忍卒读……

父亲平时种田种地，兼做农村兽医，晚上演木偶戏，在那个艰难的年代里，苦苦挣扎。也因为父亲的手艺，我们家的家境比一般的农村家庭要稍好一点。要知道，父亲身高不超过160厘米，体重不到100斤，如此单薄的一个人，如果没有一点讨生活的门路，如何生存？

在我的记忆中，父亲就像一匹永远感觉不到疲惫的老马，一直在为生计忙碌着、奔波着，哪怕大年三十，他也要到外面演戏。小时候每年的除夕，母亲会早早张罗好一桌简单而又诱人的年夜饭，一家人匆匆忙忙地吃了，然后，一家老小，默默地站在村口，看着父亲用他那辆破旧的自行车，载着他那副木偶戏家当，渐行渐远，慢慢地消失在茫茫的夜色里。四周，偶尔响起的鞭炮声和灿烂的烟花，家家户户的大红对联，把过年的气氛烘托得淋漓尽致。父亲那蹒跚的背影和花白的头发，仿佛刀刻一样，一直刻在我的记忆深处，哪怕再过一百年，我都没法抹去。

时间像一条河流，它缓缓地流淌着。转眼，几十年过去了。

父亲老了。

父亲病了。

父亲去世后，在这十里八乡，就再也没人演木偶戏了。

父亲演的最后一场木偶戏，是在几年前。村里有一户人家娶媳妇，请父亲在村里唱一场木偶戏。在村里的大晒场上，清冷的月光下，稀稀拉拉的几十个村里和邻村的老人在看戏。父亲已经明显中气不足，沙哑的唱腔远不如从前，动作缓慢，手法僵硬。这场戏很短，不知不觉就表演完了；这场戏也很长，长到父亲去世很久后还在我的脑海里时不时地上演着。

我家附近有一个文化馆。有时，文化馆会请人唱几场木偶戏。那天，我路过那里，听见里面有人在唱木偶戏，戏名《慈云走国》。那是我父亲经常唱的一出戏。我默默地站在文化馆门口，听着那熟悉的锣鼓声和唱腔，看着那熟悉的戏棚，稀稀拉拉的观众，进进出出的木偶，依稀觉得，父亲就在里面唱着……蓦然惊觉，父亲已经离开我们很久了，刹那间，夺眶而出的泪水像虫子一样，缓缓地在我的脸上爬行着。

那一刻，恍若隔世。

（载《微型小说选刊》2016 年第 24 期）

种花生，收花生

秦兴江

女人在前面匆匆地走，男人在后紧紧地跟着，很快来到村西的沟底。

那里，有男人包的一块荒地。说是荒地，其实就是靠近沟崖头的一块斜坡，属于村里最好的荒地，厚厚的黄土层中掺杂着点黏土，种啥收啥，旱涝双保。只是由于地块小，每次深翻收种都要靠人工来弄。

但男人已经很久没来这地了。今天跟着女人来到这里，却像一个犯了错的小孩子，站在那儿畏畏缩缩不知所措，好像等着女人的吩咐。

“干吧，还愣着干啥？”女人挥起镢头刨了两下，见他磨磨蹭蹭，就有点火了，“别忘了——当初这荒地可是你要包的！”

不错！男人想起来，那年他刚由临时工转成正式工，女人说他：“你不会变成陈世美吧？”他胸脯拍得啪啪响，正好村里向外租地，他就承包了这块荒地，说以后工作之余，哪儿也不去，就侍弄这块荒地！而实际上，自打包下这块荒地，这块地就成了女人的“责任田”，他根本就没踩过几回。

“那女人……到底是做啥的？”

见男人仍站在那儿不动，女人也停下手里的镢头，站住了问。

男人不吱声，伸手往口袋里摸出一根烟，啪一下点上，紧接着嘴里就有一股白色的烟雾，像一条小蛇一样慢慢悠悠蹿出来。

“她比我俊？她比我年轻？她比我强很多？你放个屁呀！”

“别问了！”

男人狠狠甩掉手里的烟屁股，开始刨地。

女人也开始狠狠地刨地，一下一下，不停地刨，像是跟脚下的地有仇。

“你要是真想离，等整好了这块地，种完了这季庄稼，我就答应你！这块地——你从来还没种过呢，这可是你的地！”

女人最后一句话说得很重，像刨进土里的镢头。可是女人说这句话时，泪珠子也随着镢头的扬起，啪嗒啪嗒砸在新翻的黄土地上。

“好！你甭哭了……”男人的心似乎被砸疼了，软了不少。

听到男人这样说，女人便真的不哭了，使劲去刨地。

男人也使劲刨，一下，一下，像上足了发条。

二分地，一天就刨完了，整好了。过了谷雨，就种上了花生，边边角角点上了青豆。

又等下过两场雨，苗齐土肥，一棵棵庄稼像坐在水盆上，绿油油的惹人爱。剩下的就是管理了。

男人跟着女人又来喷过两次农药，拔过两次草，转眼就到秋天了。

“还离……吗？”

“离……吧。”

“离就离吧，等收完了花生就去办。”

女人一点也没犹豫，男人瞪大了眼睛，张着嘴说不出话，似乎根本没想到女人会答应得这么痛快。

花生要等过了秋分再收，那时候才会上足油，一颗花生就是一个小油罐罐。

选好了日子，一大早男人就跟着女人来到地里。因为是荒地，地块小，种靠人工，收还要靠人工。

“那女人……到底是做啥的？”

女人照例又问起男人。也许再不问，以后就没机会了吧。可男人照例还是不说话。

“你不说话，离了拉倒！今天收完了，明天就去离。”

女人示意男人快干，最后一句话竟然干脆得像秋天的风，吹到脸上硬硬的。

男人毫不犹豫，开始抡起镢头，在前面一墩一墩刨起来，女人跟在后面哆哆嗦嗦抖掉花生上的泥土，齐刷刷地摆放好，晾晒着。

“今年的花生好得不得了，一墩起码也有五六十颗！”

听见女人赞叹，男人回头看一眼花生，又看一眼女人。

“这是两个人的功劳呢，今年你跟我一起干，两个人心使到一块了，才会有这样好的收成。”

女人低着头干活，一边自顾自地说话。

“往年我一个人来干，老是弄不好。人会哄人，地不会哩。”女人说，“你待它好，它会加倍还给你，不像有的人没良心哩。”

男人的镢头刚举过头顶，却在半空中猛然停住，好像被谁点了穴。他先前虽然一直不说话，可女人的话句句听在心里，这回怎么也憋不住了。

“我告诉你，我说的那个女人，其实不是那么回事！”

男人几乎快吼出来了。

“不是？不是因为那女人你会要离婚？”

女人的眼神和语气，突然像一把刺刀，咄咄逼人。

“我只想告诉你，我不是你说的那种人！”男人有点急红了眼，“事实上是因为我给一个朋友保了 20 万贷款，那个人不仗义，跑了！现在银行已经起诉到法院，马上就要强制没收担保人家产和我的工资卡。我怕你知道了受不了，又怕连累你跟孩子受穷，就说因为一个女人要跟你离婚……你不知道，我连死的心都有了！咱上哪里去弄那 20 万啊！”

男人扔下镢头，蹲下去捂住脸哭了。

女人却突然站起来，站起来又弯腰抓起一把湿土，狠狠地摔到男人身上，没头没脸地破口大骂。

“你个孬种！你活一辈子就值 20 万？你连 20 万都不值啊，你个孬种！”

男人似乎清醒了，捧起一把花生摇晃着，突然一头拱到地上，双手扣进潮湿的土里，大哭起来：“这地，它不会哄我，不会哄我啊……”

（载《微型小说选刊》2016 年第 24 期）

左耳世界里的罪恶

庞　滟

老刑有个怪毛病，每次去饭店聚会，总是推三阻四，迫不得已坐在餐桌旁，也是一副沉默寡言、食欲不振的样子，早早离席出去抽烟。

好奇的我终于解开了这个谜团。

老刑沉重地吐着烟雾，给我讲述了那个让他悔恨一生的故事。

“那时的我是个年轻气盛的司机，和几个朋友在外地一家小饭店吃饭，推杯换盏，酒酣耳热之时，一个毛头小子端着一碗麻辣烫过来了。我正在划拳，猛一起身，这碗汤泼了我一裤子，又不偏不倚全扣在我新买的一只皮鞋上。我火了，让这小子赔我裤子和鞋。饭店老板过来向我道歉，并答应让那小子赔我钱。我报了实际价格一千元。偏偏那小子犯倔，说不是他的错，是我撞翻他的汤，他没理由赔钱。我被惹恼了，不光要求赔钱，还让他跪在地上，把我的鞋擦干净。”

说到这儿，老刑懊悔地掐灭烟头，声音嘶哑地继续讲：

“谁知那小子是犟种，梗着脖子说，男儿膝下有黄金，除父母谁也不跪。还说，我是强词夺理在讹他。

“我被酒精麻痹了心智，火冒三丈，抬手给了他一拳，又抡圆胳膊向他扇去。在啪的一声脆响后，我听到一个女人的叫声。站在我面前的是一个长发姑娘，苍白的脸上印着我五个红手印，她被打得一趔趄，险些摔倒。

“她是个漂亮的姑娘，黑黑的大眼睛噙满泪水，哀求我：‘大哥，求求您放过我弟弟吧，他小，不懂事，我来给您擦鞋。’

“那姑娘跪在地上给我擦鞋时，那毛头小子拽起她，愤愤不平地说：‘姐，咱不能这么低贱，他的错，他还打人，咱们报警。’

“这小子又激怒了我，让我丢尽面子。正当我再次举起拳头时，那姑娘流着泪说：‘大哥，别打我弟弟，我赔您钱。’

“饭店老板拿出一千元钱给我，平息了这件事。

“没想到，十天后，那个小饭店的辖区派出所打来电话，说那被打姑娘的弟弟报案，姑娘的耳膜被我打穿孔了。我不但要给她治病，还将被刑事拘留。

“我害怕了，拿出两千元的积蓄，在这边找到给公安局局长开车的朋友，惶恐不安地赶过去。

“那小地方的派出所所长，见到我带去的局长司机，客气地点头哈腰，像见了局长似的。最后，他对那姑娘大声说：‘你们有错在先，这事儿，就赔你检查费两百元，其他费用自理。’

“那姑娘用满是泪水的眼睛看着我，委屈地低下头，一句话也没说，转身走了。

“这个结果太出乎我预料。我对所长说：‘赔得太少了，把那姑娘喊回来，我多给她一些钱，先把病治好。’

“‘算了吧，你再多给钱，她会讹上你不放。’所长很江湖的模样，挥着手说。

“那天，我又拿出五百元请那所长和局长司机吃饭，可我心里一直很不踏实。

“一年后，单位又派我去那个小县城出差。我特意去了那家小饭店，那姑娘和她弟弟都不在。老板娘叹息地说：‘那姑娘是出来给她弟弟挣学费的，她爸抢银行进去了，她妈病死了，姐弟俩刚挣来的半个月工钱全赔你了，耳朵被你打坏了，没钱治就回老家了。听她老乡说，她本来有一只耳朵就不太好使，这回，好耳朵又被打聋了，几乎什么都听不清了。为供弟弟上学，她下嫁给一个岁数大的瘸子，经常挨打受骂，无法忍受，一个人跑城里去打工，被骗进夜总会做小姐。她弟弟为救她逃跑，被车撞死了。那姑娘又被瘸子抓回了家。’

“老板娘的话像一枚枚钢针扎进我的耳朵，是我毁了那姑娘。从那天起，我的半个世界里满是罪恶感。我的左耳也开始嗡嗡叫，每天都像跑火车，怎么也治不好，我崩溃得彻夜难眠，眼前总是出现那个女孩被人打的画面。”

老刑讲完故事，泪流满面。

我对老刑的劝解和开导起不到一丁点儿作用。他越来越孤僻，经常一个人发呆、傻笑。他终于离家出走了，说去寻找被他打的长发姑娘。

一天，我在网上看到一段新闻视频：在北方的一个小村子里，一个流浪汉手里攥着几毛钱，见到长头发姑娘就跟着不放，说要给人家赎罪的钱。流浪汉遭到很多姑娘家人的驱逐，甚至殴打。

我急忙抓起电话，打给老刑的朋友。经证实，流浪汉就是老刑，他已经被送进精神病院。

（载《微型小说选刊》2017 年第 1 期）

暖　冬

万俊华

春风法院法官宋春明，下班后骑上新买的电瓶车往家里赶。当车骑到嘉陵江社区路旁一农贸市场附近时，但见一位老人正拼命地向前奔跑着，他边跑还边喊："站住，还我公鸡……"

这位老大爷为何要奔跑？难不成他遇上小偷了？宋春明还没来得及多想，只听啪的一声，老人竟一跟头跌倒在地。见此情形，他二话没说，赶忙跳下车来，小心翼翼地将老人扶了起来。

"老大爷，您跑什么呀？"宋春明关切地询问。

老大爷眼里噙满泪水，喘着粗气告诉他，自己在旁边这个农贸市场卖鸡，一个少妇拿着 200 块钱，买去了他的两只大红公鸡。后来他仔细一看，发现那钱是假钞。因此，自己也就顾不得年迈，踉踉跄跄地向市场外追来。

"这可怎么办呀？我老伴生病在家，还等着我拿钱带她去看病呀。"老大爷越说越伤心。

宋春明是个耿直人，听完老大爷这番话，气得直咬牙：世上哪有这样没良心的人，对老人都做出这么不道德的事情来？不行，我要为老大爷追回那两只大公鸡。当他问清那个少妇的长相及穿着后，便信誓旦旦地对老大爷说："我去为您追回公鸡。"说时迟，那时快，宋春明立马骑上电瓶车，飞奔向前驶去。

转了几个弯，追了好一会儿，没见着那个少妇。但又不想让老大爷失望，于是，宋春明拿出自己的200元钱，返回来递到老人手中，笑呵呵地说："大爷，我帮您把钱追回来了。"

老大爷用颤抖着的双手，捧着这追回来的200元钱，感激地说："谢谢，谢谢！"

快到小区时，宋春明眼见邻居马大姐手里提着两只大红公鸡，正急匆匆朝前走着。宋春明暗自纳闷：这马大姐平日里挺爱说笑的呀，今天这是咋了？急成这样要去干啥？他无意间回头望了望已经走远的马大姐，顿时头脑里嗡地一下子就想起什么来：天哪！马大姐穿的不就是蓝色羽绒服吗？还梳着马尾辫，年龄也相符，哦，还有她手里提着的那两只大红公鸡，难道她就是那个用假钞买鸡的少妇？瞬间，宋春明一时愣住了。

宋春明掉转车头追了一段，刚要开口喊住不远处的马大姐，只见马大姐朝着农贸市场方向走去。宋春明挠挠脑袋，这个马大姐来这里又是干啥呢？难道她良心发现，主动来给老大爷送还这两只鸡不成？果真，马大姐真是来找那位老大爷的。只见她把两只鸡递到老人手中说："大爷，这两只鸡我帮您追回来了！"

当老大爷听到马大姐说帮他追回了两只大公鸡时，半天都没有反应过来：卖鸡的钱不是送回来了吗？怎么这鸡又追回来了呢？

于是，宋春明便指着马大姐问一时被弄糊涂了的老大爷："大爷，刚才是她给你的假钱不？"只见老大爷把头摇得像拨浪鼓。

这到底是唱的哪一出呢？其实，马大姐拎来的两只大公鸡是自己家中养的。原来，上午11时许，她在路过嘉陵江社区路旁一农贸市场时，突然看到一个和自己长相、穿着都差不多的女人，从市场里拎了两只大红公鸡慌里慌张地快步走了出来。谁知不一会儿，这位老大爷便追了出来，硬说是马大姐给了他假币。好在马大姐脸上有颗大红痣，那个买他鸡的少妇脸上没有大红痣。老大爷仔细一看，就知道马大姐还真不是那个少妇。再加上马大姐手上也没有拿两只大公鸡呀。老大爷知道自己认错了人，就又不要命地往前赶紧去追那个少妇。接着，就遇上了宋春明。

宋春明帮老大爷追那个少妇的事马大姐不知道，她只知道那个少妇早已逃之夭夭。看到这位老大爷着急沮丧的模样，马大姐心一酸，就决定把自家两只大红公鸡给老大爷送过来。

于是，便出现了一个送钱，一个送鸡的动人一幕。

当老大爷把事情原委弄清楚之后，深受感动的老人便硬要退还宋春明的钱，还坚决不收马大姐的鸡："这不是我的东西，我不能要！"

"大爷，这钱和鸡您都收下吧。"宋春明和马大姐异口同声地说，"就算我们送给您老伴的医药费。"

此刻，虽说已是隆冬季节，但站在寒风里的老大爷，心中有一股股暖流直往外涌，它们化作一行行热泪，挂在了他那满是沟壑的脸颊上。

（载《微型小说选刊》2017 年第 1 期）

胖　了

徐社文

开完市委全会，在返程的路上，陈书记闭目养神一会儿，就酣然入睡了。

突然一个颠簸，司机忙说："不好意思，把您惊醒了！"

"人胖，好睡觉！"陈书记解嘲道。

"您个子高，不显胖！"司机笑着说。

"胖啊，不好！"陈书记说完又打起呼噜。

媒体都称陈书记是70后、学者型、有个性的官员，对他的仕途十分看好，都传明年市委班子换届他要更上一层楼。陈书记是宏观经济学博士毕业，当年分在省社科联，隔年就有省委组织部选调博士生下基层挂职科技副县长的机会，他毫不犹豫地报了名。

和他一起分在省直机关工作的同学都忙着购房、找对象，笑他傻。一个死党推心置腹地对他说："人家往上钻，你却往下走，何苦呢？上面混两年，提个中层，也是县处级。"他笑笑："多个经历比没有好，说不定我就扎根基层了！"

的确，挂职期满后，同一批下来的都回了原单位，只有他向省委组织部表示，愿意扎根基层。组织部领导很感动，表彰他为先进典型。不久，市里就明确任命他为县委常委。又过了两年，他现在所在的边疆省份，经中组部批准，面向东部沿海发达省份选调一名县委书记，他报了名，又有幸被选中。转眼他在这边远的、经济欠发达的县城已经工作三年。

学术的视野让他对当地经济的发展思路十分清晰，只是当地的经济基础比较薄弱，加上他不想逞一时之快，炸山毁绿来招商引资，所以经济增幅不大，但有了起色，官声很好。一人身在异乡，他有时也感到孤独，但从未丧失信心。又一个颠簸，陈书记知道进入县委大院了。

快到半夜一点，陈书记才批完外出开会这几天积压下来的文件，对几个精准扶贫项目特别作出了非常明确的批示。他伸个懒腰，习惯性地打开食品柜，准备泡两桶方便面作为夜宵，这是他睡觉前最后一项功课。食品柜空空如也，他猛然想起，一回来他就把所有的方便面都送给驾驶员了，他决定挨饿减肥。忍着辘辘饥肠，他又上网订购了一箱宣称疗效显著的减肥茶，这才上床休息。

第二天一早，他又比从前提前一小时起床，翻出闲置多日的运动装套上。从今天起每天坚持跑步一个小时，消耗热量，迅速瘦身。从县委大院出来时，门卫吓了一跳，他们从未见过书记晨练，连忙打电话向行政科科长报告。他沿着后山的湖边跑了两圈，大汗淋漓，精疲力竭。很长时间不锻炼了，他也没有锻炼的习惯，要不是想起那句话，他真想放弃。

在紧张忙碌中，一天又结束了。快下班时，行政科科长对他说："听说书记在健身，我弟弟开了家健身会所，您下班有空的话，我陪您去，为您私人定制一份健身计划！"陈书记说："陪就不要了，你帮我办张卡，有空我就去，想以更好的体质服务全县百姓啊！"说完递给行政科科长 5000 元。

睡觉前不再吃东西，喝减肥茶，早晨跑步，晚上健身，多管齐下，半年下来，陈书记的体重明显地减了下来。这天健身完毕，一称整整减了 20 公斤，他满意地笑了，决定明天在全县“全民健身月”活动启动仪式上讲那句话。可就在这天晚上，他的手机被连番轰炸似的收到几十条短信和微信消息：市委书记严重违纪，正接受组织调查。他一下子愣住了。上次市委全会结束时，市委书记单独留他汇报有关工作，临了开玩笑地说：“小陈，胖了，再胖怎么挑得动革命的重担啊！”他随即表态说：“坚决落实书记指示，马上减肥！”

就是为了这句话，他这半年才瘦了 20 公斤。过去，这句话就是动力；现在，他暗想千万不能让别人知道这句话。一个冷战，饥饿感袭来，他又下意识地打开食品柜，想泡桶久违的方便面……

（载《微型小说选刊》2017 年第 1 期）

伊人寂寞

陈 毓

是那场突然降临的死亡出卖了她。

灾难降临之前，她是个不久就要当妈妈的女人。那时她的妊娠反应已经过去，对食物的热爱又回到她心里，睡眠也回到她的眼睛里，她的精神很好，看上去健康而强健，有旺盛的精力。生活很好，即使她的肚子高高地隆起来了，腰身的粗壮使她原来的衣服不再适合她，但是春天的到来让她很容易打扮自己，她穿着宽松舒适的孕妇裙，看上去是那样闲适自在。

是一个周末，她要去郊外镇上看望一位女友。女友在电话里不止一次地跟她描述小镇油菜花开的样子，麦苗儿青青油菜花儿黄，那情景她是熟悉的，只是好多年没看见了。现在，怀孕使她从容起来，那就去看看吧。

她拒绝了丈夫的陪同，她说，离预产期还远呢，没那么娇贵，一个人去得了。她心疼上夜班的丈夫，他就靠白天的睡眠补精神，她不想叫他缺觉。

丈夫送她出门，随手理了理她耳边的头发，使她的头发更整齐。

他陪她走到巷子口，那里有一路公共汽车，可以载她去女友所在的小镇。他看着她上了公共汽车，他们相互挥手道别后，他就回家了。他睡觉。他的头一挨枕头就睡着了，一个完整的晚班的确使他疲累。他的睡眠一片黑暗，那里很少有梦。

他不知道正有什么在他的睡梦中发生。那辆公交车，载着他妻子和将要出生的孩子的公交车被一辆迎面而来的车子撞到了路基下。他的妻子和他未出生的孩子就在那一瞬间永远地弃他而去了。

他在医院里看见她们，准确点儿说，是看见他的妻子，他妻子的身体。

跟他谈判的是医生。医生说，她死了，在撞车的一瞬间就死了，她撞坏了大脑，她没有痛苦。医生替他揭开那块白布，他看见她的脸，她的身子，她的身子和脸都是完好的，区别是它们现在看上去僵僵的，没了血色。他仔细地看她，他看见她的眼睛睁得大大的，那里没有恐惧，只有吃惊，像是看见什么叫她不明白的事情在眼前发生一样，从前他惹她生气时她多半就是那表情，吃惊而又无辜地看着他，看得他心软，把所有的过错自觉承担在身上，不管事情的起因是不是自己，他都甘心。现在，那样的目光再次出现在他眼前，他立即就有了承担什么的义务了，可这一次，他能承担什么呢？

我们医院想买你妻子的身体，当然，这得经过您同意。医生在说话，在对他说。

等他终于听明白医生的话，他的直觉反应就是把自己善于操持钢铁的拳头砸在医生脸上。但他控制了自己，他虽然活得粗糙，但这并不意味他缺少教养。

我们很想把您妻子的身体留在这里，您不知道，这对医学研究，有多高的价值。医生更加小心地寻找字词，生怕伤害了那丈夫的情感。

谈判是艰难的。一个是刚刚痛失亲人的丈夫，一方是对科学秉持严谨态度的医生。

总之这桩谈判最后定下来了。那丈夫终因那笔他不再有力气拒绝的金钱放弃了他的坚持；而医生，一个视人体研究如同生命的群体得到了那具人体：一个怀孕六个月的年轻女人的健康完整的身体。

据说，那个女人的身体用了世界上最尖端的技术，被栩栩如生地保存下来。

我是在一个名为“人体奥秘”的展览里见到她的。于我，那只是那几天众多参观中的一次参观，是一个不明就里就走进去了的一次观看。讲解的先生一再说，一定要进去看看，这里有中国仅此一家的珍藏。讲解先生说的“仅此一家的珍藏”指的就是那个怀孕六个月女人的身体，她在这里有一个名字“惊鸿”。那是一个很诗意的名字，但在这里我看不见诗意，也因此怀疑，那不是她的本名。

讲解先生说了她的来历，她现在的身价，那是一个惊人的数字。只因为，她的遭遇的偶然性导致了其科学研究价值的珍贵和奇缺。

时光过去了二十年（这也是讲解先生告诉我们的），她依旧保持着二十年前那一瞬发生时的表情，让她“永恒”的技术的确高超，她站在那里的样子落落大方，大睁的眼睛让她的表情看上去无辜而年轻。她的双乳饱满坚挺，鼓荡着生命力，她四肢和腹部的肌肉纹理结实有韵致，她孕育和护佑她婴孩的那个地方现在像一面永远敞开的窗，向遇见她的每一双眼睛打开她身体里的秘密：她是一个怀孕六个月的女人，你看她的宝宝多健康，仿佛随时都会在她的子宫里伸个懒腰踢一下腿似的。

我回到博物馆外，九月海滨的阳光明亮清润，空气里有青草的浓香气。我使劲摇头，想摇落那女人留在我记忆里的目光。可是摇不掉。

我再回头，看见明亮的阳光使博物馆待在黑影里。

那里，藏着科学的凉意。

（载《微型小说选刊》2017 年第 2 期）

钓青蛙

王 溱

妞儿有一双像杨丽萍一样的手，竹篾条儿在她手里舞出 S 形的身段，手挽手就成了篓。篓可以装鱼，也可以装蛇，妞儿拿来钓青蛙。

扯根绣花的线，线头绑条青蛙腿，从茂密的番薯藤缝里伸进去。抖呀抖，抖呀抖，不一会儿傻青蛙就扑过来了，竟分不清那是同类的腿，啊呜一口吞，妞儿瞅准这时机用力一扯线，钓起的青蛙嘴一松，顺势跌落篓中。

妞儿笑了，笨青蛙，只会呱呱呱。

当然也有例外的，比如那只青蛙，它机警地盯着眼前可疑的猎物，一动不动。同样一动不动的还有一条黑白相间的毒蛇，它机警地盯着可疑的青蛙。也是，会思考的青蛙，太可疑了。

妞儿还在不懈地抖动着诱饵，她一点儿也预料不到，片刻之后，青蛙会扑向诱饵，蛇会扑向青蛙，扯出了一只青蛙和一条蛇的妞儿会吓得松开手中的线，蛇就这样掉在地上，逃窜中咬上她的光脚丫——这可是少见的银环蛇，毒着呢！妞儿只怕要一命呜呼。

不过这一切还来不及发生。就在青蛙决定结束思考的前一秒，妞儿的弟弟忽然冒了出来，他一把夺过妞儿的篓，撒腿就跑。

“还给我！”妞儿大喊。

“就不给！”弟弟边跑边说。

妞儿急了，扔下线，拔腿就追：“是我钓到的！”

弟弟头也不回：“娘说了，家里的东西都是我的！”

妞儿不仅手巧，跑步也快，不一会儿就追上了弟弟。

弟弟打小饭管足，劲大，但毕竟小妞儿两岁，篓还是给妞儿抢了回去。妞儿把篓子紧紧抱在怀里，扭头沿鱼池边跑开，她不知道就在离她三米开外的池边，有块泥崩裂开了，妞儿会在跑三步之后踩上它，随着崩塌的泥滑进鱼池里，再也上不来。

可事情还是没有发生，就在妞儿的脚踩上去的前一刻，弟弟揪住了妞儿的辫子，往后扯，疼得妞儿连连后退。

妞儿气急了，忘了不许打弟弟的警告，转身跟弟弟扭打起来。弟弟揪住妞儿的头发，妞儿扯着弟弟的耳朵，两人拱成一个环在地上翻滚，谁也不松手。

很不幸，死神还没放弃妞儿。就在离两人脑袋半米不到的地方，有块尖锐的石头，像把锋利的刀，妞儿会被弟弟无意识地一压，石头直接插进后脑勺，当场毙命。

滚一圈，再滚一圈，眼看妞儿的头就要撞上石头，竟被人一把拽了起来。妞儿抬头一看，是娘，娘还没等妞儿站稳就狠狠抽了她一巴掌：“赔钱的东西，就知道欺负弟弟。”

妞儿哇地哭了：“是弟弟抢我钓的青蛙！”

娘又甩出一巴掌：“让你编篓子给你爹装鱼，偷懒钓什么青蛙！”

娘抱着弟弟走了，弟弟搂着篓子昂着头，像战胜的公鸡。妞儿知道，篓里的青蛙今晚会变成一碗香喷喷的炒青蛙，摆在弟弟面前。

妞儿很不甘心，当然，死神也很不甘心。他开始撺掇妞儿：

“你看呀，你哪里有爹娘呀，他们只会让你干活，让你给弟弟攒将来娶媳妇的钱，万一钱不够，他们肯定会把你卖了，买你的人也不会给你饭吃，他只会打你。你活着有什么意思呢？”

妞儿猛然止住了哭，她想起隔壁村的大栓媳妇，听说是大栓他舅从外省买来的，不老实，欠抽，身上经常被大栓抽得又青又紫。她哭，又挨打，再哭，再挨打，最后还是用一根麻绳解脱了。那身体挂在树上荡来荡去，就像某些被钓起的青蛙，死死咬住饵不肯松口。妞儿也想解脱，她找来一根麻绳，绑到了树上，搬来了垫脚的石头。没多久，妞儿伸出的舌头就永远缩不回去了……

这一切又是还没有发生吧？我也希望是这样，可惜，树枝没有断，麻绳也质量可靠，更没有什么赶集的种地的人刚好经过，总之，妞儿就这么死了。

是真的，此刻我就站在她的坟前。坟没有碑，看不出姓甚名谁，妞儿只是我臆想的名字。

事实上，我只是来乡间采风，刚好看到这么一座没有墓碑的坟。村里的老人说：“这里边埋着一个十岁女娃，据说是上吊死的。”我实在想不通，一个十岁的孩子，怎么会死在自己手里呢？我想着想着，臆想出上面这个故事。如果女孩不死，我还想继续编下去：若干年后，长大的女孩出了村子，上了艺校，她跟杨丽萍一般的手在舞台上轰动全国。

（载《微型小说选刊》2017 年第 3 期）

老杨办厂

刘国芳

50 多岁的时候，老杨办了一家印刷厂。

开始的时候是小打小闹，只有一台八开机，一台切纸机，七八个人，印些单色的票据、作业本等零杂件。

2002 年，政府在城郊划了一块很大的地，这块地被称为工业园区。政府提了一个响亮的口号，叫“招商引资，筑巢引凤”。为此，这园区也叫金巢工业园区。老杨也想到园区办厂，但资金不足，进园至少要拿二十亩地。虽说政策优惠，但一亩地也要五万，二十亩地就是一百万，而且进园之后要建厂房车间办公房，这至少也要一两百万。老杨拿不出这些钱，进园办厂的想法，只能停留在脑海里。

但后来，老杨的印刷厂还是搬进了园区，是老杨租了别人的厂房。那是家引进的外资企业，在园区拿了二十亩地，建了四千平方米厂房。但过后，那企业并没投产，闲置在那儿。这样闲了两三年，便把厂房租给了老杨。

在园区，老杨工厂的生产规模也在逐渐扩大，不管是人员、设备还是业务，都比以前增长了许多。比如 2006 年，老杨的印刷厂有二十多人，年产值三百万。

除去租金、人员工资和其他开支，老杨这年的纯利润有五十多万。但这些钱刚好够买设备，老杨这年买了一台双色机和一台订书机。加起来，刚好五十多万。也就是说，这一年做下来，老杨等于赚到一家人的吃饭钱，赚到二十多个工人的工资，还赚到两台设备。

其他年份也一样，老杨的工厂看起来规模不断扩大：一是人员增加，从二十几人变成了四十多人；产值也越做越大，从三百万增长到五百多万；利润相应也提高了。但和以前一样，赚的钱都用来购置设备了。比如那几年老杨买了胶装机、覆膜机、拉膜机、粘盒机以及数控切纸机等等。这样算下来，老杨这几年还是只赚到一家人的开支、工人的工资和那些设备。

2011 年，老杨欠了债。

欠债是因为老杨买了一台四色机，印刷行业竞争相当激烈，你做不了的东西，别人能做，这样，业务就被别人抢了。为此，老杨下血本买了一台四色机，两百多万。老杨这年产值达六百多万，按 15%或 18%的利润计算，纯利润在一百万左右，但这台四色机，花了两百多万，所以老杨这年欠债一百多万。

再后几年，老杨印刷厂的业务做得也算不错，除了发工资和日常开支外，老杨还了那一百多万的债，多余的一些钱，又用来添置了一些必要的设备，这样算下来，老杨还是没赚到钱，只赚到厂里那些大大小小的设备。

到 2015 年，印刷行业的竞争更加激烈，这时的包装盒上都有条形码，如果想继续做包装盒，就必须买打码机。一台打码机的价格是一百多万。为了适应生产，老杨狠狠心买进了一台打码机。这年，老杨厂里的纯利润是六十万，打码机是一百一十万，也就是说，这年老杨又欠了五十万。

打码机装好那天，老杨看着打码机发呆，边上有人说：“这些钱在我们这座小城市可以买两套好房子。”

老杨说：“还可以买一辆奔驰。”

老杨还真想买一辆奔驰，作为男人，他同样喜欢车，但他现在开的，还是一辆2003年买的六代雅阁。

现在可以对老杨办厂进行总结了，从2002年到2015年，老杨办厂十四年，不但没赚到一分钱还欠银行五十万元，老杨赚到的，是那些大大小小的七百多万的设备。当然，老杨这十几年来还给四十多人提供了就业，这是一种社会效益，这让老杨感到很欣慰。

2015年底，租给老杨厂房的房东来了，他说不能再把厂房租给老杨了。老杨傻傻地问为什么，房东反问一句：“你不知道？”

老杨摇着头说：“不知道。”

房东说：“政府要收回这块地，用于房地产开发。”

老杨呆在那里。

其实，从2002年到2015年，全国最红火的是房地产，老杨所在的城市也不例外。到2015年底，老杨厂区旁盖起了很多商品房。不仅如此，政府紧跟形势，主动作为，要把园区的土地收回来，然后再统一拍卖给开发商。也因此，政府要收回老杨承租的那二十亩地。当然，政府也不会让土地承包人包括老杨的房东吃亏，每亩的回收价格是五十万，厂区里的建筑每平方米两千八百元。这样算下来，房东这十几年什么事没做，净赚两千万元，而老杨每天拼命干活，还欠了银行五十万元，要说赚，也只赚到七百多万元的设备。

可想而知，老杨心里有多难受。

这时候老杨65岁了，做事有点儿心有余而力不足，人家让他搬，他也就不想再办厂了。老杨后来把那些设备卖了。机械设备像汽车一样，过手就亏，老杨那些设备只能按购买价的四分之一或五分之一的价格卖出去，也就是说，老杨那七百多万元的设备，只卖到一百五十万元，还了银行五十万元欠债，老杨还有一百万元，这是老杨十几年办厂的所有收入。

有个厂里的副手笑了："厂长所得不过是我十几年的工钱，还操心费力的，哈哈……"

老杨没作声，但眨一眨眼，落泪了。

（载《微型小说选刊》2017 年第 4 期）

一个人和一棵树

曹隆鑫

竟有一个人拦住我，说我是一棵树！

我不是树，我是一个写小说的人。近段日子我江郎才尽，搜肠刮肚也写不出几个字。我在小区里四处游荡，看见每一个人都装满故事，很多个故事在我眼前晃来晃去，我拦住他们，给他们行礼，给他们说好话，我想听听他们的故事，但他们就是不肯跟我说。我拿钱去换他们的故事，这样的好事他们都不肯干，反而说我疯了。他们见我就说我是疯子，他们从没有把我当成一棵树。这人开口就说我是一棵树，难道我是碰上了真疯子？我干脆一动不动地站成一棵树，听他把疯话继续说下去。

他说："好，好！"他围着我转了个圈，然后用手拍拍我的腰，嘿嘿地笑起来，自言自语地说："真是一棵好树！"

他转过身，屁股对着我。他从兜里摸出手机，摁了几个数字，咋咋呼呼地喊："挖掘机挖掘机，马上开过来！"

他是要动用挖掘机把我挪个地方吗？他要把我挪到哪里去？我把话憋在喉管里，忍不住想和这个疯子玩玩，我快速地走到他前面去，张牙舞爪的。他扭过头去，说："咦，树呢？"他马上转过头，双脚也立即行动起来，嚷道："站住站住！又是一棵会跑的树，真不让人省心！"

我说："我不是树！"

他上来一把抱住我，说："我的眼睛不会骗我，你就是一棵树！"

我说："你听说过树还会说话吗？"

他说："乡下的树都会说话，乡下的树还很野蛮。我去一次乡下就被那些树骂一次，它们不光骂我，还打我。"

我有些跟不上疯子的思维，索性不说话。

他说："城里的树也会说话，城里的树也会骂人，但城里的树不会打人，我不怕它们，但我怕它们跑。我一不留神，它们就跑了，追也追不上。"

他用力地抱住我，我任由他抱着，他才松了一口气，说："城里的树实在是太多了，早知道城里有这么多的树，我当年就不用那么千辛万苦去乡下挪树了！"

我说："你把树从乡下挪到城里来，一定赚了不少钱吧？"

他嘿嘿地笑着，他说："跟你说实话，我当初以为数钱会很有趣，后来才发现，数树叶子比数钱还要有趣。"

我说："你要把我挪到哪里去？"

他说："我要把你挪到乡下去。"

我说："你要把我挪到乡下去？"

他说："我这是还债呢，乡下的树恨我挪走了它们的兄弟姐妹，一见我就骂我，我的根在乡下，老话讲落叶归根，我怕老了回不去了。现在好了，终于逮到一棵树，我要把你挪到乡下去。"

他说："别怕，乡下的空气好着呢，乡下人骨子里是最喜欢树的，你到了乡下就算到了家，到自己的家你还怕什么呢？我会一直陪着你。你不是喜欢听故事吗？你是一棵很特别的树，其实我注意你已经很久了，到了乡下，我会天天陪着你讲故事，我有很多的故事，你要不要听？”

我说：“我要听，我们非得去乡下吗？”

他说：“故事都是在乡下发生的，在那儿讲比较扣题。”

我说：“好，我们现在就去乡下！”

他说：“你真是一棵好树！”

他说：“咦，挖掘机怎么还不来呢？”

我说：“我能走着去。”他松开手，我就在他的身边走了两步。

我说：“怎么样，我真的能走！”

他说：“好，我们现在就出发！”

我说：“出发！”

（载《微型小说选刊》2017 年第 6 期）

酒里金刚

海　飞

同山镇的酒客们最喜欢黄昏的余晖。那时，他们像一排木桩似的钉在同山镇街心，仰脸看着晚霞一点一点由绚烂而渐暗、晦暗，最后滑入暮色。这之后，他们会在海半仙酒馆度过一段无比开心的时光。

海半仙酒馆每晚十点后免费提供酒菜，翠屏最拿手的是五香牛肉，一时酒客如云。这天晚上，海半仙对酒客们说："我有个条件——你们得讲个自己的酒故事，新鲜、有趣，活生生的。讲得最好的能得到一坛七步醉。"

张三抢先跑到酒柜前。张三说，十二岁时他跟爹到镇上买了两坛海半仙同山烧，他爹拉车，他在后面推车。话说父子俩推着车正高兴地聊着，突然推车陷进坑里，轮胎一歪，两坛酒一滑坠地，满地酒香。他爹赶紧趴地，捡起碎酒坛片就喝。父子俩把每块碎酒坛片上的酒都舔得干干净净。

张三得意地说："这故事精彩吧？"李四说："这故事跟我的比，一般般。"

李四有一年把老婆送回娘家过夏，喝够了酒跌跌撞撞回来。路上想起家里还有半斤海半仙同山烧，酒虫子就从喉咙里慢慢爬出。不料刚到田头就摔了跤，爬起时摸到满地蚕豆，抓了几把装进衣袋。进屋后先炒豆。

他倒酒吃豆子。蚕豆有点儿硬，可味道绝对好。喝一口酒咂一口蚕豆，把半斤同山烧都喝了，脚也不洗就钻进被窝。第二天他瞅着满桌小石子发愣，一嗅还有股盐水味，再一尝咸咸的。他骂自己，昨晚竟然把小石子当成了蚕豆！

这时门外进来个人，嚷着要七步醉。海半仙拱了拱手说："先生打几两？"

那酒客说："几两？笑话，听说过'酒里金刚'宋万里吗？给我来五斤。"

海半仙说："宋先生，这七步醉小有名气，喝下超过三两走七步就会醉倒。"

宋万里大笑，笑声把房梁的灰尘抖了下来，落在众酒客的酒碗里。宋万里掏出两块大洋拍在柜台上，揭开酒坛盖就喝，咕嘟咕嘟三大口。然后从一名发愣的酒客手里拿过花生米，扔进嘴里嚼了两下，咕嘟咕嘟又三大口。

海半仙说："你走几步。"

宋万里稳稳地走，一步、两步、三步……一歪倒地。

海半仙伸手试了试鼻息："没事，伙计，把人抬上床，盖上被子，别着凉。来，继续讲故事。"

第二天众酒客如约而至。

王五多年前从镇上打了瓶同山烧回来，正愁着没钱买下酒菜，忽见有人在卖螃蟹，他偷偷掰了条螃蟹腿就溜。舔一口螃蟹腿喝一口酒，有滋有味喝到大半夜。蜡烛没了，王五摸黑继续喝，一不小心螃蟹腿掉地上，他摸来摸去总算捡到，用衣襟擦了擦，继续喝。瓶底朝天了，灌上水涮涮又喝，然后把螃蟹腿小心地搁桌上。第二天中午起来，一看螃蟹腿还在地上，再一看，桌上搁着枚大铁钉，铁锈已被舔得干干净净，成了枚亮晶晶的新铁钉。

众人大笑不已，说这个真绝了。海半仙笑说：“王五你这家伙还真是酒中之鬼啊。”

王五说：“我能拿酒了吧？”海半仙说：“再听听别人的故事，我去看看那‘酒里金刚’。”

宋万里睡得不省人事。海半仙出来说：“继续讲故事。”

第三天，赵六捋了捋袖子说，他就不信还有比他的更新鲜有趣的事。

去年，赵六跟朋友从绍兴回同山镇，因临上车喝酒误了火车，两人决定走回家，从行囊里摸出两瓶酒，沿着铁路线一路走一路喝。火车轰隆隆地开过来开过去，他们勾肩搭背，大声唱着荒腔走板的绍兴大戏，快活得不得了。

喝着喝着赵六疑惑地说：“天哪，这梯子好长，我们怎么也爬不到头啊。”朋友说：“可不是，这梯子快通天了。”赵六一拍大腿：“这是不是天梯，让我们做神仙去？”朋友说：“可不是，咱是要做酒仙去了。”这时有人跑过来喊：“危险危险，快下来。”

后来一桶水把他们浇醒。赵六摸着满脸水纳闷怎么还没上天。人家冷笑：“上天？下阎王殿还差不多，你们两个醉鬼把铁轨当梯子爬，差点儿被火车碾死了知道不？”

众人笑得前仰后合。海半仙差点儿把酒喷出来。赵六的手伸向七步醉。海半仙说：“再等等别人的故事，那‘酒里金刚’该醒了。”

海半仙走进里屋敲了敲床板说：“差不多了，该起了。”

片刻，宋万里睁眼，一骨碌起身，对海半仙点点头，对众酒客点点头就走了。海半仙说：“不用管他，讲故事。”

又过了三天，那坛七步醉还是没人拿走。

这天晚上，有人正讲在兴头上，一个戴着口罩的女人进来，身后拖个一声不吭的男人。众酒客一看正是那“酒里金刚”。

女人摘下口罩说：“海半仙你还我男人。”

海半仙说：“你男人不正在你手心里，我怎么还？”

女人说：“这死鬼回家后闭着嘴坐了三天三夜，不吃不喝不说话，成了个木头人。你还我原来的那个男人！”

海半仙叹了口气：“看山是山，看水是水；看山不是山，看水不是水；看山还是山，看水还是水。”

这时宋万里慢慢地张嘴，深深吸了口气，再缓缓吐出。顿时酒馆里弥漫着一股醇香无比的气息。众酒客晕晕乎乎起来。

宋万里说：“我第一天回家喂羊，羊醉倒了；第二天喂狗，狗醉倒了；第三天喂鸡，鸡也醉倒了。闭了三天嘴，七步醉还能到这个地步，真是天下一等一的好酒。”

女人说：“我要不戴口罩，这一路还能拉他过来吗？早就醉倒在路上了。”

海半仙对众酒客说：“你们谁讲的故事有他这样新鲜有趣活生生的？”

众酒客面面相觑，沉默不语，片刻酒馆里掌声雷动。

海半仙把酒坛递给宋万里的女人：“酒是个好东西，得适量，以后你管酒，每顿只能喝三两，养气，活血，益神。你男人底子好，这一场醉生梦死，能多活十年。”

（载《微型小说选刊》2017 年第 7 期）

老人的村庄

李忠元

狮子山台风肆虐，下了一晚上的倾盆大雨，到了第二天早晨，终于有停下来的意思了。

黄华老汉起床了，他推开房门，竟然发现自家的土坯房泡在白亮亮的水里，就像一艘漂荡的小船，这让他感到触目惊心。

黄老汉的这座老房子建得早，经历了三十多年的风风雨雨，本来就千疮百孔，经雨水一泡，倒掉的危机立时显现。

眼下最迫切的任务是排掉积水，在墙根下打几个木桩做支撑，防止墙体被水浸泡后进一步坍塌，进而稳住整座房子。房子要是倒了，黄老汉就连个住的地方都没有了。

不是没钱建房，而是根本没有干活的劳力。黄老汉的儿女和村里其他年轻人一样，都离开家乡去城里打工了，就连逢年过节都难回家一趟。这下，村庄就属于老人了，黄老汉等一群白发苍苍的老者成了这个村庄的主宰者。说到底，整个村子只剩下一些老弱病残了，哪还有一个能出力的啊?

没有劳力，也得找劳力。在这样迫切的情形下，黄老汉在村里一家挨一家地找，总算在老人堆里找出两个壮一些的劳力，就央求他们帮自己修葺一下房子。

没了年轻人，老年人的劳力显得弥足珍贵。他们有约在先，帮一个工，用工者的儿子回家时，就要主动上门帮着做一些重体力活，这是全村人定下的死规矩，谁也没权力更改。

黄老汉满口答应下来，他心里知道，因为这条不成文的规定，自己都给儿子欠了三十多个工了。可儿子根本没有回来过一趟，这些换工还是一个个不切实际的符号。

黄老汉一想到这，就感到自责和惶恐，觉得自己实在对不住这些朴实无华的乡亲。

不过，两个老人根本没有过多考虑那些陈欠，最终还是来了。他们和黄老汉共同努力，费了好一番周折，才将黄老汉的房子做了加固，垫上了护坡，以防下雨，水再次泡到墙体，造成不可收拾的局面。

收了工，黄老汉为两个累得不住大口喘气的老人预备下了饭菜。推杯换盏之后，他们心满意足地回家了。

不过，黄老汉可没算完，他拿出抽屉里的小本子，在上面郑重地记下一笔。黄老汉捧着手里的本子，看着第七个只剩最后一画没写全的"正"字，顿时觉得压力山大。这可是三十四画啊，整整三十四个工，儿子回来了，他一定敦促儿子还给人家，不能欠下人情，这东西压得人实在喘不过气来啊！

正当黄老汉为这事牵肠挂肚的时候，没想到，儿子还真的从城里回来补办遗失的身份证了。

坐在酒桌上，黄老汉把这件牵肠挂肚的事说了出来，还再三叮嘱儿子这回在家多住几天，好将欠人家的工统统还给人家，做到两不亏欠。

黄老汉急得跟跳猴似的，可儿子根本没把这事儿放在心上。他哧溜哧溜地喝了两大杯白酒，就匆匆回房间睡觉去了。坐了十个小时的长途车，难免犯困，他也着实累了。

黄老汉心里有事，睡不着觉，第二天一早，就早早地起了床，走到儿子的房间，准备催促他去给乡亲们还工。没想到，儿子的房间竟空空如也。儿子不知啥时候走了。黄老汉心里不落忍，根本不相信儿子会这样一走了之。可找遍了家里的角角落落，连一个人影都没有，看来儿子还真走了。

黄老汉魂不守舍，他觉得那个小本子上他用心记下的那些“正”字越长越大了，背负在他老弱的肩膀上，压得他有些喘不过气来了。

无独有偶，黄老汉的邻居王老汉的儿子也出门在外，王老汉也欠下三十个工，可儿子竟在城里遭遇了车祸，下半身截掉了，终身残疾。王老汉得知儿子的病情，再看看同样记录换工的小本子，摇了摇头，竟然一伸腿，走了。

虽然欠下了人情债，但王老汉已死，全村人反而对王家父子大为赞扬，主动说他们欠下的工不用还了。

看人家王老汉这么讲义气，黄老汉一时急火攻心，竟然也病了。

黄老汉躺在床上，可直到奄奄一息，都闭不上眼睛，嘴里始终重复着那个数字：“三十四，三十四，三十四……”

儿子回来了，黄老汉的老伴儿为了让黄老汉能闭上眼睛，安息于九泉，就打发儿子一家挨一家地还工。

当儿子整整做完了三十四个工的时候，他刚好听到了自家方向传来的悲凉的哭声……

（载《微型小说选刊》2017 年第 8 期）

唐大抡

赵明宇

唐大抡自豪的是自己有九个名字。

大家问他名字多了有什么好处。他说：“狡兔三窟，名字多了肯定好处多啊，能干成大事儿。”

“能干成大事儿？三十岁了，你还不是依然在收酒瓶？”大家哧哧笑。

唐大抡爱看报，天文地理、时政要闻啥都知道，蹬着自行车收酒瓶，在大街上口吐莲花滔滔不绝，多是把本来很平淡的信息扩大化，让大家听得入迷。大家说他的嘴真是没白长，除了吃饭还会讲故事，给他取绰号：唐大抡。

有了这绰号，下面的弟弟们也跟着沾光，唐二抡，唐三抡，唐四抡。

在元城，“抡”有吹牛的意思。

就有人说：“男子汉大丈夫正是建功立业的时候，如今时代开放，都想法子挣钱呢，你说得那么好，懂得那么多，可你的日子过得那么苦。真的有能耐，也去做老板，吃香喝辣的，开轿车住高楼。”

唐大抡就红了脸，说：“别小看我是收酒瓶的，刘备卖过草鞋呢，朱元璋当过和尚呢，赵匡胤还偷过瓜呢。说不定我哪一天当老板了，跟酒厂的刘大头一样，身后跟着一串儿小三。”老婆骂他：

“我倒是盼着你有本事在外面养个女人。”

唐大抡被人揭短，也就不在街上“抡”了，失踪了一样。

过了几年，唐大抡再次站在元城的大街上，不再是收酒瓶的了，手上戴着红木手串金戒指，大背头油光水滑，一手夹着烟，一手插着口袋，一说话就露出嘴里的大金牙，摇头晃脑地说这几年在北京混，认识了好多电影明星和央视主持人。唐大抡还掏出手机滑动着屏幕让大家看，果然有大牌明星和央视主持人跟他的合影。唐大抡说：“你看看，你看看，这可不是抡的。”

“到家里喝茶，到家里喝茶。”唐大抡邀请大家喝茶，大家就看到了唐大抡家里装修一新的客厅，挂满了唐大抡和国家领导人的合影，还有跟叶利钦的合影，跟西哈努克的合影。唐大抡掏出名片散发给大家，大家看了，唐大抡竟然是央视某影视基地的董事长。

唐大抡说：“想当电影演员不？找我。你长得不漂亮？没事儿，扮演个伪保长还行。哈哈哈。”

唐大抡的名声传了出去。有一天接到一个电话，是元城县长刘大来打来的：“唐总啊，听说你在北京发展，认识好多名人。”

“是的是的。欢迎你来北京。”

“您什么时候回老家，我给您接接风。”

“这段时间还不行，有什么事情电话里说吧。”

刘大来笑了笑，说：“等你回来，我想拜访您，让您帮我策划县里的一项活动。”

唐大抡说：“那好啊，您来北京，到我公司谈吧。我安排半天时间。”

刘大来说：“越快越好，后天怎么样？”

唐大抡愣了一下说：“那好吧，后天你来我公司，在京西宾馆附近。”

唐大抡老婆说：“你这不是在家吗？就离县长几百米远。”唐大抡说：“你懂个屁，在元城跟在北京身价能一样啊？快点给我准备一下，我得赶快回北京，租个房间迎接刘大来。”

唐大抡风风火火赶回北京，让朋友帮忙租了一间临时办公室，接待刘大来。唐大抡还找了一个搞艺术设计的朋友，说：“我老家的县长过来，让设计一个项目，你帮个忙。”朋友说：“唐哥，没问题，咱就是干这一行的。”

刘大来来到北京，说：“唐总，你的门路广，还靠你造福桑梓呢。”

“应该应该。”唐大抡掏出荷花烟递给刘大来，自己也抽一支，吞云吐雾地说，“我几年没回元城了，正好有件事要你帮忙呢。我有一笔积蓄，想在咱老家建个私立艺术学校，专收高考落榜的孩子，向央视基地输送人才。”

刘大来一拍巴掌：“成啊，回去我就帮你征地。”

唐大抡说：“搞设计这一行，我有个朋友比较专业，我把他叫过来，你跟他洽谈。”

“好啊，太感谢了。”

刘大来在饭店请唐大抡吃饭，唐大抡坚持要埋单，刘大来说：“你是咱家乡的名人，能请你吃饭是我的荣幸，怎么能让你破费呢？对了，你尽快回老家一次，咱们能不能先签约。”

唐大抡做沉思状，说：“我还得去成都，半个月后我尽可能回元城。”

“咱们在元城见！”刘大来吃饱喝足，连夜返回元城。

望着刘大来的轿车远去，唐大抡急匆匆坐地铁到西客站买了火车票，赶回元城老家。老婆说：“你可真能折腾。”唐大抡说：“在北京收酒瓶的生意也不好做，我吃了好多苦，不想收酒瓶了，用这些年的积蓄，建一所艺术学校。”

正说着话，一个北京的电话打过来，唐大抡接了，嘻嘻哈哈了半天才挂断，他指着墙上挂的名人合影，跟老婆说：“奶奶的，要钱呢，合成这些照片，花了不少钱呢。”老婆说：“你弄这些合成照片糊弄人，也没人看出来。”唐大抡说：“扯谎扯大了，就成真的了。”唐大抡说着话，把手里的烟头拧灭说，“你把二抡、三抡和四抡喊来，建艺术学校，需要人手，他们可得帮着我干呢。”

半个月后，唐大抡坐火车去北京，雇了一个北京牌照的轿车再踅回元城时，刘大来在高速路口迎接他。唐大抡环顾四周，故作惊叹说：“几年不回来，家乡变化真大啊。”刘大来说：“一会儿我陪你看看古城墙。”

看古城墙的时候，一个熟人跟唐大抡打招呼，说：“你小子行啊，昨天下午还见你在巷子里溜达呢。”

唐大抡把他拉一边，大声说：“你昨天也在电视上看到我了？”说完又压低声音说，“你小子别坏我的事儿，这一回，我真的抡大了。”

（载《微型小说选刊》2017 年第 9 期）

马局长的妹妹

李秋善

我有过一段在采油厂宣传科当通讯报道员的短暂经历。那时候局领导经常来下面的采油厂视察，我们这些搞通讯报道的自然要跟上。其间，我认识了那时的南方石油管理局的马局长。澄清一下，马局长并不认识我，这不矛盾。马局长是从我所在的这家采油厂出去的，来这家采油厂的次数自然要多一些。况且马局长的父母和妹妹都还在这家采油厂的大院里生活、工作着。

宣传科有个大学生，安徽人，姓檀，据说是马局长的妹夫。小檀的爱人也就是马局长的妹妹来宣传科找过小檀。一来二去我和马局长的妹妹也算比较熟了。我了解到，马局长只有这一个妹妹，再无其他兄弟姐妹。

我在油田工作的这段经历其实很短暂。我们被称为农民轮换工，合同到期我就被油田辞退了。

离开油田后我去了一家生产石油装备的企业做业务员，被派往东北的北方石油管理局所在城市的办事处工作。这座因石油而生的城市有许多天然湖，于是这座城市就有了“湖城”这个名字。

我到湖城做业务员不久，从电视新闻里得知，马局长从南方石油管理局调到北京总部担任副总经理，兼任北方石油管理局局长。马局长在湖城的口碑不错，都说他是一个勤政清廉的好官。

我们老板嫌原来的办事处驻地距离管理局较远，亲自出马在管理局附近找了一套房子。我们的新房东马大姐是一名油田买断的职工。

马大姐四十五六岁的样子，脸圆圆的，皮肤比较白，人很热情。按说房东和租客只要不欠房租，应该是很少见面的。我们这个房东马大姐却不然，自从我们租了她的房子，她隔三岔五地会和爱人来我们租住的房子里看看，特别是我们老板在的时候。那一年我们老板经常留在湖城办事处，一是重视湖城的市场开发，再就是为了清静，公司总部那边要债的太多，他待在湖城，就说出来要账了。

每次见到房东马大姐，她都会巧舌如簧地和我们客套着，她的爱人，一个比马大姐矮一头的男人，跟在她身后谦卑地笑着，不断点头应和着马大姐。这两口子很像两个说相声的，马大姐是逗哏，她丈夫是捧哏。到了该吃饭的时候，马大姐会很慷慨地说："我请你们去吃涮锅子，我请客。"于是我们所有人就跟着马大姐去吃涮锅子。埋单的时候我们老板会在吧台和马大姐有个抢着埋单的过程，最后的结果往往是马大姐没争过我们老板。马大姐就有些嗔怪地说："说好了是我请客的，又让你们埋单。"她的爱人就在旁边不无遗憾地说："那就下次吧，下次。"马大姐和我们一起吃过许多次饭，埋没埋过单我记不清了。那年的春节前，我们要回山东过年时，马大姐曾给我们这些业务员一人买过一件步森衬衣，这我是记得的。

后来我从这家公司辞职了，但没离开湖城，跳槽到了另外一家公司继续做销售。毕竟在湖城有些人脉关系，离开太可惜了。在此期间，马局长卸任北方石油管理局局长一职，升任北京石油系统高层领导。

几年后，一个冬天的下午，我在油田物资科一位姓吕的科长办公室谈业务。我和吕科长相识多年，算是不错的朋友。快下班了，我正准备起身告辞。吕科长接了个电话，对我说："今晚别走了，我这儿有个饭局，都是老朋友，一块去吧。"我推辞说有事。像我们这种做销售的，始终处在乙方的位置上，跟着领导去吃白食，会让埋单的人不高兴，如果我抢着埋单又抢了请客人的风头。吕科长看出了我的心思，补充了一句："你放心，这个饭局是我们科埋单，我做东，叫你去你就去吧，给你介绍一个大人物，马局长的妹妹，她现在在你以前供职的那家公司担任湖城办事处的销售经理。"我问："哪个马局长？"吕科长说："还有几个马局长啊？"我说："马局长不是被调到北京后不久就因为开县的天然气事故引咎辞职了吗？"吕科长说："是啊！所以说马局长的妹妹来找我们办事大家更得高看一眼，不能人走茶凉啊！"

我有些纳闷，马局长的妹妹，也就是小檀的媳妇真的做销售了？

见我不言语，吕科长拍拍我的肩膀，说："走吧。"

到了酒店房间，已经有五个油田领导先来了。有两个我认识，其他三个不认识。吕科长把我介绍给我不认识的那三位。在我们寒暄的时候，进来了一男一女，我一看真认识，是马大姐两口子。几年不见，这两口子好像没什么变化。马大姐的目光在我脸上扫过又迅速离开了，看得出她有些不自然。马大姐被吕科长让到了主宾的位置上。我忽然明白了，原来马大姐就是吕科长要请的"马局长的妹妹"啊。

吕科长挨个给马局长的妹妹介绍在座的人，当介绍到我时，我笑着站起来，说："幸会幸会！"

介绍完我们，吕科长压低声音神秘地说："这位马经理，是咱们老领导马局长的妹妹，以后大家多关照关照。”我看见，“马局长的妹妹”脸红了，有些不知所措。

席间我去了趟厕所，“马局长的妹妹”看了丈夫一眼，“马局长的妹夫”也跟着我走出包间。进了卫生间，我撒出了一泡热尿，舒服了许多。“马局长的妹夫”站在我旁边，用了半天力，好像也没挤出几滴尿。

“马局长的妹夫”面露尴尬地对我说：“这都是你以前那个老板的主意，和领导们到处说她是马局长的妹妹，我们也是为了赚点钱，买断了，没有收入……”

我打断他说：“你放心，我们今天是第一次见面，我们过去不认识。”我心里想，这马大姐也太胆大了，你在湖城上班多年，家人朋友这么多，很容易被戳穿的。可转念一想，马大姐上班时也就是一个几十人的小单位里的工人，现在她接触的可都是官员，和原来的圈子不冲突。

散席的时候，“马局长的妹妹”紧紧握着我的手说：“请多关照，请多关照。”又抬手擦了擦眼角，她的眼角有晶亮的东西在闪。

过了段时间，我又去吕科长办公室，吕科长主动提到“马局长的妹妹”，说：“那天我看出来了，你和那个女人认识，其实我们都不傻，我知道她不是马局长的妹妹，马局长是南方人，可这个女人一口碴子味。大家都拿了她的好处，再有这么个托词，面上都好看一些。”

我无语了。我原以为这些官员太容易上当了，这么小儿科的骗局也能得逞。现在我才明白，其实傻的只有我自己。

（载《微型小说选刊》2017 年第 11 期）

破　结

练建安

看不出来，邱佬已年届花甲了。人说“六十花甲转少年”。他行走在秋阳下一条蜿蜒的山路上，脚下生风。

邱佬提溜着一个褡裢，他赴圩去，象洞圩。该圩场是汀江流域的一个闽粤边贸集镇。《武邑志》记载，古时此地“重冈复岭，群象出没”。

象洞圩是老虎圩。日近正午，圩镇在望，此刻的邱佬哼着山歌小调，悠悠晃荡。

邱佬是远近闻名的功夫高人，南少林五位拳师，一大把年纪了，尚可接连打几个旋风飞腿。他曾经是汀州府杭川县衙快班捕头，雷厉风行，手段狠辣。一般人说起邱捕头，大凡要四下瞧瞧，放低调门。

邱佬有五子，皆成才，长子为泥水匠，守家。余四子做木纲生意，在汀江大码头峰市、三河坝都开了店铺。

邱佬在长期的捕快生涯中落下了诸多伤病。前些年，他无意间得罪了新任县令，遂退职还家。

邱佬闲不下来，扛一把康熙年间制造的三眼火铳满山转悠，猎获的山鸡，吃不完，腌制，风干，挂满了屋檐下的几根竹竿。

邱佬走到了一座石拱桥前。此处两山夹峙，溪流湍急。民谚云：“石桥半，出通判；石桥全，出状元。”数百年过去了，出状元仍遥遥无期。

对面，鱼贯走来一群上岭割烧的村妇，都挑着两大捆柴草。邱佬昂首阔步，抢先上桥。村妇们只得退避路边，放下重担歇肩。一位叫黄三妹的，甜甜地笑："邱叔，赴圩啊。"邱佬轻哼一声，径直走了过去。

有村妇嘴一撇："呸，霸坑乌！"黄三妹说："婶，邱叔好出鬼，衫尾巴也会打死狗。"

正午时分，邱佬抵达圩场。恰是最热闹的时候，人潮涌动，摩肩接踵。张记饭铺里，邱佬美滋滋地吃下三大碗牛肉兜汤和三大碗鱼，惬意地踱出店门，他一眼就瞧见了街角的那一箩筐金黄烟叶。

"哎，烟叶，几多钱？"邱佬鞋尖碰碰箩担。

"黄金叶呀，啧啧，先生好眼力……咦，稀客啊，稀客！"卖烟叶的，是个粗黑汉子，脸色突变。

"你？"

"嘿嘿，贵人多忘事。"

"你是？"

"早听说捕头大人剥下老虎皮啦，哈哈哈，咋就不穿了呢？威风！"

"你……是？"

"十三年前，砻钩滩。捕头大人可还记得？"

"是你！"

"人都被绑上了，还一拳打断俺哥三根肋骨。捕头大人，你好功夫哪。"

邱佬抬脚要走。汉子一手搭上了他的左肩。邱佬暗发劲，却动弹不得。他知道，走不了啦。

邱佬问："你、你想要做什么？"

汉子说："大老远的，山不转水转，缘分哪，到贵府讨一碗酒喝，咋样？"

邱佬想了想，朗声大笑："好啊，走嘞！"

邱佬在前，汉子挑担在后，出圩场，往邱家寨走去。

路上，邱佬遇到了好几拨赴晚圩的乡邻，又是咳嗽，又是开合嘴巴眨眼睛。那些人好像什么也没有看见。

走了一铺多路，到了甘露亭。常年在这里卖盐酥花生的炳泰伯公，是邻村熟人。他的一个儿子就在木纲排帮，是老三的手下。打个招呼，料想他可以唤人解难。

入得茶亭，不见炳泰伯公。一个半大后生叫卖野果当莲子。

"人呢？"

"俺不是人吗？当莲子甜哦。"

邱佬虽不喜欢，但还是掏钱买了一把。他背着汉子比比画画的，半大后生愣愣的，不解。

邱佬请吃，汉子不理睬。一路上，他板着脸不说话。

一前一后，两人来到了村口。向阳山坡上，有一群人在挖山取土。南七北六十三寨功夫最好的"黑龙老虎"刚好在那里。

邱佬按捺住兴奋，朝山坡高喊："黑龙啊，老虎，来俺家喝酒哟。"

山坡上，有人嘀咕了："不是年不是节的，霸坑鸟请人喝酒？啥时喝过他家的酒啦？记不起来了。"

他们摆了摆手，又挥动起了锄头。

邱佬有苦难言，磨蹭进村，磨蹭入屋。

大儿子出门去了。哺娘见有客人来，麻利地取下两只腊山鸡，生火做饭，很快整出了几样荤素菜，在厅堂八仙桌上摆放好碗筷酒菜，退入厨房。

酒，是大坛酿对烧。

两人东西对坐。

汉子不动筷子，连干了三大碗，鸡公碗。

两碗过后，邱佬说：“上了年纪，不比当年啦……”

汉子说：“喝酒。”

邱佬长吁一口气，端起酒碗，仰头，亮出碗底。

三个来回，邱佬歪歪斜斜，快扛不住了。

汉子依旧慢慢地又喝下了三大碗，满上，点滴不漏。他目光尖锐，直逼邱佬：“不喝，就不是人造的。”

邱佬嘴角微微抽搐，向南瞄了瞄。南面墙壁上，挂着他的三眼火铳。

汉子伸出右手，缓缓收回。那意思很明白，他距离近，头脑清醒，手快。

邱佬说：“吃菜，您……吃菜。”

汉子说：“不喝？俺可认得你家。”

邱佬端起了酒碗，双手颤抖。

忽听外头传入咔嚓噼啪的巨响。循声看去，是隔壁邻居阿贵跑到院子里劈柴来了。

邱佬心想，这浑小子不是跟铁关刀跑江湖了吗？咋又回来了呢？还认错了家门！

正迷惑间，一团黑影遮挡了厅门。阿贵拎一截饭碗粗细、三拃长短、盘根错节的鸡翅木，说：“叔，借担杆。”

汉子问：“做嘛介？”

阿贵说：“劈柴。”

汉子冷笑：“铁斧破不开，担杆有嘛介用？”

阿贵恍然大悟：“对呀，对呀，麻烦贵客您搭把手。”

汉子手握鸡翅木。阿贵十指插入缝隙，大吼，鸡翅木开裂成两半。

汉子起身，说：“俺喝高啦，喝高了呀，又醉又饱……又醉……又饱喽……”挑起箩担，踉踉跄跄，转入屋角后，疾步出了村场。

邱佬冷哼，回过头说：“老侄哥啊，往后有啥事，跟你叔打个招呼。”

阿贵说：“叔啊，俺家瓜藤爬过墙，您老就不要连根拔啦。”

（载《微型小说选刊》2017 年第 12 期）

红雪酒

许　仙

已经有很多年没看到像样的雪了。天气预报说，后天江南山区大雪。他突发奇想，打电话给她。她也很兴奋。于是，他请假，她也请假。第二天一早，他驾着长城越野车，和她像逃亡似的离开了闹心的都市，直奔清凉山。这儿与安徽交界，层峦叠嶂，太子尖上云雾缭绕，如临仙境。他们找了一处农家乐入住。

她一直在笑。

“你笑什么？”他问。

“没什么。”她深情地望着他道。

已是午后，他们顾不上吃饭，就躲进开足空调的房里。一阵欢爱后，两人又说了会儿话。“饿吗？”她问。他说：“饿。”又一次，他们疲倦地相拥在床上。他突然说起他从前的梦想：在深山里造一座小木屋，和自己心爱的人，在火塘前，夜复一夜疯狂地……“什么？”她故意问。他说：“就那个呗。”她笑道：“那你的愿望实现了。”“嗯，正在实现中。”他笑着，将脑袋埋在她胸前，就像鸟儿钻回窝里。

她一直在笑。

当天夜里，大雪如期而至。

第二天早晨，推门见雪，哇，整个世界银装素裹，鹅毛大雪漫天飞舞，他和她兴奋得就像两条小狗。他扯着嗓子尖叫，叫得人的心尖儿都颤悠悠的；她像孩子似的双手高举，一头冲进院子里，舞蹈着，仿佛在迎接天使。他抓起一团雪，亲昵地扔到她背上。她也抓起一把雪，奋力还击。两人在农家院子里打雪仗，叫着，笑着，奔跑着……下午，她堆雪人，堆了一个他；他也堆雪人，自然是她。两个冰雪之人手挽手，静静地站在冰天雪地里。他和她笑了。

幸福。

幸福回荡在他们心间。

大雪封山。

他们经历了最初的激动和快感，也经历了其间的宁静祥和，最后，终于感到一丝不安和寂寞。在只有大雪的山中，没有信号，没有外界消息，没有其他游客。其他游客在大雪封山前早就走了，唯独他们俩，坚持留在山中。他们就是来看雪的，来过二人世界的。日子一天天过去，假期只剩下最后一天了，但大雪依旧，无法下山。山中的日子，并非他所想象的那样。他以为他可以在小木屋里待上一辈子，但只过了三天，他就耐不住寂寞了。

一整天，他都没有碰她，拉长了脸。她也失去了往日的笑容，生硬地问他怎么了，他说没什么。“是担心工作吗？”她问。他“嗯”了一声。其实不仅仅是单位的事，还有他家里的。只是他不说，她也不问。老板娘是个头发花白的老妪，满脸洞察一切后的慈祥，向他推荐山中特有的药酒，她笑道：“喝上一杯，就什么都忘了。”他说他正需要这个。他和她要了瓶一斤装的，回房对饮。果然是好酒。她又笑了，他也迸发出往日的激情。

第二天醒来，他头痛欲裂。他是被梦惊醒的。他梦到了妻子和儿子——一家人在爬山，他妻子探头往悬崖下张望时，一只老鹰突然怪叫着向她扑来，他的心被揪得生疼，就惊醒了。伴随着梦，他想起很多往事，有甜蜜的，也有痛苦的。主角是他和妻子。他想念妻子，甚至感到悔恨。他的脾气变得比昨日更坏。雪早就停了，雪山反射着阳光，刺得人睁不开眼，但依旧封山，无法离去。他和她出去走走，拍了几张雪景，但受不了山风的寒冷，没多久就逃回来，闷在房里，谁也不说一句话，好像所有的话都说尽了。

晚上，他们又要了瓶药酒，这才快活起来。

忘却一切，狂欢之后，留给他们的是更大更多的痛苦。背叛、嫉妒、悲愤、绝望……五味杂陈，他甚至发现比起她来他更爱妻子。不仅仅是他，酒也让她回忆起她的家，她的丈夫和儿子。第二天醒来，他和她背对背，缩在床上一动不动。他的背碰到她的背，她就像碰到蛇一样，倏地退到床边。两人的感觉都糟透了。他突然坐起身来，像疯子一般朝空荡荡的房间问："为什么？"她却像婴儿般缩在床的另一侧，暗暗地抽泣。他独自出去，在外面没头没脑地转了一圈后，又回来了。碰到老板娘，他问那是什么酒。

老板娘说："红雪酒。"

"红雪酒？"他问，"这世上有红雪吗？"

"草药叫红雪。很难找的。必须在第二年春天冬雪尚存时才能发现它。"老板娘说，"它能让你忘掉一切，得到无比的快乐。但这一切都是以相等的痛苦换来的，所以酒醒之后觉得更难受。"

老板娘又说："这世上的事情不都是这样的吗？"

他决定不再喝这个酒，他不想麻醉自己和她。这天黄昏，因为一件什么小事，他和她突然大吵起来，而且吵得很凶，都不知道是为了什么事，却被深深地伤害。他的口气很粗鲁，她拒绝上床。一整夜她都不肯上床。她一直在哭。他上床又下床，像一头困狮，崩溃到了极点。天亮之后，他和她都不听老板娘的劝阻，连早饭都没吃，就贸然下山了。

她一直在哭。他边开车，边恶狠狠地说："好了，行了，以后我们谁也别理谁，这样总行了吧？"她突然吼道："都是你！"他责问："我又怎么啦？"越野车在盘山公路上滑行，结冰的积雪在车轮下咔咔作响。一路下坡，越野车越滑越快，他不敢踩刹车，双手死死地握住方向盘，紧张得浑身发抖。就在一个不大的拐弯处，她突然像是疯了，揪住他发难了，越野车突然打转，轻飘飘地飞了出去，就像大山从自己身上掸掉了一粒尘雪。

（载《微型小说选刊》2017 年第 13 期）

好大一棵树

夏 阳

母亲去世十年后的那个清明节，我和父亲还有弟弟回到了久别的故乡，也就是那座小县城，去寻她的坟。

母亲去得突然，四十岁出头，便倒在她和父亲所在的造纸厂的车间里。那天是 4 月 15 日，还有一个多月，我就要参加高考。父亲犹豫再三，还是告诉了我。父亲指着饭桌上一个黑漆漆的骨灰盒，对我和弟弟说："你们的妈在里头。"说完，看也不看我们，扭头出去，一屁股坐在家的门槛上，默默地抽烟，任凭我和弟弟在他身后哭得死去活来。

母亲的坟，说坟也不是坟。我们全家，除了造纸厂分配的两间低矮潮湿的平房，便上无片瓦，下无寸地。母亲葬在哪里，还真是个问题。父亲袖着手在外面寻摸了一天，回来等天黑严实了，重新领着我和弟弟出了门。黑乎乎的山道上，没有月亮，也没有星星，父亲扛着铁锹，打着手电筒萤火虫般地在前面引路，我手里捧着母亲的骨灰盒跟在他身后，再后面是紧紧拽着我衣角的弟弟。我们三个人做贼一样，蹑手蹑脚，悄然上了县城西郊的观音山。观音山是一座孤山，树木葳蕤，山虽不高，却能俯视整个县城。从观音山的北面上山，是一条人迹罕至的山路，翻过山顶，到了南面的半山腰，延伸出一个岔路口，往左是回县城，往右是去造纸厂。父亲在岔路口站了一会儿，带领我们往左走了下去。走了两百步，父亲指了指路边，叹了口气，说：“就这里吧。”

一个小时后，母亲的骨灰盒，被我们安葬在一个小土包下面。父亲生怕别人发现，特意弄了一些草皮盖在新土上，还移栽了两棵小树侍立两旁作为记号。临下山时，我们三人站在母亲的坟前，望着山脚下的一城灯火，神情漠然，彼此不知道该说些什么。最后，父亲指着遥远的南方，说：“这样也好，以后你妈每天都可以看见我们了。”

如父亲所愿，我总算为他争了口气，被南方一所大学录取了。父亲也因为母亲的早逝而惊恐万分，执意要离开造纸厂这个污染严重的伤心之地，带着弟弟南下去打工。也就是说，我们全家搬离了这座县城，从此故乡变异乡。走的那天，父亲独自去母亲的坟前坐了半晌，回来时，我感觉他一下子苍老了许多。望着魂不守舍的父亲，我装着没心没肺的样子，把钥匙交还给单位上来接管的人，对父亲说：“走吧，此地不留爷，自有留爷处，天下之大，何愁没有家！”

母亲的离去，对于我们这样一个家庭来说，是巨大的灾难和难以言说的悲恸。十年间，我们三人聚在一起，从不敢谈起母亲，甚至连她的照片也刻意地藏了起来。就像一个难以愈合的伤疤，夜夜隐隐作痛，却被我们不约而同地捂了个严严实实，谁也不愿意去揭开它。是的，如果不是因为父亲刚刚在医院被查出肝癌晚期，没人会主动提出去寻她的坟。

可是，坟没有了。我们回到县城是日暮时分，和上次一样，沿着观音山北面的那条山路上了山，翻过山顶，等来到山坡南面的那个岔路口时，不由得惊呆了。岔路口的右边，依旧是树木葱茏，依旧是那条羊肠小道蜿蜒而下，依旧是造纸厂五颜六色的污水在山脚下的小河里肆意流淌。岔路口的左边，别说两百步，就在不到一百步的地方，那条拐下去的小山路硬生生地被一圈围墙砍成了断头路。围墙里面，搅拌机轰鸣，工人们紧张忙碌，一栋栋别墅在一堆堆凌乱的钢筋水泥中张牙舞爪。父亲惊得张了张口，想说什么却说不出来，最后一只手捂住心口，浑身抽搐，痛苦地蹲了下去。我和弟弟顿时醒悟过来，忙跑过去一把搀住他喊："爸，爸，您怎么啦？"

好一会儿，父亲才缓过一口气来，手指着围墙里面，抽泣着说："你妈的坟……"

我妈的坟……我的大脑高速运转着，惶然四处张望。突然，我指着岔路口的右边，急中生智："我妈的坟不是在那里吗？您，您记错了呢。"

"我怎么可能记错？"父亲抹了抹眼泪，惊讶地问。我朝弟弟使了个眼色，弟弟立马反应过来，忙在一边附和道："您肯定是记错了，我和哥哥明明都记得是在右边。你那晚不是还说，右边好，男左女右，葬在右边，妈就可以守住我们在造纸厂的那个家了。"

"是吗，我有这样说过？"父亲将信将疑地问。我和弟弟猛点头。父亲犹豫了一下，便朝岔路口的右边望了望。

岔路口的右边，大概是走两百步的地方，有一棵大树矗立在路边。大树枝繁叶茂，树干笔直粗壮，高耸入云。父亲疾步走了过去，踮起脚尖，一把抱住大树，将脸亲昵地贴在树干上，嘴里喃喃自语，仿佛在倾诉什么。

夕阳西沉，长夜将临，苍茫的暮色在故乡的上空，一寸一寸跌落下来。

我和弟弟不敢贸然上前去打扰父亲，只好呆杵在岔路口，内心却凄惶不安。附近的树林，山脚下的县城，还有更远处的乡村田野，笼在水烟四起的暮色里，影影绰绰，轮廓模糊，直至漫漶不清。而身边一墙之隔的围墙里面，却是那般清晰可见，亮晃晃的夜灯下，人影幢幢，搅拌机像一头巨大的鳄鱼，吞进吐出，仿佛永不知疲倦地嘶吼着。我和弟弟不禁对望了一眼，彼此神情悲郁。那一刻，我知道，他和我一样在忧虑：

父亲没几天活头了，他老人家走后，该于何处安息?

（载《微型小说选刊》2017 年第 14 期）

拿手活儿

许心龙

杀猪是四叔的拿手活儿，只可惜四叔的拿手活儿现在没有了用场。

我就是吃四叔杀的猪肉长大的。俊俏的四婶也是奔着四叔的这手杀猪好活儿嫁过来的。

然而，机会还是来了。

县屠宰场的聂总要到村里来杀猪，说是寻找年味儿。他打小就喜欢过年，喜欢过年飘着雪花，喜欢过年放鞭炮，喜欢看杀猪。我与聂总的关系好，是因为我每年都养百十头猪，我养他杀，日子久了就好了起来。

这时，我就想起了四叔，想起了四叔的杀猪锅灶。四叔还健在，可那经年的充满血腥气的杀猪锅灶还安在吗？我说："我回去找找看吧。"

"去吧，你小子！"

于是，我就屁颠屁颠地穿行在村里腊月二十七春天般的阳光里。

曲里拐弯穿越便道绕到四叔家门口。我不由得长出了一口气，掏出手机就喊："聂总，杀猪锅台还在，还在呀，你真有福！"我喘着气站在了那里。我一眼就发现了厚厚的秫秸掩盖着的杀猪锅灶。那真是四叔的最爱，换了别人就不会保留了，占地方还碍事。

霎时，我仿佛看到袅袅蒸汽中四叔肩披毛巾正在哧啦哧啦地奋力刮猪毛，随着湿漉漉的猪毛横七竖八地打着卷儿煺下，刺眼的白猪皮的面积也在不断扩大。

聂总激动地说："先准备好，我吃了午饭就赶过去。"

这个聂总，有五十岁了吧，还像小孩子一样这么喜欢过年。我窃笑着走进四叔的家。

听到"杀猪"俩字，四叔脸上的皱褶里顿时迸出了鲜活的神经。

可是很快，四叔又松劲儿了，说："那几把杀猪刀好多年没用了，恐怕早生锈了，再说我这体力也差多了。"

我笑笑说："有磨刀石，还怕刀不锋利吗？体力嘛，多找几个人不就行了，反正聂总不差钱的。"

四叔还是犹豫不决。

"四叔的杀猪好活儿，远近闻名，谁不佩服！"说着，我来了个朝猪脖子猛捅一刀的动作。

四叔笑了，露出了两个可爱的豁牙。

正当四叔霍霍磨刀、四婶翻找捆猪绳，还有几个帮忙的人刷锅找劈柴时，聂总的黑色大别克开进了村里。

聂总拿出一条烟，一人一包。众人乐了："聂总真大方！"

一头大黑猪被赶来了。大黑猪嘴里不停地哼哼着，似乎很不满，或许它不懂自己长大了就要被杀的宿命。一条后腿被捆住后，黑猪发疯般地乱扯乱窜。

"又回到我小时候了！"聂总边感叹边打开车的后备厢，搬出来一盘簸箕般大的红鞭炮。

"先点炮，再杀猪！"聂总兴奋地喊。

燃着的鞭炮噼噼啪啪欢快地炸出了一地红纸屑，像铺了一地红花，吉祥喜庆。淡蓝色的硝烟穿透阳光升腾散去。聂总一边拿手机拍照，一边不住地喊道：“这才是过年，这才是过年呀！四叔，开始杀猪吧！”

四叔早攥紧一根粗杠子，吼一声，不偏不倚打在黑猪的脑袋上。

聂总抿嘴竖起了大拇指。

七八个人把晕倒的黑猪抬放到一块楼板上。

哧啦！——

一眨眼，四叔的尖刀从猪脖子里拔了出来。

咕嘟咕嘟，殷红的冒着热气的鲜猪血有节奏地流到了四婶端着的铝盆里。

“乖乖，满满一大盆！”聂总激动地说，“猪血是好东西，是胃肠的‘清道夫’。”

聂总抬头望望偏西的太阳，一脸的灿烂和享受。

“注意灶火，五十度左右！”四叔命令烧锅的四婶。

“水温高了低了都不好煺毛的。”四叔望着聂总卖弄。

四叔又说：“猪毛就数黑猪的最难煺了。”

锅下冒蓝烟。锅上冒水汽。四叔头上冒热汗。

“呵呵，聂总真好玩，放着屠宰场不用，受着罪大老远跑到村里来杀猪。”

“屠宰场杀猪是屠杀，我们在这儿是宰杀。屠杀无情呀，宰杀才有味道哩。”聂总笑着说。

随着众人一声“嘿！”，猪被头朝上悬挂了起来。白花花的猪身子，乍看像个一丝不挂的模特。

四叔双手握刀，凝神静气，气运丹田，喊一声：“开！”接着刀光一闪，哧啦一声，长长的猪身被开膛破肚。

聂总鼓起了掌，叹道："好利索的刀法！"

四叔说："猪头沟沟壑壑的，最难清理，由我来吧。你们抓紧清洗猪下水。"

偏西的太阳发黄发软时，卸开的猪肉用食品袋都装进了后备厢里。

最后，四叔喘着气提着还滴着水的猪头赶来。

"不了，这猪头就送给四叔。"聂总突然说，"那猪下水也送你们，当下酒菜吧。"

四叔一愣，喘着气说："那咋好意思呢？"

我知道聂总一向大方，就说："四叔，收下吧，聂总今儿个高兴。"

聂总给了我猪肉钱，又给了四叔他们杀猪的辛苦钱，就告辞了。

四婶拿着杀猪挣来的钱笑了，嘴里絮叨："这聂总就是有钱。"原来聂总每人多给了五十元。

我捏着一沓钞票，望着轿车扬起的飞尘，心想今天四叔收获最大了。

这时，我的手机响了，是聂总打来的。聂总说："老弟，那个猪头只能送给四叔了。"

我一惊："为啥？"

"那猪舌头早被你四叔割下来了。"

"啊？！"

"其实我早想好了，要送给他老人家几斤肉的。"聂总说，"今天杀的猪肉，回去也是给几个哥们儿分了。过年嘛，图的就是热闹！"聂总又说，"算了，大过年的，别再提这档子事儿了。"

我叹一声，忙说："聂总，真对不住呀！"

“杀猪有年味儿，明年我还会来杀的。”聂总笑着说，“哎，你听这是啥声音？”

我分明听到手机里传来噼噼啪啪的声音。“这哪来的鞭炮声呀？”我很吃惊。

“手机录的今天放的鞭炮声。城里不让燃放了，听听录音总可以吧！”聂总哈哈大笑了起来。

这个聂总！

吃晚饭时，我把四叔偷割猪舌头的事告诉了我娘。

一提起四叔这不规矩的手我娘就来气，说：“我真稀罕了，大半辈子了毛病还没改，他年轻时连别人结婚陪送的一盒茶具也往家里拿，何况是猪舌头！嘿嘿，这倒成了他的‘拿手活儿’！”

大年初一给四叔拜年时，我对他说：“明年聂总还会来找年味儿，还要杀猪的。”

就听四叔说：“聂总这人好啊，我等着！”

（载《微型小说选刊》2017 年第 14 期）

骨灰盒为什么响动

戴 希

夕阳西下，炊烟袅袅。肖开愚牵了水牛，肩扛犁铧，匆匆走上回家的小路。

“辛茹，饭做好了吗？”踏进家门，肖开愚高声问妻。“快了，你放好犁铧，收拾收拾饭桌吧！”辛茹在厨房里应答。

肖开愚就勾下头，径直向杂物间走去。刚把肩上的犁铧卸下，轻轻放在墙旮旯里，他便听到了异样的响动。

“扑棱棱，扑棱棱！”响声阴沉。肖开愚循声张望，发现杂物间那张灰头土脸的长方形旧桌上，父亲的骨灰盒正在晃动。

“怪呀！骨灰盒怎么？难道——父亲显灵了？”肖开愚两腿一软，不由自主地跪下去。

“开愚，饭菜都做好了，你还愣着干啥？”辛茹在厨房里问。

“父亲显灵啦！”肖开愚几乎在哭。

辛茹三步并作两步，向杂物间走去。可刚进杂物间，辛茹就毛骨悚然。冷不丁地，她也目睹了骨灰盒里发出的异样的响动。

“还愣着干吗？快给父亲下跪磕头呀！”肖开愚扬手拽了辛茹的衣角一把，让辛茹也跪在父亲的骨灰盒前。

“父亲，我对不住您呀！我三岁时，母亲早逝。母亲走后，您一直不娶。含辛茹苦把我拉扯大，还东拼西凑让我成了家。可从此，我不顾您年老体衰，仍叫您牛马一般地劳作。您病了，我还不给您医，让您总拖着、扛着……父亲，我不是人啊！”肖开愚不停地磕着头。

“父亲，我也愧对您呀！您像拉扯您的儿子开愚一样，把您的孙儿肖熊拉扯大。肖熊大了，我却一直让您穿得像破破烂烂的乞丐，也一直让您龟缩在墙边，吞咽每餐的剩饭剩菜。您稍有不慎，我就训斥您；您病恹恹的不能再操劳了，我便怂恿开愚把您赶出家门……父亲，我猪狗不如呵！”辛茹同样鸡啄米似的在骨灰盒前叩头。

骨灰盒里安静下来。

“父亲终于被感动了！”肖开愚一骨碌从地上爬起，拉了辛茹准备去堂屋和厨房。

“扑棱棱，扑棱棱！”可怕的声响再次传来，骨灰盒又在地震一样地晃动。

肖开愚额上冷汗直冒。一把拉过辛茹，两人扑通一声又跪下去。

“父亲，您千万别吓我了！您再吓，我就魂飞魄散了。您听我说，您在风雨中不幸惨死于异乡，外地人把您火化，装进骨灰盒。又千方百计找到我们，通知我们去接。接了，我们却不按乡下的习俗安葬您。我们吝啬、不孝，我们该遭天打雷劈！您大人不记小人过，您就饶了我们吧！我向您保证，这几天一定把您移出杂物间，按乡下的习俗安葬您。父亲，您听到了吗？”肖开愚惊恐地哭求。

“父亲，您怎么还不罢休呢？您担心开愚说话不算数吗？那么，儿媳向您保证，开愚的话也是我的承诺。如若食言，您尽可挖了我们的心肝喂狗！再说，父亲，您的孙儿肖熊还小，看在要抚养他的份上，不论我们做了多么对不起您的事，您都宽恕我们吧？”辛茹也一把鼻涕一把眼泪地哀号。

（一）

不知何时，肖熊已悄无声息地来到家门口。

“爸、妈，我回来了！”一进家门，肖熊就兴高采烈地直嚷嚷，却发现爸妈正齐刷刷地跪在爷爷的骨灰盒前，两人都已头破血流。便惊问：“爸、妈，你们这是怎么了？”

“小子，快给你爷爷下跪！磕头！”肖开愚急忙招手。“为啥？”肖熊一头雾水。“你爷爷显灵啦！”辛茹压低嗓门规劝。“显什么灵呀？”肖熊眉头紧锁。

“扑棱棱，扑棱棱！”骨灰盒又开始可怕地响动。肖开愚心惊肉跳，赶紧指指骨灰盒。

“嗐！我说什么呢！”肖熊扑哧一笑，“那是我在里面装了只小雀儿！”

“小雀儿？你可别胡言乱语啊！”辛茹警告肖熊。“妈，我真的是在里面放了只小雀儿！”肖熊信誓旦旦。“小雀儿在里面不会憋死？”肖开愚瞟了肖熊一眼。“我在骨灰盒上钉了几个出气孔呗！”肖熊撇撇嘴。他走向骨灰盒，打开它，还真的捉出只小雀儿来。

“你怎么这么淘气！”肖开愚蓦地从地上跃起，揪住肖熊的衣领，狠狠地扇了他一记响亮的耳光。

辛茹也跳起来破口大骂：“小杂种！”

（二）

肖熊听到爸妈都向爷爷赌咒发誓，心里禁不住一阵窃喜：爷爷生前，你们对他不孝；爷爷死后，你们还怕鬼。我可以告慰爷爷的在天之灵了！想到这里，肖熊就若无其事地高喊：“爸、妈，我回来了！”“小子，快给你爷爷下跪！磕头！”肖开愚急忙招手。“为啥？”“你爷爷显灵啦！”辛茹压低嗓门规劝。“是呀！”肖开愚心惊肉跳，赶紧指指骨灰盒。骨灰盒还真的在“扑棱棱、扑棱棱”地晃动呢！肖熊“大惊失色”，立马扑通一声跪下去。磕了一会儿头，肖熊明眸一转：“爸、妈，你们的诚心会让爷爷感动的。爷爷生前喜欢我，就让我单独给爷爷再磕几个头，你们去准备晚饭吧！”

肖开愚和辛茹交流一下目光，才缓缓地起身。等他们把饭菜都摆上餐桌来喊肖熊时，骨灰盒真的静如止水了。

“好啦，爷爷宽恕我们啦！”肖熊轻轻拍拍身上的灰尘，下意识地安慰肖开愚和辛茹。

就在肖开愚和辛茹去厨房和堂屋的当口儿，肖熊已飞快地打开骨灰盒，捉出小雀儿，把它从杂物间的窗口放飞了。

（载《微型小说选刊》2017 年第 16 期）

越　位

宗利华

马小却的足球观

马小却想和每一个人谈论足球。

这座城市的女人，也被小资悄然袭击多时。马小却目光所及，无不小资。马小却也想冲着那个目标奋勇前进，无奈，却总是达不到那种意境。马小却觉得首要问题，是她有了老公，小资女人多半独身。马小却想到这点，对自己很愤恨，早早罩住一个老公，没了更多选择余地。而且，夜幕初上时，她手里牵的是女儿露易斯，而不是一团雪球般的宠物狗。还有，小资女人都像鱼一样游弋在精品店、麦当劳。马小却呢，多数时候，还是老公呀孩子呀，还得系了围裙，掌勺下厨。

但，这不妨碍马小却喜欢足球。

马小却当然不会告诉老公陈非尘，她看球其实是因为暗地里喜欢贝克汉姆以及光头小子罗纳尔多。女人看球，多半是喜欢看那些奔跑在绿茵场上的男人，喜欢那块状的沉甸甸的肌肉、威武有力的手臂以及左盘右带的卡通一般的双腿。

这个，当然也不能告诉陈非尘，这会打击他的男子汉信心。

何况，陈非尘根本不喜欢足球。

陈非尘的幸福生活

从哪个角度去观察，陈非尘都是一个实用型的男人。他受儒家思想浸染至深。

陈非尘在一家机关单位上班。他不想当领导，所以，省去了钻营的诸多麻烦。他对自己的身体倒是照料得异常仔细，健康杂志上提倡什么，他绝对照办。因而，他喝少量的酒，从不酗酒，烟是绝对不沾的。他的生活很有规律。早晨起来，拿着收音机去慢跑，回来提着豆浆油条。晚上七点，准时收看《新闻联播》，但不看《焦点访谈》，怕受刺激，一受刺激，血液循环加快，不利于身心健康。

因此，陈非尘不喜欢足球，就顺理成章。他不理解，一个小小的足球怎么会让那么多的人发疯。而且，陈非尘从媒体上敏感地嗅到一丝异样，他看到"足球宝贝"后甚至大吃一惊。他觉得这世界有点儿乱套了。男人踢球，需要那么多袒胸露乳的"宝贝"出现在足球场上吗？

陈非尘觉得，金钱、性、暴力与足球结为亲家了。

所以，陈非尘不喜欢足球。

世界杯期间的外遇

在美国队出人意料放倒葡萄牙队的那场球开赛之前，马小却钻进了这座城市最大的一个影视沙龙。那里，聚集了许多疯狂的球迷，在寻找现场感觉。

马小却坐在那里，开始读一本杂志。

马小却读得很激动。

马小却眼睛一亮，她看到一个奇特的观点：一场球赛就是一场性爱。她脸红了。

沙龙里面男女比例差不了多少，这说明女性看球者不在少数，而且，女人发出的尖叫，给沙龙带来别样的生机。马小却起初并不叫，但后来终于还是叫喊了。在美国队 3 ： 0 领先后，马小却激动得脸色通红，她觉得那句话对极了，一场球赛就是一场性爱，充满了激情、诱惑、悬念，都是玫瑰色的。

中场休息给了这些足球评论家展示个人观点的机会。马小却和一个大男孩愉快而激动地交流着，大男孩给马小却的印象奇佳，不仅是他的球论高明，还因为他有点儿像贝克汉姆。

两支球队各进一枚乌龙球，给这场球赛添加了兴奋剂，美国队以弱胜强，更是爆冷。马小却激动得浑身血液沸腾，球赛结束很长时间，仍激动着。大男孩也很激动，大男孩甚至在终场哨响的时候，拥抱了马小却。

“我希望每一支弱旅都能赢。”男孩的声音吹进马小却的耳朵。

接下来的一切让马小却始料未及，马小却梦幻般地跟着大男孩来到一个贴满足球明星挂图的房间，他们愉快地谈着，谈着。马小却发现大男孩的眼神异样起来，马小却在大男孩的眼睛里也读出了自己的惶恐与兴奋。

马小却把自己的身体交给大男孩摆布的时候，耳朵里却响起主裁判的哨音，边裁的旗子高高地举着：马拉多纳带球晃过两名后卫；罗纳尔多左脚一扣，球高高地划起一道内弧线，落点是里瓦尔多，头球，射门！

韩乔生或者黄健翔的声音高涨起来："球进了！"

补充两条与本文有关的信息

一、马小却与陈非尘 1995 年夏天结婚。两人属青梅竹马，婚前马拉松式相恋 10 年。所有认识他们的人，都觉得他们是 20 世纪末最佳配偶。

二、那事情发生后，马小却再也不想看足球了。

有一天，不喜欢足球的陈非尘突然问马小却："什么叫越位，老婆？"

马小却脸上一红。

马小却无法回答。

（载《微型小说选刊》2017 年第 16 期）

遥远的三百米

刘 平

从老大家到坎下老二家，三百米。

把螺蛳连肉带壳捣碎，再和着几样草药捣成泥，糊在一张纸上，一贴膏药就做好了。八爷揣上膏药，双手笼在棉衣袖子里，出门了。

老大两口子都卖鱼去了，八爷出门后，用一把大锁将院门锁上。八爷腰间挂着一串钥匙，大门的、牛圈的、鸡屋的，都归他管。

深秋的风，吹在脸上刺啦啦的。八爷不走新路，走老路。新路上车多，那些车都像疯了一样，飞快，前些天还撞死了一个人。

老路上没啥人过了，有些地方，荒草已爬到了路中央来。

路两旁的地里栽的都是花草苗木，都说这比种庄稼挣钱得多。那一片一片的都是上好的麦地，八爷年轻的时候，和老伴一起每天能收一亩地的麦子，他每年秋收都被评为劳动模范。可八爷心里明白，他不是为了当啥劳动模范，他只是为了多挣工分供两个娃。

八爷摸出怀里的小酒壶，喝一口，胃里就觉得暖暖的。

八爷怀里经常揣一个小酒壶，干活累了，就喝一口。八爷在老大家每天都有干不完的活，喂牛、喂猪，打扫猪圈牛圈、煮饭。老大两口子经营鱼塘，家里就交给八爷了。

下坎再走一百米，就是老二家了。

坎下是一片潮田，原来一年四季都汪着水，只能种水稻，不能种麦。后来改造过了，能种麦了。改造潮田用了三个冬天，活重，但工分多。八爷每天都在潮田里干，三个冬天下来，脚都泡烂了。

潮田里有很多有用的野草，和螺蛳一起捣烂做成膏药治腰疼有很好的效果。但要新鲜的。老伴五十多岁就落下了腰疼的毛病，天一冷就犯。八爷打听到这个偏方，天一冷就给老伴做螺蛳膏药。

路边一个荒芜的小院子，是八爷的老屋，已经破败不堪了。老屋凝聚着八爷太多的心血，建老屋时，他一个人步行三十多公里去虹口山上扛木料，一连扛了三个多月。现在，老屋已经摇摇欲坠，只有院门口那棵香椿树还生机勃勃的。

看着破败的老屋，八爷心里有些忧伤，在香椿树下的石板上坐下来。

香椿树苗是八爷从虹口山上挖回来的，煮苕菜、炒鸡蛋，老伴都喜欢放一点儿香椿芽，两个娃都喜欢吃。八爷又从怀里摸出小酒壶喝了一口，浓烈的烧酒下肚，他突然想起了去年春节团年喝酒时两兄弟闹得不愉快那次，老大说老二：“妈跟着你，就是给你变牛！”老二不依不饶：“爹跟着你就享福了？一样地变牛！”

八爷明白，老大老二搬出去新建了房子后，他和老伴就是他们的牛。

再走几十米，就是老二家了。

八爷起身往老二家走。老二白墙红瓦的两层楼房和老大白墙青瓦的两层楼房默默对视着，中间是那个破败荒芜的老院子。

老二两口子在镇上做生意，只有老伴在家。

老伴正把满满一背篓菜叶背回来，她刚喂牛吃饱，又要喂两百多只兔。八爷发现老伴放下背篓后腰就直不起来了，他知道老伴的腰疼病又犯了。

八爷让老伴坐在椅子上撩起衣服，然后摸出螺蛳膏药贴了上去。

“腰疼，就别干那么多活了。”八爷说。

老伴很无奈的样子，说：“那么多事情，总要做。喂牛、喂兔、打扫牛圈，一样没做好，他们回来就给脸色。”顿一下，又说，“你呢？累了，要歇息，年纪不饶人。”

八爷和老伴坐在一起说话，以前，他们常常坐在老屋前那棵香椿树下说话。八爷想一直守在老伴身边，可坐了一阵，突然想起该回去捡鸡蛋了。

“敷三天，我再给你送来。”八爷说。

从老二家到坎上老大家，三百米。

八爷觉得，三百米成了他和老伴遥远的牵挂。

回去从老屋院门前过的时候，八爷流泪了。

（载《微型小说选刊》2017 年第 18 期）

盲人与小偷

李永康

淡灰色的防盗门虚掩着，他轻轻拉开后，露出一道菜花色的老式镶板门，他非常兴奋。他不止一次开过这种双重门，进过这种貌似朴素的居室。传言，有一些贪官就是用这样的房子来掩人耳目窝藏赃款的。他瞄准锁孔插入工具。开这种鸭舌式的锁对他来说太小儿科了，毫无技术含量，他甚至有点儿怀疑这家主人太弱智了，居然还用这样一种锁来迷惑人。

他小心翼翼地把两道门带上，然后蹲下抄起一只拖鞋扔了出去。砸出的响声不大，像猫逮老鼠时跳跃触地般发出的。室内没有一丁点儿反应。他胆子壮了起来，便站直身子朝里走。

“二娃子，你来啦？”声音不大，很平静。他疑心是自己心里发出来的，所以没有停下，继续往屋里走。

“你今天是先拖地还是先抹窗子？”这次他听得清清楚楚，声音是一个中年男子从客厅进门转角处的沙发上发出的。客厅的窗帘拉着，光线很暗，刚进屋很难发现沙发上还坐着人。

“糟糕，今天失手了！”他不由得暗暗在心里叫了一声苦，转回头往门口退去，试图根据情况夺路而逃。

坐在沙发上的男人一动不动地指挥道：“你去把厨房的水瓶提过来，先泡两杯茶，我今天请你尝尝二级峨眉毛峰。”

他不敢回应。

沙发上坐着的人又喋喋不休地自言自语道："我知道你不能说话，最早姐姐把你带来的时候就告诉过我，说你心明眼亮，耳朵好使，可以耐心地听我这个看不见的人说话，你不知道，我等你好长时间了，你来了，我说着话心里就亮堂了许多。"

原来沙发上坐着的是个盲人，他一下子放松了，便放弃了逃走的打算。

"水瓶提过来没有？先喝一口茶，再慢慢做卫生，要不，今天就不抹窗子了，只拖地，房间里也可以不拖，只拖厨房、卫生间和客厅，要不，都不做，反正等几天你又要来做，我就想和你喝喝茶、说说话，你不知道，这茶是我姐姐用我自己第一次挣的钱买的，我姐姐人可好了，我父母去世得早，是我姐姐把我带大的，她下岗好多年了，拖着侄儿和我在中介所打零工。"

他换上拖鞋，不由自主地去厨房提来水瓶泡茶。他开始同情这个盲人了。

"说真心话，二娃子，我有点佩服你，你说你又说不来话，自己出来打工挣钱养活自己不说，还要供养自己残疾的父母。"

他很想告诉沙发上的盲人，他不是二娃子，也不是残疾人，他好手好脚，但游手好闲不务正业。但他不敢吭声。今天他是一个哑巴。他要把这场戏演到底。

沙发上的人说："喝茶喝茶。"

他呷了一口，有些苦涩。

沙发上的人又说："我去盲人按摩所上班，一是受到你的启发，你都那么能干，我好脚好手的咋不能自食其力呢；二是想帮衬我姐姐一把，我姐姐她太苦了，先前每个月挣的钱就花在我们两个无用的男人身上，我侄儿虽然十九岁多了，可他小时候得过小儿麻痹症，现在连站起来都困难，整天只能躺在床上，几年前我姐夫下岗后承受不了压力，精神失常后走丢了，为了我姐夫，我姐姐花光了所有积蓄，把房子也卖了，这个房子都是租的，我很佩服我姐姐，她确实是女中豪杰，比男人还能干。”

他情不自禁地去厕所拿来拖把，开始打扫客厅。

“二娃子，如果你嫌我啰唆就使劲跺两脚，我听到后就不说话了。来，喝茶喝茶。“

他把客厅拖完，又去喝了一口。一股淡淡的清香沁人心脾。

“这茶味道说不出地好。”坐在沙发上的人卖个关子动情地说，“简直有点像书上说的，妙处难与君说。二娃子，你早就品尝过这种美滋滋的味道是不是？可对我来说却是第一次啊，用自己劳动挣来的钱生活，是世界上最美的享受！”

这盲人的生活态度深深地打动了他。

“你再倒点儿水，我给侄儿也喝一口。”沙发上的人边说话边站起来，端着杯子熟练地往里屋走去。

下午三点，打扫完卫生，他从包里掏出二百块钱放在茶几上。正要出门，门嘎吱一声开了，一个和他年龄相当的敦实青年背着个帆布工作包走了进来。那人啊啊地对他比画了几下，他点点头侧身让了一下出了门。

楼梯上洒满斑斑点点的阳光。

（载《微型小说选刊》2017 年第 20 期）

寻找孙敬和

吴　苹

从十五岁到三十五岁的二十年时间里，张山一直在寻找一个叫孙敬和的人。二十年的时光从岁月的大树上飘落下来，其间张山打工、做生意、谈恋爱、结婚，却从未忘记寻找孙敬和。

而今张山开了一家鞋店，每挣够启程的费用便关了店门去寻找孙敬和，钱花光了再回来，如此这般已成自然。张山的妻子是滨州人，当年英俊的张山被很多美女追求，但他非滨州人不娶。张山每次出门前妻子都苦苦劝阻，均无效，无奈和他离了婚。

张山的第二任妻子也是滨州人，规劝了几次见无效便由着他去了。

张山以为孙敬和还在北京总站，便先去了那里，总站的人说孙敬和退伍后去了南站工作。南站的人又说他后来辞职了。张山找到孙敬和的家——滨州市阀门厂，那个工厂如今已被写字楼取代。张山费尽心思找到当年的几个老职工，却听说孙敬和全家去南方经商了。张山又去电视台登了寻找他的启事，平均每一分钟便接到一个自称孙敬和的来电，甚至还有很多女人和孩子。

张山再一次伫立在信封上的那个地址前，这里已变成一幢二层商厦。此时，张山恨不得将自己的目光变成激光穿透钢筋水泥，探寻到孙敬和的踪迹。他望着这座商厦，点燃了一根烟。二十年前的一幕再一次在眼前复活。

那年夏天的清晨，中考落榜的张山不愿去棉花地里捉虫子，被他爹狠狠骂了一顿，挨骂后的张山气鼓鼓地出了门。

张山到了县城，买了一张去北京的长途车票。

到了北京，张山像一片树叶跌落在狂风里，瞬间便迷失了方向。十五岁，没有身份证，就算刷个盘子都没人要。壮志豪情被蒸发干了的张山成了一只足球，在北京的街头滚来滚去。

火车总站像个巨大的野兽，张着大嘴不停地吞吐着人群。张山被裹挟在其中，成了巨兽牙缝里的齑粉。他在心里演练了无数次，终于决定出手了。看着一个人即将从身边走过，张山咬咬牙，伸手拉住了他的衣服。

那个年轻男子站定，问："你有什么事吗？"张山说："大哥，我来北京几天了，没有找到工作，钱花完了，求你帮帮我好吗？"男子详细问了张山的籍贯、年龄及来京的原因后，说："咱们是老乡呢，我送你回去。"只一句，张山的心便狂跳起来。

男子转身往售票厅走，张山紧随其后，大气也不敢出，心却随着男子的步伐而起落着。有几次，张山唯恐拥挤的人流挡住视线，竟伸手拽住了男子的衣角。

排队等票时，张山得知男子叫孙敬和，家在滨州市的一个阀门厂，现在北京当武警。

孙敬和掏出一百块钱，花六十元买了一张车票，余下的钱塞到张山手里说："路上吃顿饱饭吧，到家后来信。"

张山到家后给孙敬和去了一封信，后来几年一直不敢给他写信。等到张山攒足勇气再给他去信时，所有的信均附上"查无此人"被退了回来。

二十年的风霜雨雪像一把剑，总能摧毁一些东西，却又能使一些东西更坚韧。张山长长地叹了口气，慢慢往宾馆走。

张山一早买了返城的火车票后，兜里还有最后三百元钱。

张山走到地下通道的入口处，见一个十四五岁的小姑娘跪在地上，旁边躺着一个断了腿的中年男人。张山走过去，打开钱包拿出一张红票放到姑娘面前的盒子里。

小姑娘连声说着谢谢，张山的心颤了一下，看到盒子里全是零钱，又拿出一百放到盒子里。小姑娘惊喜地将钱递到中年男人手中，又拿出本子和笔欲让张山写下姓名和联系方式。

张山连连摆手，转身往前走。

京城的夜色流光溢彩，披金戴银。一阵风吹来，行道树上的叶子哗啦啦地欢歌。张山感觉自己的心也和树叶和鸣着，脚下的步子越发轻快了。

张山走到烤鸭店前，掏出最后那张红票买了一只烤鸭，又用剩下的钱给妻子买了一条丝巾。尽管张山无数次出门，却还是第一次给妻子买礼物。张山拨通了妻子的电话说："媳妇，我明天就回家了，再也不离开你了。"妻子在那边说："噢？——"张山说："今天做了一次孙敬和，我才明白有些事情仅仅是发乎于心这么简单。"

（载《微型小说选刊》2017 年第 20 期）

藏青色西服

季　明

工地离住处，有很长一段路程，老磨他们需要坐公交车回去。

傍晚，收工之后，累了一天，满身都是泥灰和臭汗，老磨他们一屁股瘫坐在地上，喝喝水抽抽烟。没有立马动身回去，一方面是喘息片刻，另一方面呢，老磨他们是在等大傻。

大傻，真名叫于大厦，喊来喊去，老磨他们就给他起了个绰号：于大傻。大傻跟老磨他们不一样，每次收了工，立即跑到水龙头前，脱掉工作服，将浑身上下仔细地冲洗干净，然后从带来的包里，取出一套西服，换上，再把脏工作服，裹上塑料袋，塞进那个包里。

那西服，是藏青色的，大傻来到这个城市打工，刚领到第一个月工资，就上街买了这套西服。有时候，老磨他们在旁边，冷眼看着大傻在那里瞎折腾，就觉得这大傻，真是个大傻，浪包，穷烧！

等大傻换洗完毕，老磨他们才站起来，一块儿往回走。这景象有些独特，一群脏了巴唧的民工队伍里，走着一位身穿干净而笔挺西服的人，很是不协调，同时，也让大傻显得很另类，很不合群。

回去的时候，正碰到下班晚高峰，公交车上异常拥挤，但只要老磨他们一上来，人群立马闪开条道，让他们过去，毕竟谁也不愿意让自己的衣服与泥灰和汗水亲密接触。这个时候，车上绝对没有空座位，但老磨自有办法，他来到一个座位旁，站住，随着车的晃动，让自己的身体与坐着的乘客，始终保持着若即若离的距离。在泥灰和汗味的骚扰下，终于，那位皱着眉头、捂着鼻子的乘客，忍无可忍，狠狠瞪了老磨一眼，起身离开，老磨赶紧一屁股坐到座位上去了。

这一招，老磨屡试不爽。有时，他刚坐下，身边的乘客也被熏跑了，老磨立马兴奋起来，大声招呼同伴："来来……这里有空位。"

这时候，一身西服的大傻，则静静地融合在人群中，用不屑的目光看着老磨，他最讨厌的，就是老磨这个拙劣的表演。

对这套西服，大傻很爱惜，不穿的时候，就仔细地熨烫好，挂在自己的铺位上，因此，这套藏青色的西服，总是保持着笔挺而整洁的状态。

节假日不干活时，老磨他们喜欢逛逛街，穿着也很随意，有的干脆就穿着皱巴巴的工作服。大傻则不同，必须换上西服，才出门。这样一来，大傻就很醒目，在一行人中，很有些众星捧月的味道，似乎他是红花，老磨他们是绿叶，或者说，他是鹤，而老磨他们则是鸡群。

这令老磨他们非常不舒服，就与大傻拉开了距离。

一次，老磨斜着眼睛，说："大傻，穷烧个啥哩？瞧把你能的，穿上西服你还是农民工，变不成城里人！"

大傻不服气，说："穿干净点不好吗？农民工就应该是脏兮兮、臭烘烘的吗？"

大傻又说："挤公交时，你看人家那厌烦的目光，我都替你脸红。"

这话，噎得老磨直翻白眼，一愣一愣的。于是，老磨他们就恨恨地决定，必须收拾一下大傻。

这天，收了工，冲洗完毕，大傻却发现那个装着西服的包不见了。大傻急了，遍地翻找，可横竖找不到。

老磨他们坐在地上，喝水抽烟，冷眼看着大傻忙活，偷偷地笑。

过了许久，满头大汗的大傻，仍然四处寻找那个包。

老磨喊："大傻，别找了，再不回天就黑啦。"

又有人喊："大傻，你那西服，长翅膀飞啦。"

大傻不听，光着膀子依然在工地上乱跑，执着地寻找。老磨他们说："真是个大傻熊！"就撇下大傻，先走了。

当老磨他们得到消息，赶到医院时，大傻已躺在了手术台上。在寻找西服时，楼顶一截钢筋松动，倏地掉下来，从大傻的左肩膀插进去，从腰部穿透出来……

老磨他们怔怔地守在手术室外，彻底傻了。

过了很久，大傻才被推出来，仍处在昏迷之中。老磨哭了，冲上前去，喊："大傻，不穿那西服，你他娘的能死啊？！"

第二天，老磨他们来到工地，从一堆水泥里，挖出那个装着西服的包。它，已经变成了个水泥疙瘩，半晌，他们都没说话。

许多天，老磨他们都像丢了魂儿，蔫着脸，闷头干活，那件藏青色的西服，总是在眼前晃动、晃动……

一个月后，大傻出院了，但需要回家继续休养。那天，老磨他们专程上街，精心挑选，给大傻买了套藏青色的西服，送了过去。

大傻走后，老磨他们每人也都买了套西服，藏青色的，像大傻一样，收工后，冲洗干净，换上西服，再去挤公交车。这时候，他们才发现，乘客们的目光，很平和，丝毫没有了厌恶、敌意和距离，能同这个城市的人们亲密地挤在一起，坐一程车，这感觉，真不赖！

于是，老磨就给大傻打电话，他说：“于大厦，现在咋样？”

老磨说：“于大厦，养好了赶紧回来吧，我们等着你。”

（载《微型小说选刊》2017 年第 21 期）

前朝遗老

中　弓

这是一间只有六平方米的办公室。说是办公室，其实简陋到不能再简陋了：没有电脑，没有电话，没有饮水机，更没有空调，只有一桌一凳；并且，那桌的四条腿是三真一假，那凳是没有靠背的四方凳。

它的主人倒也不赖，一位标准身板的中年人，行伍出身，假如上镜，足可以跟少将媲美。这样的办公室，这样的设备，他已拥有两年多，好在工作不少，局里一应琐事杂事，只管来找他。“去，找伍司机。”干起工作来，那日子过得挺快，这不，一晃就是两年多了。

本想留点悬念，可惜我不是做悬念文章之人，一不留神便露了马脚，将他身份透露了。是的，他原来是个司机，是开小车的司机。他当过兵，在部队就是开车的，因而他的车开得挺好。这么说吧，他开车十多年，行程二十万公里，记分卡上没有一次扣分记录。因而上任局长看中了他。为了报答局长知遇之恩，他以局为家，以局长的需要为己任，一辆车在手上发挥到了极致，从没有闪失，就连一只青蛙也没有碾过。

想那时，局长是市里的红人，他也跟着红了一半。

可天有不测风云，局长在即将提拔为副市长时，被上级纪委查出了问题，不但革掉了乌纱，还被追究刑事责任。

他有幸被留了下来。

能留下来就不错了，他很知足。于是安排他到这个办公室，他一点意见也没有，并且一门心思做好新领导交办的工作。

这个办公室就设在大门侧旁，一个小窗对着大门，进来办事的人还以为这是门卫室呢。只要他坐在这里，一切进出大门的人和事，都看在眼里。

他坐在这里的第二天，他所开的小车，驾驶室便换了人。当然了，局长换了，司机是跟着要换的，这点他很平静，平静到没有半点异议和不舒服。接他位子的是个比他更年轻的小伙。小伙子因为年轻气盛，或者因为跟着新局长，觉得光彩，见面也不跟他打招呼，他也不怪，或者见怪不怪了。他自知自己的境遇，也不去招呼他，以免有讨好之嫌。

不过，烧酒，成为他的解渴饮料了。

只是有一天，不知是怎么了，那车子突然停下来，那小伙子向他伸出了手，说："伍师傅，我姓陆，新来的，以后多多指点。"

"好，小伙子，好好干！"他多少也显出了点激动。于是，他知道了，新司机姓陆。他觉得有意思，他姓伍，他的接班人姓陆，不过，他的前任并不姓肆，再下一任会不会姓柒？未可知也。

有了这句话，他便记在心上，哪天车子经过门口，他听出了异样，便好心找小陆司机及时检修。有一次还真让他指点准了，出门时叮嘱要注意前球轴。小陆司机在高速行驶中避免了一次因为机械而造成的事故，也挽救了自己与局长的生命。为此，小陆司机对他心存感激了。出车回来，有事无事总爱到这个办公室里来跟他聊聊。

"伍师傅，这里太简陋了，跟局长说说，装个空调吧。"

“不了，有这样我已经知足了，不要再给领导添麻烦，我知道，现在经费紧缺，要用钱的地方太多，领导也不好当。”

在进进出出、说说等等中，日子便又向前推移了两年。

这天，办公室主任来到他的办公室。他有点受宠若惊地站起来让座，因为在他的记忆里，主任是从来没有光顾过这间办公室的，有事只在门口或窗口叫一声伍师傅，他就立马奔了出去。

主任说：“不用客气，我来是通知你，将桌子往旁边挪挪，这里多摆个桌子。”

“好。有人要来？”

“是的，等下你就知道了。”

他便将桌子挪到了墙边上，腾出了一个足有三平方米的位置来。一会儿，小陆司机扛着张桌子来了：

“伍师傅，来跟你搭档了。”

他一看那桌子，也有一条腿是断了的。心里便像被什么敲击了一下。他看了看小伙子，嘴张了张，没有说话，只默默地帮着小陆司机放置台凳。

“怎么，师傅不欢迎？”

“小陆啊小陆，你要我怎么说呢？说欢迎嘛，这里又不是快乐大本营；说不欢迎嘛，我也没有这个权利。大哥只有一句话，既来之，则安之吧。”

“好，有这就够了。”小伙子带气地说，“妈的，一个局长当得好好的，怎么说走就走了？”

“这是人家官场中事，你我也说不清的。不过你还好，他是上调，还有希望，只要他出任个一把手实职，你还会风光的。老哥我就彻底没希望了，知道吗？判了十五年，后半辈子就押给他了。”

说着话，又拿起酒瓶嘴对嘴地灌了一大口，然后递给小伙子，“也来一口吗？”

小伙子一手抢过，咕噜噜一下子灌了个底朝天，口里含糊着说：“哥们，从此我们就是患难兄弟了……”

（载《微型小说选刊》2017 年第 22 期）

猎人张光

赵长春

张光算不算猎人?

他只打兔子。

秋风起,豆叶黄。青的是萝卜和白菜,还有红薯。张光就开始行动了。这时候,苞谷、高粱这类高秆庄稼基本上倒下了,地里头就是黄豆、萝卜、白菜、红薯了,这些低,兔子们也得往里面藏。也不好藏,此时的兔子一身的肉,贴满了秋膘,肥腾腾的,与平常比,跑得慢了许多——所以,张光就开始打猎了。

张光的行头很简单,一杆枪,一挎包,枪是老炮筒,一搂,喷出的尽是砂、钢珠儿;包,纯皮,油亮,装枪药,装食物;腰间还缠了条皮带,悬着几个小钩子,挂猎物。他的鞋子较独特,翻毛,钢头,一脚下去,实实在在,能把一棒苞谷踩酥!唰,唰,唰,踩着厚厚的黄豆叶,他往前走,一步,一步,稳,静,目光看着前方不过二十米远的地方,平移;同时,平端着枪,枪好像长在了腰间,枪口略下倾,直直地对着前方。

张光打猎,好多时候,看得叫人着急:他就这样在地里走,一步,一步,大头皮鞋在豆叶、萝卜叶上发出单调又坚定的移动声。他嘴巴咬得紧紧的,目光如炬,就盯着前面,前面到底有什么?他会突然开一枪,一只兔子蹦起来,三四尺高,再掉落下去。他不慌不忙,上前,捡了,往腰后的钩子上一绾。那兔子还在蹬腿,头一仰一仰的。

张光长着一双利眼，人都这么说。人们在地里忙活庄稼，张光就忙活打兔子。他怎么会发现兔子呢？张光说，慢慢等，慢慢撵，兔子就会撞在你的枪口上。可能也有道理，满地的人，越来越少的庄稼，兔子无处藏身。人一吆喝，兔子疾走，可是张光就在一旁盯着，嗵！一枪！

在秋天，一天，两天，隔些日子，张光就出去，沿河，沿地，总能打回来兔子，总有好几只。剥了，吃肉，卖皮。肉，炖、煮、卤、炒，最多的作料是辣椒，放了不少，红通通的。还有大蒜。火候很好，满院子的香，压过了墙上张的兔皮味儿。兔皮，往墙上钉，四足和头，各用一个钉子，紧绷绷的，叫“张”，动词，很形象。同样的兔皮，张光“张”得好，光滑，不失弹性，没有虫叮鼠咬，有人来收，或者拿到收购站，都是好价钱。

张光打兔子，只打野的。家兔，从笼里溜出来，跑到地里，啃青，特别是萝卜、辣椒，把眼睛吃得更红，一身的白毛变得灰不溜秋的，张光一看，就知道是家养的，身子一缩，又一纵，就把那兔子按住了，带回到村里，谁家的谁认走，“野的就是野的，我不打家兔”。

还有一种兔，张光不但不打，还当神敬。就是那些在月光下走、在墙头上爬行的兔子。张光不打，还要拱手：“大仙，走好！”也怪，秋天的晚上，天气晴朗的话，月光下，即便月如牙儿，总有兔子在走，慢慢腾腾走，很淡定，雪白，在月光下更白。人们称之为“大仙”，这兔子，是从哪儿来的？

“从嫦娥的怀里来的！”张光的回答特别肯定，他说，月宫中的兔子，八九月里总得下凡来，与地上的兔子结合，生下小兔子，就回去了。不然，地上早没有兔子了。

大概也对吧，兔子繁殖得快，一月一窝，一窝八九十来个。

——张光也有走眼的时候，他把队长的屁股给打成了稀巴烂。按照他的描述是，前面的棉花地里有兔子在晃，白白的，就一枪开了过去。“谁知道是队长，直起腰身，满屁股的血！”

因为这，张光的枪被收了，蹲了两年监狱。

不过，张光坐监的时候，不少人去看他，送给他吃的、穿的。

队长撅着屁股，趴在床上，叫唤，很少有人去。叫唤得狠了，他老婆低低骂一声：“叫唤个啥？不嫌丢人！人家是手下留情了，不然，你小命咋丢的都不知道……”

队长就咬着牙忍痛，不吭声。

张光出狱的晚上，队长老婆趁没人，赶紧去看了张光，带着一块五花肉、一个大冬瓜，满脸的惭愧和感激：“光叔，我……”

张光一摆手，说：“大侄媳妇，我和你说过，我啥也没有看到！我就是打了只兔子……”

王大妮眼泪汪汪，嘴巴撇开又合住，紧紧的。

（载《微型小说选刊》2017 年第 22 期）

修鞋摊

左　岸

五十二岁的于守桥临近下班的时候，手机铃声响了。是小枣来的电话，说有急事找他。

小枣是来自乡下的小姑娘，像一瓶未开封的纯净水，表情简单，语言金贵，在这个城市的城乡接合部的一个角落，摆了一个三平方米大小的修鞋摊。

老于天生八字步，两只脚后跟外侧先着地，时间长了鞋就容易磨偏，偏大了，老于就去找小枣修鞋，一来二去就和小枣熟了。

老于是个乐善好施的人。他了解到小枣上面有三个哥姐出生不久都先后夭折，她娘怀她的时候，爹又患病离世；剩下孤儿寡母，家境越加贫寒，促使年纪轻轻的小枣一狠心撇下娘，一跺脚来了很远的这里。了解了小枣的不幸遭遇，老于义不容辞，经常帮助小枣这个那个成了他业余爱好的一部分，小枣感激不尽，但嘴笨，只会说："大叔歇歇，喝口水咧。"

别瞧小枣一个女娃家，吃苦耐劳，鞋修得好，远近闻名，男女老少公认，小枣的服务态度绝对够上四星级标准，甚至有的老客户搬走后还特意坐公交来她这里修鞋。

孩子出啥事了？于守桥一边寻思一边急匆匆往小枣的鞋摊赶。到了跟前一看，小枣独自坐在修鞋用的马扎子上，泥胎似的，低头愣愣地发呆。

“小枣，谁惹你生气啦？”老于迫不及待地问。小枣抬头，见到老于像遇到救星，止不住豆大的泪珠往下掉。“快说，你急死人了。”老于越加狐疑。“俺娘病重了，爬不起炕。”“家里再没别的亲戚了吗？”“没。俺只有回家。”小枣狠狠咬了一下自己的嘴唇。

“那，你走后，这个鞋摊怎么办？”

“我就为这个，找你来出个主意。”

老于明白，这个不起眼儿的小摊一个月的收入起码两千多元，对底层的人来说，这块宝地，谁见谁眼红。她一走，铁定就有人占。

“大叔，俺想好了，你帮俺看个把月的，等俺娘病好了，俺还会回来。”

说着小枣冲老于扑通一声跪下。

老于见此景一把将小枣扶起：“别上火，这事包在我身上，赶紧收拾收拾走吧。事发突然，我也没准备，哪，这是随身带的三百元钱，你拿去急用吧。”

事不宜迟，小枣收下老于的钱，擦巴擦巴眼泪，千恩万谢，一步一回头地从老于的视线里消失了。

回家路上老于心里犯起嘀咕，话好说，事难办。这难有二：一是他有份在事业单位的工作；二是他对修鞋一窍不通。思来想去，直琢磨得脑袋昏沉沉的，也没想出个子丑寅卯来。

第二天一大早，他向单位领导申请了半个月的休假顺当地批下来了，足见老于在单位表现不错。

老于来到修鞋摊开始上班了。他脱下西装，扎上蓝布围裙，换上胶鞋，支开小马扎，打开一人高的铁制工具箱，各种器具一应俱全，什么手摇补鞋机、砂轮机、鞋匠锤、拔钉钳、胡桃钳、高跟鞋钉跟钳、铜制手锥、强力胶、铁钉、剪刀、刷子、钩针、胶皮割刀、磨刀石等几十种家把什，他挨个摩挲着、熟悉着，心想，老伙计们，多关照。

修鞋是个又脏又累的手艺活，他老于虽说钳工出身，可毕竟隔行如隔山，最初的艰难可想而知，给人家修坏了不少鞋，有时一天下来，累得头晕眼花，不但没挣到钱，反而还得包赔损失。今天手指磨破了，明天手掌叫改锥扎了。还有一个让他头痛的问题，由于不会修鞋，来的顾客一天比一天少了，照这样下去，小枣回来他怎么交代呢？俗话说“急中生智”，他把小枣的遭遇和帮忙临时看摊的缘由以及在小枣没来期间他免费修鞋的事用毛笔字写下，挂起来，这一招果然灵验。顾客非常理解老于，都向他伸出大拇指。

这期间老于跟小枣打过电话，告诉小枣修鞋摊一切都好，叫她放心，还问了小枣娘病情。

一个月眨眼过去了，小枣来电话告诉老于说她娘的病日益加重，回不来，叫他再替她看着摊。

时光荏苒，转眼三个月过去了。小枣仍然没回来。老于再也没有向单位请假的借口了，他辞掉了工作。老于的老伴和刚参加工作的儿子，前者发现老于脸晒得黢黑，后者瞅着老于的手粗糙不堪，禁不住问老于是怎么搞的，老于支支吾吾说最近单位搞土建整的，没事。

事情早晚是要露马脚的。一天，单位的科长给老于家里打电话，老于老伴接的电话，科长叫老于抽空到单位领取辞职后的相关补助。老婆听罢顿时炸了锅，立即给老于打了电话，叫他立马回家，说个清楚。

老于是个老实巴交的人，面对老婆就把自己如何认识小枣，帮助小枣看摊修鞋辞职的事情一五一十地交代了。老婆听完立即气得背了气，老于见状又是掐人中又是捶背，老半天，老婆才缓过神来，骂他老不要脸的，准是叫那只小狐狸精给迷住了，转而一把鼻涕一把泪，说老于得精神病了，正常人哪有无故砸了自己的金饭碗的呢？

一星期后，老婆与老于办理了离婚手续。

打那以后，老于更加专注于这个鞋摊。尽管这期间，已老长时间打不通小枣的电话，他认为小枣的手机停机是因为没钱续了，他甚至后悔当初怎么就没有留下小枣家的地址，好给她寄些钱去。

不知不觉，三年时光在老于叮叮当当的鞋锤声里溜掉了。小枣的身影始终没有出现。老于对于这个，似乎习以为常。有些迟钝的他，常常把烟卷燃火的那头误放到自己的嘴里，烫得他傻笑不已。

一天，一辆银灰色的桑塔纳轿车在老于鞋摊不远处停下，从后车座里走出一位着装时尚的少妇，嘴里咬着一根女士香烟。

“维娜，那双鞋有必要修理吗？我再给你买一双不就得了。你也不怕麻烦。”

老公显然对少妇的举动有奉承的成分。

叫维娜的少妇没有理会，扭着腰肢朝鞋摊走来，把一只高跟鞋递给了正在埋头钉鞋的老于。

老于仰起脸，用他那粗糙的手指使劲地揉着眼睛，打眼细瞅，不由得惊呆了：“你是小枣？”

（载《微型小说选刊》2017 年第 23 期）

没事到丰城玩

季　明

我的同学巴库，高中一毕业就去丰城闯荡，在那里定居了。多年以后，听说这家伙混出息了，成了腰缠万贯的老总。

丰城离我们这有几千里，但每年巴库总是乘飞机回来一两次。每次回来，巴库就心急火燎地召集同学聚会，按他的话说，一是想念同学们，二是想吃家乡的饭菜。

巴库衣着光鲜，一条粗大的金链子，赫然挂在脖子上，沉甸甸的；手上则戴着几个金光闪闪的戒指。整个一财大气粗的土豪。

同学聚会，每当喝到兴头上，巴库便会站起来，挺着肚子，伸出双臂，张开巴掌，豪气地在空中一划拉，说："今天我买单，谁争我跟谁翻脸。"一开始，我们还争，但慢慢地就习惯了，谁让他是土豪哩！

散场时，巴库逐个跟同学们握手，依依不舍地摇着、晃着，胸脯拍得啪啪响，说："没事请到丰城玩，尽管找我，咱在那里混得开，啥事都能摆平。"但我们都没往心里去，丰城那么远，谁吃饱了撑的，没事往那地方跑。

但偏偏我就去了丰城，办私事，不得不去。我是坐火车去的，一上火车，我就给巴库打电话，说："兄弟，我要去丰城。"

电话那头，明显感觉巴库一愣，说："真的假的？别骗我！"

我说："骗你我是孙子，现在我就在开往丰城的火车上。"

巴库高兴地说：“好啊，到站后我去接你。”

火车跑了一天一夜，终于在丰城停下。老远，我就看见巴库在出站口，伸长手臂，摇着肥厚的手掌，冲我招手。能在生疏的异乡看见熟人，那感觉，特亲切。在去宾馆的路上，巴库说：“我定了个酒店，给你接风洗尘，顺便邀请了几个丰城的朋友，陪陪你。”

车在一家豪华酒店门前停下，走进包厢，里面等候的七八个人都站了起来，巴库一一为我介绍。这是某某公司的老总、某某公司的董事长；这是某某科的科长、某某处的处长；他最后隆重介绍的，是柯厅长，巴库恭敬地说：“这是市委某某厅的柯厅长。”

柯厅长略带矜持地伸出手，只跟我轻轻握了一下，连声说：“呵呵……副的副的，副厅长。”

我的天，甭管正的副的，厅长，在我这小民眼里，已经是天大的官了！在他们面前，我只有受宠若惊、点头哈腰的份了。巴库扯起我，按坐在首席上。我诚惶诚恐地坐在位置上，不知所措，如坐针毡，特别是身边的柯厅长，总是一副正襟危坐、不苟言笑的模样，透着威严，时刻让我感到压抑和渺小。

丰城的老总和官员们，轮流向我敬酒。说实话，这顿酒，我喝得很难受，很忐忑，很迷糊，不知不觉就醉了。

第二天，我编出各种借口，坚决推掉巴库再次设宴招待的邀请。巴库很无奈，说：“那好吧，若有啥困难尽管说，咱在这里朋友多，啥事都能摆平。”

仅一天的时间，我就将事情办好了，晚上，决定去吃小吃。在小吃街，我刚在一个摊位旁坐下，老板赶紧跑过来，殷勤地问：“先生，想吃些什么？”

声音非常耳熟，我抬头一看，呼地站起来。我说：“柯、柯、柯厅长，怎么是您？”

老板愣住了，看着我，忽地有些不好意思，说：“啥柯厅长啊……狗屁的厅长哦……都是巴库那小子……”

接着，老板又嘿嘿一笑，说：“出来混，都不容易，家乡来了客人，相互帮衬一下，撑个场面而已。”

老板往远处一指，说：“那个小饭店，就是巴库开的。”

我看见一个熟悉的身影正在小饭店的厨间忙活。我赶紧离开，再三叮嘱那老板：“兄弟，这事就烂在肚子里，千万别说我来过！”

又一年，巴库回来，同学们聚会，再次喝高了。散场时，他握着我们的手，依然说：“没事请到丰城玩，尽管找我，咱在那里混得开，啥事都能摆平。”

我张开双臂，紧紧拥抱住他，心里倏地觉得异常酸楚。

（载《微型小说选刊》2017 年第 23 期）

炸掉一座老水塔

徐国平

“我一定要把这座水塔给炸掉！”

这是四十年前，范东红跟我说的。

当时，范东红瘦得像根豆芽菜。我嘲笑他说：“你妈不管你饭吃啊。”范东红用课桌顶着肚子，一脸难受地说：“全家就我妈一人的口粮，哪能填饱四个人的肚子。”我瞧着可怜，三天两头从家里偷来一些干粮，他狼吞虎咽，两眼噎得滚圆。

范东红跟我自然就铁，几次要带我去爬水塔。

范东红所说的那座水塔，竖在一家大型机械厂里，是县城最高的建筑物。对我来说，很有神秘感。

记得一天，学校让我们上街抄大字报。范东红悄悄带我走进了机械厂的大门。我第一次近距离地接触到了老水塔。水塔有十几米高，四周青砖墙上贴满了标语和大字报。

范东红的家就在老水塔下面的一间青砖瓦房里。他母亲正低头看着水泵上水，也没理睬我俩。

范东红鼓动我爬水塔。说着，就像一只敏捷的猴子，率先攀了上去。我小心翼翼，两只手使劲拽住冰冷的铁梯。最终，爬到水塔顶层，风吹得身子直晃，我有些胆战。范东红却大着胆子将两条腿耷拉在水塔边沿上，用手指点着尽收眼底的县城。

有鸟儿，从我们眼底啁啾着飞过。

偶然间，我发现水塔上有许多马蜂窝一样的小洞。范东红说，这些都是武斗时的弹孔。说到这儿，他显得无比悲伤，咬着嘴唇，沉默了一会儿说："我爸爸就在水塔上死的，子弹正中脑门，脑浆和鲜血直往外淌，双眼瞪大，至今想起来都十分可怕。"

范东红这么一说，我忽然间感到水塔里阴森森的，浑身有些发抖。

这时，范东红的母亲瞧见了我俩，仰着脖子吆喝起来："小死鬼，快下来，不怕摔死你们啊？"范东红连忙拽我乖乖地溜下来。

我看清了范东红的母亲。她个头高挑，模样也很白净耐看。虽然上身穿着一件肥大的灰青色工作服，可依旧掩遮不住丰满的胸脯。

范东红很听他母亲的话。我问他："咋这么怕你妈妈啊？"他眼角湿润，忧伤万分地说："我妈一早在家种地，我爸爸死后，厂里安排我妈进厂看水塔。我妈一个人苦撑着家太累了，几次晚上醒来，看到我妈一个人偷偷哭泣。"

不过，范东红说全家也有开心的时候，厂长时常亲自上门送米送面，妈妈这才露出几天的笑脸。

一次，学校停课，范东红又约我爬水塔。只是，爬到半腰，范东红却停了下来。他双眼死盯着他家的屋子发呆，我顺着他的目光，透过他家的窗玻璃，隐约发现，一个赤身的男子，像头剃了毛的猪一样，正压在一个女人身上。我看清了那个女人的脸，是范东红的母亲。范东红脸色铁青，两只眼睛冒出狼一样的凶光。他哆嗦着手，从口袋里掏出一把弹弓，摸出一粒钢珠，眯起一只眼，狠劲拉开皮筋，随着嗖的一声响，就见窗玻璃啪的一声碎了。

接下来，范东红闹了几天绝食，嫌他母亲的饭不干净。有几次，他母亲专门送饭到学校，可范东红故意躲着。最后，他母亲流着泪走了。

我不忍心，就劝范东红："你妈很可怜。"范东红双手抱紧脑袋，放声大哭，哭得很伤心。

范东红再也没带我爬过老水塔，也不提老水塔三个字。仿佛老水塔成了他的耻辱。

小学毕业，范东红要回老家。我们又来到老水塔下，他用脚狠狠地踢了老水塔一脚，咬牙切齿地说："我一定要把这座水塔炸掉。"

自那以后，我再也没见过范东红。听他妹妹讲，他初中没毕业，就一个人去南方打工了。

又过了五六年，我大学毕业，分回老家，去了一趟机械厂，想打听范东红的消息。老水塔看上去已破旧不堪。范东红的母亲还住在那间老房子，她说厂子快倒闭了，不看水塔了，现在打扫卫生。没出半年，范东红的母亲竟然自杀了。据说，出事那天，范东红的小妹妹非闹着要吃红烧肉，厂里一年没发一文工资了。范东红的母亲掏出身上仅有的五角钱，让女儿去买肉。结果，肉贩可怜孩子，多给了几两肉。范东红的母亲无比伤心，看着女儿高高兴兴吃完红烧肉上学后，一个人就爬上老水塔跳了下来。

我人在外地，闻讯分外震惊。

再回老家，那片厂区早已灰飞烟灭。不过，那座老水塔依旧残存，跟那些拔地而起的高楼相比，就像一个侏儒，显得格格不入。

不过，一种怀旧的感念，使我不由得走近老水塔。我发现一个中年男子，手捧着一束白菊花正肃立在老水塔下。仔细端详，竟是多年未曾谋面的范东红。

老同学相见，惊喜万分。我攥紧他的手说：“听一帮同学说，你小子混成腰缠万贯的房地产大亨了，咋不炸掉这座老水塔啊？”

范东红很淡然地说：“最初开发这片小区时，我想炸掉老水塔。可犹豫再三，决定还是留着它吧。”说到这儿，范东红显得感慨万分，“我妈当初咋就想不开，要是活到现在该多好啊……”

（载《微型小说选刊》2017 年第 23 期）

青岛啊，青岛

刘兆亮

青岛是一个很美丽的城市。我那时认为它恰如其分地美丽是因为父亲去了那里。

自从父亲去了青岛，这个离我 800 里的地方突然有了亲和力和感召力。尊敬的青岛市民也好像一下都成了我的亲人，我特别挂念青岛，想念他们。

父亲是去青岛干建筑小工的，抬水泥、搬石块、挑砖头是他的工作。但这是次要的，父亲在青岛生活和工作了，这是让人感恩的事。

那时我正上高三，父亲带着家中最破的被子和那顶漏雨的安全帽到县城坐火车。因为还有 40 分钟的空闲，父亲就到学校来看我。但他并没有见到我，他的脚刚好踩到上课铃声。父亲就给看门师傅留了一张字条，写道：儿，我去青岛干活儿了。青岛好啊，包吃包住一天 20 块钱。你好好念书，争取考到青岛去。落款是“父亲亲笔”。

这是父亲写给我的第一封书信，是写在随手捡起的烟盒上的，烟盒上的脚印清晰可辨，比父亲的字还工整。但父亲的字比它精神多了，撇撇捺捺都有按捺不住的去青岛的激动之情。

青岛好啊！父亲这个赞美诗般的感叹也是听别人陈述来的。父亲没去过青岛，他甚至连比县城更大点儿的城市都没去过，但父亲那时去青岛了。看到父亲的留言，我很高兴。

从此以后，我的学习和生活便有了“青岛特色”。地理课本上的胶东半岛成了我的维多利亚港，历史课本上德国强占青岛的章节让我深刻铭记，青岛颐中足球队成了我心中的巴西队。而我的高考志愿上，打头阵的都是青岛的大学。

父亲在一个叫观海山的山上建花园。山不太高，但站在屋顶上可以看到海，下雨天不上工，父亲就上山顶去看海。看海是父亲最高级的精神生活。在他的物质生活方面，让他津津乐道的，是能隔三岔五吃到两块五一斤的肥肉膘。父亲说，瘦的他们才不爱吃呢，青岛的肥肉真贱！父亲说，乖乖，青岛就是青岛啊！

但青岛没有及时给他发工资，这是堵心窝儿的事。父亲说，肥肉很香，但一想到钱就咽不下去了。

父亲走时只准备了 25 块钱的生活费，父亲花了 40 天。之后，他摸口袋时，兜里只剩下五个手指头了。当然，在他的内裤边，母亲还连夜为他缝进了 50 块钱。但那钱不能动啊！

青岛怎么不发工资呢？老板解释说临时有点儿困难，让父亲等人顶一顶。父亲觉得那个李老板说的话不虚。以前李老板让父亲下山替他买的烟都是十多块钱一包的，现在下降到四块多钱一包了。

给李老板买烟是父亲难忘青岛的另外一个原因。

起初，父亲买烟买得一肚子得意，觉得老板还挺把自己当回事。等父亲戒烟了——实际是没有闲钱买烟了，他才感觉到买烟成了一种煎熬和痛苦。

父亲每次烟瘾上来的时候，都要到厕所尿一泡尿，每次进行的时间都很长。他低头思考着什么，最后还是使劲地捏一把那缝在内裤边的 50 块钱，忍了。

但父亲经常把烟盒放在鼻子下使劲地闻一闻。闻一闻烟又不会少，没事的。有几次他甚至就想把手中的烟往腰间一别，一口气跑回家，坐在田头再一口气抽光。边抽烟边看玉米生长，多美的事儿啊！

但父亲是个老实巴交的人，这也是老板习惯让他买烟的根本原因。父亲觉得自己挟烟出逃的想法太匪气了，也不切实际。父亲比较实际的做法是，爬山时多弄出点儿汗，递烟给老板时好让他酬劳给自己一根抽抽，但是没有。只有一次，李老板客气地说，剩下的三毛钱硬币不要了，看你累的，头上的汗珠子比雨点儿还大！父亲不收，两个人互相推让，干活儿的人都把手中的活儿停下来看他们。李老板生气了，大喝一声后又把声音压得低低的，拿着，对，拿着。父亲的兜里就多了三毛钱。

父亲想等下次再多出三毛，还有再下次，再再下次……

但李老板已经好几天没让父亲买烟了，也就是说李老板已经很少过来了。慢慢地，父亲他们就感觉到李老板可能在耍熊蛋了——他要跑掉了！

大家也很久没能吃上肉了，伙房的人也好久没接到钱了。

工程没完，老板就跑了，碰上这样的事，算是倒了八辈子霉。

父亲等人也不能干等着，就买了车票回家。他们都偷偷地进行着自己的工作：有的与父亲一样拆开了内裤，有的翻起了鞋子，有的把被子里的棉花团弄开……那里是事先准备好的回家的路费。我们那里的习惯，路费多少就缝多少。

父亲把他在青岛的这些经历讲给我听的时候，我还在等青岛那边的大学通知书。青岛与我的关系八字还没一撇。

但青岛朝我走来了。我被青岛一所重点大学的土木工程系录取了。

那天父亲把烟头抽得很兴奋，他满眼亮亮的，左手比画着青岛宽阔的马路该怎么走，还一个劲儿地说，青岛好啊！青岛好啊！

我不知道，当父亲赞美诗一样地感叹青岛好的时候，他的右手在口袋里把从青岛带回来的那三毛钱都攥出了汗！到了学校后我才发现，那三枚硬币，被父亲打进了我的背包——那是父亲在青岛赚取到的财富，儿子应当继承。

（载《微型小说选刊》2017 年第 24 期）

奔跑的鱼头豆腐

薛长登

我骑着电瓶车拐进一条巷子，在一个锈迹斑斑的铁门前停了下来。

“郝大爷在家吗？”我冲屋里喊。

“门没锁。”一个沙哑的声音从屋里传来。

我推开门，拎着包进了屋。屋里光线昏暗，在靠右墙的旧沙发上窝着一个老人。

“您饿了吧？”我抱歉地说，“来时半路上车子轮胎破了。”

“没关系。肉吗？我闻到了，还有什么？”老人从沙发上站了起来。

我从包里拿出一个打包盒，老人装了一碗米饭，像往常一样念叨起来：“要是有一碗鱼头豆腐就好了。”

我提出一个保温桶，放到他面前，他说：“我没叫这么多菜啊，我每天只要10元的菜啊。”

“这道菜是免费的，店里给老客户赠送的。”我说。

他打开保温桶的盖子，惊呼：“鱼头豆腐。”他眼睛闪着光，一瘸一拐跳向厨房，拿来一个大碗，颤抖着手把鱼头豆腐连汤带水倒进大碗里。

我转身要走，他示意我坐下。他第一次邀请我坐下。

“多大了？”他喝了一口汤后问。

“17岁。”我说。

“你没上学？”

“没。”我局促不安起来。

“怎么不上学呢？”他目光如炬地望着我，我避开他的目光，沉默不语。

“你瞧，我这屋子要拆迁，几年前就要拆了，我不等那钱用，我有钱。”他岔开话题，“儿子在上海工作，两口子一年七八十万，催促我多回了，我不去，那地方没有我的朋友，还有她，你看，放哪啊？”

他指着墙上的一个相框，一个老太太慈眉善目。“我最喜欢吃她做的菜，特别是鱼头豆腐。这饭店的鱼头豆腐可以，但没有她做的那味道。”他眯着眼，品着汤，“她走后，我就没那口福了，腿脚又不灵便，自己还不会做菜，就这么将就过着。你家里还有谁？”

“我还有……我爸一人。”我嗫嚅着说。我不愿告诉他我是弃婴，被父亲收养，我更不愿告诉他父亲今年66岁，每天还在建筑工地做小工挣钱。我赶忙起身，说：“我得走了，我还得回店里做杂活。”

以后，每逢节日或月底，我都会带着装着鲜美鱼头豆腐的保温桶，总以店里搞活动为由，带给郝大爷一份惊喜。

这天，看到他低头品味着鱼汤时，那半头白发在我眼前晃，我想起父亲，忍不住对他说：“我能用一下你家的电话吗？”

他先是一愣，然后指着摆在大桌子上的电话机，笑呵呵地说：“怎么不能，你想用随时用。”

我拨打了一个电话，低声说：“爸，昨天我从邮局给你汇了

1200 元钱，注意查收。还有你不要太省了，中午也买点肉菜……”我看到时间有近 3 分钟了，连忙说再见，挂了电话。

“打给你爸的电话？”郝大爷看我走过来，关切地问。我点头。

“吃了鱼头豆腐，别的人都说我显年轻了，下午我得去把头发染黑了，哈哈，再年轻一回。”郝大爷满面红光地说。

看到郝大爷开心的样子，我头脑里不断闪现父亲经常只吃着干饭，喝着白开水的情形。我做了一个重要的决定。

我另外买了一个大的保温桶，里面装满了鱼头豆腐。我在每个周日送外卖时，顺便送十几份鱼头豆腐出去。扫路工人、大学生、鞋匠、出租车司机和路人，我都给他们提供过热乎乎的鱼头豆腐，当他们疑惑时，我会说：“店里搞爱心活动的。”

这天，我回到店里，店里的老板对我说：“来一下我的办公室。”我红着脸，局促不安地跟着老板进了他的办公室，他从抽屉里取出一沓钱，说：“这里是 3000 元。”

“老板，我没做对不起店里的事情，您不能解雇我。”我着急地说。

“这不是你的工资，郝大爷来过了，你这孩子，工资不高，做了好事，还不让后厨师傅说。这钱是奖给你的，你为店里带来了生意，郝大爷为咱店介绍了不少客户，许多人家中午不做菜，就订我店里的菜。从今天开始，咱们店每个周日免费提供鱼头豆腐 50 份，打包盒没法用，就用定制的保温桶，这 50 份鱼头豆腐就由你送出去。”

我鼻子一酸没忍住，泪水在眼眶里打转，连声说“谢谢”。

老板递给我一个手机，说：“这是郝大爷送你的，他说让你多给家里打电话。”

九月份第一天，我要离开饭店，到饭店几里外的一个技校念书，郝大爷为我找的学校，我的吃住费用都由郝大爷承担，他只有一个条件，让我周末带一份鱼头豆腐给他。

“你周日还得来啊，50份鱼头豆腐还得由你送。”临别时，老板叮嘱我。

我对老板深深鞠了一躬。

“这孩子挺懂事的。”他拍了一下我的肩膀，“我得感谢你啊，你为我的店带来了好运。”

“是您做了善事。昨天我爸来电话了，说每周村里老人都能吃到一份肉菜，有鱼头豆腐或鱼香肉丝，每周都换花样，别人送的。他们几个老人聚到一起，商讨这个星期日送点儿什么出去。”

“了不起，真是了不起。”老板感叹道。

（载《微型小说选刊》2017年第24期）

喜鹊登枝

高沧海

初二，媒人递信儿说，初六大李庄要来人。

我爹当然知道大李庄来人事关重大。

但我爹是个疲沓主儿，初六，还早着哩！

我爹手搭凉棚看天，这日头也是个贫命。你就是这天上的皇帝佬，何不坐床上，喝一碗玉米糊糊肉末粥，再喝一碗红糖水冲鸡蛋花，穿大袍子蹬皮鞋，不忘提瓶好酒，比如沂河白干，慢慢来上天，没人会嫌你懒；偏偏急三火四，让人一睁眼它就挂天上好几竿子高，容不得人好好喝一碗玉米糊糊粥。我娘催我爹："日子定了，那就按媒人说的来，快去他姑家和他奶奶家拉几口缸顶数，问问肖大家里的，把她家的猪赶到咱圈里来，还有，豆地里的草该比豆还高了。"

我爹捧住脑袋："你烦不，还让人好好吃饭不？糊糊粥，糊糊粥，啥时能见天喝上碗红糖水冲鸡蛋花！"

红糖水冲鸡蛋花是我们这里待客的最高规格，得是贵客上门。

即将来的大李庄女女家，就是贵客。

大李庄的女女家相中了我哥，我哥当兵去新疆了。女方家上门来访是我们这里的规矩，人家金疙瘩银疙瘩的女女将来要在这里生活一辈子，一个锅里摸勺子的是什么样的人，走什么样的街，住什么样的屋，父母兄长都要一一把脉。看中人在相亲的过程里只占了三分，看看家庭是否安康富足和睦，又占三分。有了这六分，女方家便可坦然喝下男方准备好的红糖水冲鸡蛋花，高声说笑，谈婚论嫁，皆大欢喜。否则，人家会抬头看天说，日头高咧，田里的草要锄咧，圈里的猪要喂咧，任桌上的红糖水冲鸡蛋花怎样地鲜艳夺目，香气扑鼻，人家眼皮也不抬，迈脚就告辞，不管媒人的一脸灰。亲事到这份儿上，十分里六分清零，基本就算黄了。

我娘对我爹说："等事都办妥了，初六那天，有你喝的。"

我爹说："到他姑家到他奶奶家，就这几步路，缸盆那啥的，我一霎儿就办得，回头遇上肖大家的，我给她说说，我只给她一说借她家的猪使使，一说就中。"

我爹说："才喝了一碗玉米糊糊粥，清肠寡肚的，好难受，我喝口酒，喝口酒耍耍它。"

爹喝了酒，一头栽炕上，直睡到红日西沉。

初三，我爹把最后一口酒倒进肚里，用筷子从已空了的咸鸭蛋壳里掏了三掏，又舔了一嘴后，大门响了。

天哪，大李庄的贵客来了，大李庄的贵客，提前来了。

大李庄的贵客在堂屋里转了一圈，我娘挣扎着从黑乎塌塌的床上抬起身来，为首的贵客伸出双手握住我娘的手说："大嫂，你身体不好，莫起来。"

没有传说里的十口大缸，每口缸里都装着满当当的粮食，没有画着喜鹊登枝的红塑料壳绿塑料壳暖瓶，没有镶着红梅花的茶壶茶杯，更别提缝纫机收音机了。油星麻花的小方桌上，只有倒着的一个破酒盅，一个掏空的鸭蛋壳。喝得歪歪扭扭的我爹扶着门框说："不对，日子不对咧。"

贵客们交换一下眼神，来到院子里，猪圈里没有传说中的肥猪，也没有成群的猪崽儿。

我奶奶听说贵客来了，举着包红糖风一样赶到我家。贵客站在猪圈边拱手说：“老人家，日头高咧，田里的草要锄咧，圈里的猪要喂咧，告辞。”

白花花的太阳照着猪圈上的茅草，照着猪圈边儿上的一卷儿钱，是钱，真真切切的钱。我爹即便站在十步开外闭上眼都能嗅到钱的味道，他捡起来，一时通往村外那条路上风起云涌的都是我爹变了腔调的喊声：“钱，大李庄的钱，大李庄的钱掉了！”

大李庄的贵客很镇定，为首的贵客淡淡地摆摆手，说他们谁也没掉钱。

我爹说：“可是，可是……”

贵客说：“回了。”

我爹蹲在猪圈边抱着头，二十块钱哪，小学校里的邱麻子邱校长一月才使多少钱。我爹仰起脸，他闭上眼睛，一手儿沂河老白干，一手儿红糖水冲鸡蛋花，神仙呀！

我爹笑了，我爹攥着钱，又呜呜地哭了。

我爹用我奶奶拿来的那包红糖冲了三碗鸡蛋花儿，他一碗娘一碗我一碗。爹一气儿喝光了那碗鸡蛋花儿，一抹嘴，出去了。

爹用那二十块钱，买回来两头小猪崽。

两年后，正如媒人说的那样，我家每口缸里都装着满当当的粮食，有画着喜鹊登枝的红塑料壳绿塑料壳暖瓶，有镶着红梅花的茶壶茶杯，肥猪满圈也就罢了，更重要的是，还有一台让人看不够爱不够的电视机。

大李庄的女女嫁过来了。

我哥悄悄地说，女女她爹一高兴没留住嘴，如果爹那天捡了钱，没有追出来，这亲事就算黄了；即便追出来，却又买了酒吃，这亲事也算黄了。女婿家穷，倒不是最要紧的，要紧的是人不能落了价儿。

（载《微型小说选刊》2018 年第 1 期）

看　座

相裕亭

盐河入海口的河汊子里，随处可见那样一块块貌似水中浮萍一样的荒岛。它是上游洪峰携带泥沙在此堆积而成的。有的岛屿，是因为河水改道后，所裸露出的河床自然形成的。它们凸显在流淌的河水或潺潺的溪流当中，上面长满了翠生生的蒲草与芦苇。远看，恰如一块块碧玉镶嵌在白茫茫的河面上。偶尔，还可以看到那些岛屿上，长出一两棵不知名的小树，孤芳自赏地矗立在小岛的芦苇丛里，给盐河里觅食鱼虾的水鸟，提供难得的栖息场所。

盐河边打鱼、扳罾的渔民，很喜欢那样的岛屿。他们携带着捕鱼、捉虾的家什，划一叶小舟到岛上去垂钓，或将一个个系上鱼饵的网筐——当地渔民们称之为罾的一种捕鱼工具，密布在小岛周边的水域里，时而用竹竿猛挑起罾网，捉住前来觅食的鱼虾。

那场景，虾弹鱼跳，怪喜人呢。

某一年，小麦扬花、青杏挂枝的时候，盐河口捕鱼的汪福，正在大盐东沈万吉——沈老爷家秫子地边的河心岛上扳罾捉鱼，河对岸，一辆马车"吁——"的一声，停下了。

当时，汪福认为是过路的商客，停下来观看他如何捉鱼呢。所以，他没去搭理对方，只顾忙于扳罾、收鱼。可等他看清楚河对岸那个身着长袍的老人，是沈家的老太爷沈万吉时，汪福立马慌了手脚，他赶忙扔下手中的罾网，抱起刚刚捕捉到的一对大白萝卜似的鲢花鱼，蹚水跑到河对岸来，硬将那一对尚在拧滚、打挺儿的鲢花鱼，塞到沈老爷的马车上。

汪福所扳罾的那个小岛，坐落在沈万吉沈老爷家的地头，谁能说那个河中的小岛，不是沈家的呢？他汪福怎么就堂而皇之地在人沈家的小岛上搭起草棚，扯起网绳，坐收“鱼”利呢，显然不合章法。

汪福下意识地给沈老爷作揖、求饶说：“托沈老爷的福，小民汪福，在此混口饭吃。”

沈老爷支吾了一声，好像没当回事情。

沈老爷或许就是一时兴起，想停车看看风景。刚才，若不是汪福那一番作揖求饶的话语，沈老爷没准都不记得河对面那片绿油油的秫子地是他家的。

汪福看沈老爷不言语，他心里越发紧张了，误认为沈老爷要拿他是问。

汪福当即表示收网走人。言外之意，求沈老爷宽容他这一次。以后，他不敢再来了。

哪知，沈老爷看汪福那副惊慌惊恐的样子，如同说笑一般，告诉他：“那个小岛，送给你啦！”

说完，沈老爷登上马车，走了。

汪福却愣在那儿，瞬间不知所措。

马夫看汪福半天没醒过神来，便回头大声告诉他：“沈老爷发话，那个小岛送给你啦！”

汪福这才扑通一声，跪在沈老爷马车后面的烟尘里，接连磕了几个响头，以谢沈老爷的大恩大德。

这以后，汪福的日子越发充实了，他拆掉岛上那个临时搭建的小草棚，板板正正地盖起两间门窗敞亮的小茅屋。之后，他一边打鱼，一边铲除岛上的杂草、芦柴，开垦出一垄垄的地块儿，种上了辣椒、茄子、韭菜、洋芋，入秋以后，又种了几畦翠莹莹的芫荽、菠菜和过冬的小麦。其间，随着秋后河水变小，水面变瘦，大片的滩涂裸露出来，汪福又把小岛周边的泥土挖起来，堆积到小岛上，使小岛的面积不断扩大。

汪福守着小岛，打鱼、种菜、卖菜，后期，又喂养了一大群水上凫游的白鹅、花鸭，小日子日渐红火起来。

此时，汪福没忘沈老爷的恩德。开春的头刀韭、挂花的脆黄瓜，乃至市面上尚未出售的紫茄子、青辣椒，以及鸭舍里那些白生生的鸭蛋、鹅蛋，他自个儿都舍不得上口，总要抢个头水，给沈家送去。

印象中，汪福头一回到沈家去时，是个清晨。

汪福手提一篮子圆溜溜的鸭蛋、鹅蛋，肩挑两筐碧绿的青菜来到沈家。沈家没有人认识他，将他拦在大门外，直至马夫出面，与大太太说了来龙去脉，汪福这才有幸见到沈家的大太太。

当时，大太太正在小餐厅里等候沈老爷一起用餐。

汪福去见大太太时，他看人家窗明几净，尤其是大太太那身宽软的绸缎，在他眼前一闪一闪，汪福忽而感觉自己身上的鱼腥味、鸭屎味太重了，他没敢踏入大太太就餐的门槛儿。

大太太身边的小丫鬟，礼节性地搬把亮锃锃的小椅子放在他跟前。汪福担心自己身上太脏了，没敢坐，他就那么蹲在门口，等候大太太问话。

后来，汪福再到沈家去时，他先把所送的青菜、鱼虾啥的送到后厨去，再到大太太这边来道安，以讨沈老爷、大太太的欢喜。当然，汪福也想利用那个时机，讨得沈老爷、大太太的赏赐。大太太赏过他岭南的花生、羊儿洼的稻米。有一回，大太太高兴了，还赏了他一摞哗铃铃的钢洋。

汪福有了钱，便注重穿戴，要去沈家前，他着意要在河边多洗几遍手。天气不是太冷时，他还要在河中洗个澡，换身干净的衣服呢。

尽管如此，汪福每次见到沈老爷时，他还是卑卑索索地不敢靠得太近。大太太在屋里与他说话时，他始终蹲在门外，不好意思去碰沈家那油光锃亮的桌椅板凳。

后来，沈老爷在城里娶了四姨太，汪福很少见到沈老爷了。沈老爷喜欢在四姨太那边过夜。

但是，此时的汪福，仍然把他种植的蔬菜瓜果送到沈家。沈家大太太对他不薄。汪福挑去青菜、萝卜，大太太却回馈他大米、油盐。有一年冬天，大太太还把沈老爷穿过的一件灰棉袍赏给了他。

那时间，汪福与沈家人已经混熟了。他到沈家去时，无须下人通报，便可挑着箩筐，直奔后院去见大太太。

说不清是哪一天，汪福在门外听候大太太问话时，情不自禁地摸过门口那把原本是让他观看的椅子坐上了。

当时，大太太就觉得汪福气度不凡呢。

回头，汪福走后，大太太好像忽然间想起什么事似的，喊来管家，说："去把汪福开垦的那块荒岛收回来吧，省得他以后再往这边跑了。"

就此，汪福断了财路。

但，汪福到死也不知道，他是怎么招惹大太太不高兴的。

（载《微型小说选刊》2018 年第 1 期）

一条蛇

青霉素

芋头看了一眼手里的牌，心里就有点小激动，眼角瞟一眼对面的棒子，棒子的眉头挤成了川字。

芋头本来是要上山割草的，他在自己承包的山场子里养了一群羊，半路上遇到棒子，棒子说："走，玩一把，三缺一呢。"芋头想，老婆回娘家了，没有眼睛盯着，半推半就地跟着棒子来了，没想到牌运这么好，几乎把把赢，芋头有些飘飘然，心里头唱起歌：今天是个好日子，心想的事儿都能成。芋头本想在心里唱的，没把住门一下子唱出了声。几个玩牌的人都停下手不满地看芋头，芋头也被自己的歌吓了一跳，忙掏出烟散了一圈。

棒子嘴里叼着烟一边看牌一边说："老话说得好，情场失意赌场得意，真没假！"棒子嘴边的烟随着他的话一晃一晃的。

芋头停下手里的牌问棒子："你什么意思？"

棒子没说话，继续走牌。芋头也不再说话，当然也没唱歌，跟着走牌，很快一把牌结束了，芋头又赢了。

棒子把输的钱扔到桌上，说："不玩了，不玩了，晦气！"

"不玩就不玩，愿赌服输。"芋头拾起赢的钱起身往外走。

"芋头，你头上的绿帽子暖和吗？"棒子说这话时一脸微笑。旁边的人一愣，接着一起笑。芋头的脸一下子涨得通红，他转过身看着一圈都是幸灾乐祸的笑脸，抬起手把赢的钱摔在地上，夺门而去。

芋头和棒子落下了仇。

芋头小时候上树摸鸟蛋，和鸟蛋一起掉下来摔坏了腰，随着年龄增长芋头的腰弯得就越厉害，眼看着娶媳妇没指望了，芋头娘咬咬牙，把芋头的妹妹嫁给了邻村的一个傻子，换来傻子的姐姐给芋头做了媳妇。傻子的姐姐可不傻，很漂亮很聪明的样子，这让芋头很幸福，很幸福的芋头很快就忘记了妹妹的眼泪，围着这个叫桃花的媳妇过起日子。日子一天天过下来，芋头很幸福的心情就没有了，因为有一天他发现娶来的媳妇和村主任有一腿。

桃花对芋头的发现一点也不当回事，直截了当地跟芋头摊牌："不想过就离婚，想离婚你明说，你一开口我立马就走，反正你妹妹给我那个傻弟弟生完儿子了。"桃花对芋头说这话时，眼里水汪汪的，把芋头泡得没有一点脾气。

芋头虽恨桃花心不在他，但芋头又怕失去她，这个漂亮的媳妇让他在外人面前很撑门面，芋头这样想。芋头就恨村主任，可后来又恨不起来了，村主任不但给他办了低保又把一大片山场子承包给他，这是村里人人都想要的。现在芋头恨棒子，棒子哪壶不开提哪壶，棒子不说他的绿帽子，芋头就忘了自己头上的绿帽子，可棒子说了，还是在众人面前说的，芋头就恨他。

一天，芋头上山割草，草很茂密，这让芋头看不到前边，但前边的声音却能传过来，是打闹声。芋头挺了挺弯曲的腰，看见村主任把一个女人按倒在草地上，女人用力挣扎。

"你答应我就给你全家办低保。"村主任的声音。女人用力挣扎。

"你答应我就让你家承包山场子。"村主任的声音。女人又一阵用力挣扎。

“狗日的又欺负人！”芋头拾起一块石头就想扔过去，但他看清那女人是麦花，就是棒子的媳妇。芋头手里的石头就放回地上并慢慢蹲下来，让茂密的草围住自己。不知过了多久，芋头看到村主任下山走了，后来，又看到麦花哭着下山了，手里提着篮子。芋头过了一会儿也下山了，背着他割的一大捆草。

芋头背着他割的一大捆草没感到累，只觉着心里敞亮，好呀，棒子你头上也有绿帽子了！大家头上都有虱子，谁也不能笑话谁，芋头快乐地想。芋头心里又隐隐不安，麦花挣扎的声音老是在耳朵边响。

第二天，芋头听说麦花上吊死了，棒子在外地打工还不知道呢。芋头的耳朵嗡的一声什么也听不清了。

这天，芋头上山割草，看到村主任也在山上。

“割草呀？”村主任跟芋头打招呼，这让芋头很意外，以前村主任没跟他主动打过招呼。

芋头听不清村主任说什么，只是对他笑笑。

“那天麦花也在山上割草，”村主任说着眼睛看着前边一片草地，“你看见她了吗？”

芋头听不清村主任说什么，看着他仍然只是笑笑，芋头脸上的笑一下子僵住了，他看见一条蛇正靠近村主任的脚，那可是有剧毒的五步倒，芋头看得很清楚。

“你怎么了？”村主任看着芋头的脸问。

芋头脸上僵住的笑慢慢地又舒展开来，芋头一动不动看着村主任的脸继续笑，接着芋头很清晰地听见村主任惊恐地“啊”了一声，并看到村主任倒在草地上。

芋头看见村主任在草地上抽搐，芋头却没有看见那条蛇，芋头只听见一阵风在草叶上跑过去，唰唰的。

（载《微型小说选刊》2018 年第 2 期）

一路狂奔

韦如辉

马小明坐在教室里，跟随着老师朗读《唐诗三百首》里李白的名作《静夜思》。

毛校长“聪明”的脑袋从后窗户冒出来。敲了敲玻璃框，用眼神和手势，将扭头望着窗外的马小明叫了出来。

马小明和毛校长一前一后，走到操场的花坛边。毛校长慢慢蹲下来，脸对着马小明的脸。

毛校长问，马小明同学，你想妈妈吗？

听到妈妈两个字，马小明眼里闪烁着星星一样的亮光。

马小明使劲地点点头。

毛校长接着问，想见妈妈吗？

马小明的眼里更加明亮了，仿佛两盏灯，挂在他的脸上。

这一次，马小明没点头。他用双脚搓着操场，头低下来。搓着搓着，他眼睛里的亮光被搓了下来。

毛校长抚摸着马小明的头说，孩子，我马上带你去见妈妈，好吗？

马小明猛然转过身，穿过学校半掩的大铁门，鸟儿一样向东南方向飞去。

毛校长从地上跳起来喊，马小明同学，你等等！

马小明没有心思再等，根本等不及了。马小明想，要尽快将这个消息告诉奶奶。

马小明跑得很快，脚下的尘土扑扑扬起。一颗石子，从马小明的脚下，弹跳到庄稼地里，发出一串串清脆的声音。

马小明脚下生风。遇到道路拐弯时，他干脆岔到路边的泥地里。

再遇到一条小沟，桥就在不远的那边。可是，马小明心急如焚，他下到水里。沟里的水很静很柔，在缓缓地流淌。沟水被马小明快速运动的双脚，弄出一条条银白色的锦缎。

马小明跑掉一只鞋。在跑进第三块玉米地时，摔了一跤，左手心里渗出一滴滴的鲜血。

马小明推开院门，奶奶不在家。蹲在院墙外的瘸三爷说，在庄东南的玉米地里。

玉米长到半人高，正是喝水喝肥的时节。

奶奶在给玉米追肥。奶奶先用手在玉米棵旁边挖一个小坑，将尿素丢进一小撮，然后再用脚将土填上。

马小明气喘如牛地跑到奶奶跟前，断断续续地说，奶……奶奶，妈妈回来了。

奶奶低头忙活。马小明无比惊奇的话儿，在奶奶复杂的表情上没留下一丝多余的痕迹。

马小明大声说，我想去见妈妈！

其实，马小明十分想见妈妈。他一路狂奔，就是要在见到妈妈之前，回来告诉奶奶一声。

奶奶在家管他吃住，供他上学，给他穿衣，他必须赶回来告诉奶奶。

奶奶抬起头，一脸疑惑地望着马小明，嘴里嘟囔着，怎么可能？

马小明挺着一鼓一鼓的肚子和一起一伏的胸脯说，是毛校长亲口告诉我的！

毛校长？奶奶问，哪个毛校长？

马小明有点儿急了，结结巴巴地说，毛校长你不知道？就是毛蛋的二大爷。

奶奶似乎记起来了。自言自语地说，那个“四眼”，小名叫二狗子的？

马小明气得哼哧一声，转身跑回家里。家里有一条红纱巾，妈妈临走时留下来的。

马小明找到那条红纱巾。红纱巾很红，只是压在床底下时间长了，太皱巴。

马小明将红纱巾揣到怀里，鸟儿一样飞出自己的家门。

太阳已经升到马小明的头上，光线毒毒的，怎么躲都躲不过去。

冲着学校的方向，马小明不再犹豫，一路狂奔。

穿过村庄，穿过小桥，穿过小路，穿过小沟，穿过三块玉米地……马小明跑到学校的大门口。

毛校长坐在行驶的车上，从学校大门口经过。车上坐着毛校长，还有几个笑靥如花的孩子。

马小明停下脚步，愣住了。

毛校长边招呼孩子们坐好坐稳，边督促司机加快速度。

今天，市电视台要搞一个直播节目，让全市留守儿童的代表们在电视里找妈妈。

载着孩子们的车子一路狂奔，扬起一路飞扬的尘土。

飞扬的尘土里，马小明一路狂奔地追赶。

可是，马小明迷眼了，一跤摔在硬地上。

从马小明怀里飞出来的红纱巾，如一摊鲜血，在他眼前的尘土里飘荡着。

（载《微型小说选刊》2018 年第 3 期）

苍　蝇

戴玉祥

阳光通过窗格跑进来的时候，苍蝇也睡醒了。

昨晚，老人躺在床上，一直唱那首《常回家看看》，搞得苍蝇也睡晚了。苍蝇睁开眼，飞到窗前。老人不在。苍蝇觉得有些奇怪。以往，每到此刻，老人准会站在这儿，目视窗外，看蓝蓝的天，看白白的云。说他儿子喜欢吃腊菜炒米饭，孙子喜欢手擀面条，也不知都吃上没有。老人唠叨会儿，就开了门，爬到门前的草垛上，站在那儿，可以看见儿子的家。而后，老人就忧心忡忡地回到屋里，关上门，站在窗前，默默流泪。显然，老人没有看见儿子吃到腊菜炒米饭、孙子吃上手擀面条。这时候，苍蝇就嗡嗡地在老人身边飞来飞去。老人伸出手，苍蝇便飞了过去。老人看着手上的苍蝇，说："你这个小家伙，知冷知热的。"说后，手一扬，看苍蝇嗡嗡地飞走了，老人的脸，便绽出笑容来。

老人高兴了，离开窗口。

老人开始烧火做饭。

老人做的饭，必定有腊菜炒米饭、手擀面条。吃饭的时候，也必定摆上三副碗筷。显然，另两副碗筷，是儿子与孙子的。吃饭的时候，老人会夹几粒饭，放在桌边。苍蝇看见了，飞过去，吃饱后，嗡嗡地在老人身边飞来飞去。老人吃着饭，听着苍蝇的嗡嗡声，像是在欣赏一种很美妙的音乐，呈陶醉状。可是今天，这一切，苍蝇都没有看到。苍蝇很困惑。

苍蝇离开窗口。

苍蝇飞到餐桌上。餐桌上的饭菜冰凉了，显然是昨天晚上的。苍蝇认真想了想，才想起，老人昨晚好像没有动筷子。后来，苍蝇还想起来，老人有几天都没有动筷子了。苍蝇想不明白，老人怎么会不吃饭呢？苍蝇觉得老人傻。干吗不吃饭呀！苍蝇这样想后，就飞到那冰凉的饭菜上，大吃起来。吃饱后，苍蝇绕着餐桌嗡嗡地飞了几圈。每每这样的时候，老人就会拍手和着它的嗡嗡声，可今天，没有老人的配合，苍蝇觉得很失落。飞几圈后，苍蝇便不飞了，也不嗡嗡了。苍蝇待在餐桌边，很久了，才又张开翅膀飞起来。

苍蝇飞到老人的床上。

老人还在睡。

苍蝇纳闷：老人从来不睡懒觉的啊，今天这是怎么了？

苍蝇飞到老人的耳朵边，嗡嗡地叫，可老人仍在睡。苍蝇就站到老人的耳朵上，嗡嗡，嗡嗡嗡。老人还是睡。苍蝇飞到老人的鼻孔前，用身子堵住老人的一只鼻孔，嗡嗡，嗡嗡嗡。老人还是睡。苍蝇没辙了。但苍蝇没有死心。苍蝇又跑到老人的嘴唇上，来回走。以往，这样的时候，老人会抬手将苍蝇捉到手里，说："小家伙，又想听歌了，是吧？"接着便唱：

"常回家看看，回家看看，哪怕给爸爸捶捶后背揉揉肩，老人不图儿女为家做多大贡献，一辈子总操心只图个平平安安……"

今天这是怎么了？苍蝇在老人嘴唇上走了几个来回后，见老人一点儿反应也没有，感觉真的是没辙了。

苍蝇离开老人。

苍蝇离开茅屋。

苍蝇飞到老人儿子家里。老人的儿子正在打麻将。苍蝇嗡嗡飞到老人儿子的头上。老人的儿子抬手狠狠地拍过来，差一点儿要了苍蝇的小命。苍蝇吓出了一身汗。但，为了老人，苍蝇又向老人儿子的头顶飞去，嗡嗡嗡。老人的儿子只要抬手，苍蝇便迅速飞走了。如此，多次后，老人的儿子将牌一推，起身来捉苍蝇。苍蝇窃喜。苍蝇心里明白，老人的儿子只要来捉它，自己就有办法将他引到老人的家。苍蝇这样想后，便与老人的儿子较量起来了。嗡嗡嗡，苍蝇在前面飞，老人的儿子在后面撵。如果不撵了，苍蝇便折回，盘旋在他头顶上，嗡嗡嗡。这样，眼看快到老人的茅屋了，苍蝇一不小心，粘到了蜘蛛网上。苍蝇拼命挣扎，可越挣扎，缠裹越紧。

这时候，一只蜘蛛张着血盆大口向苍蝇逼来。

苍蝇绝望了。但当看见老人的儿子推开了茅屋的门时，苍蝇马上又嗡嗡地叫起来，有点儿兴高采烈了。

（载《微型小说选刊》2018 年第 4 期）

换　位

李伟明

老婆带孩子回娘家小住，吴进一个人在家，正想出去找地方解决晚饭，曾磊打电话邀他参加饭局，吴进当即答应下来。吴进和曾磊是在市文联举办的一次研讨会上认识的，会后联系过几次，聊的都是文学方面的话题。

吴进赶到时，包间里已经坐了不少人。曾磊迎他进屋："这是我文友，作家吴进。"吴进赶紧谦虚："哪里哪里，顶多算个文学爱好者。"一个小老板模样的人向吴进介绍其他人：市交通局法规处汪处长，市一中教务处张主任，市粮油公司市场部杨经理，市报冯记者……介绍完，他请大家入席。吴进想，这应该就是今晚做东的人。

谦让一番后，汪处长坐入首席，张主任、杨经理、冯记者等依次分坐两边。汪处长入座后环视一圈，目光停在吴进身上："这位朋友不大熟悉，在哪高就呢？""哦，我是市环保局的。"

汪处长愣了一下："那咱们同在市府大院上班呢……哎，你怎么坐在上菜的位子，跟谁换一下吧。"市报冯记者起身响应，一番推搡，和吴进换了位子。

做东的小老板问曾磊："老同学，上次你说介绍我认识工商局的梅处长，咋还不兑现呢？""我跟他提过几次，他总说忙。"吴进加入进来："你们是说梅兴国吧，他是我高中同学，这小子还挺能摆谱，下次我叫他谦虚点。”“哎哟，那太好了。来来来，咱俩换一下，您请上座。”小老板不由分说，硬是跟吴进换了位。

市一中的张主任问吴进：“听你口音，老家是乌油县的吧？我认识一个领导，和你一样把谦虚说成谦修，需求说成修求。”吴进笑道：“咱乌油人就这山野腔，一开口就露了底。不知您说的是哪位领导？”“市教育局职教处朱处长。”吴进又笑：“朱荣华啊，他是我小舅子呢，这世界真小。”

张主任赶紧站起来：“原来是领导的姐夫，失敬失敬，您过来坐我这儿。”几个人应声而起，七手八脚把吴进的位子搬到汪处长边上。

汪处长若有所思：“荣华处长我也认识，他姐夫……他姐夫不是市环保局副局长吗？莫非你……”“呵呵，他只有我这一个姐夫。”

汪处长“哎呀”一声，拉起椅子就往旁边移。没等吴进反应过来，众人已齐心协力把他连同椅子抬到了首席。

（载《微型小说选刊》2018 年第 5 期）

亲爱的老好人

大　海

老浩仁不知自己何时被单位同事称作"老好人"的。被熟络之人起个外号本来稀松平常，但被称作"老好人"，那是一件快乐又痛苦的事情。犹如吃辣之人，爽爽快快地吃了一盘油汪汪的虎皮尖椒，排便时却有说不出的痛苦。更为难言的是，自己姓"老"，名"浩仁"，谐音难违，想证明不是老好人都不容易。

老浩仁依稀记得，多年以前，一个外面的领导来单位办事找不到车位，自己主动腾出车位让对方停。单位的花姐见了，指着老浩仁对外面领导说，这是我们单位的老好人！老浩仁一开始听了舒服，后来觉得哪里不对劲。就在不忙时，浅浅地问花姐什么意思。花姐笑着调侃："夸你越来越会来事儿呢！"老浩仁听出对方话里的轻蔑，心里骂着花姐，面上却谦恭地说："谢谢您的教导！"事后，不拉屎的老浩仁蹲在厕所想了很久，屁股眼里沾了辣椒似的疼痛不已，却不知问题出在哪里。老浩仁就这么痛并快乐地想啊想，到了五十岁。知天命的老浩仁搞不懂"老好人"这顶桂冠何时落在头上，却清楚地记得十年前自己的人生转折之路。

十年前的所有日子，老浩仁都在单位办公室写材料。农村出身的老浩仁渴望一官半职光宗耀祖，用心将材料写得无可挑剔。老局长非常赏识老浩仁，将全部材料批到办公室处理，办公室主任又批给老浩仁。在单位里，一个人要是被认定"能者多劳"，后果很可怕。老浩仁的工作就此变成“白加黑”“5+2”，忙得不知春夏秋冬，但就是无缘晋升。每逢有人退休或调整位置，总是人家上位，要不就是空降来人。老局长劝老浩仁沉住气。看着机会次次从眼皮底下溜走，沉下气久了的老浩仁有了抵触情绪，对要材料的领导也不客气，渐渐成了单位里有个性的人。有个性的人意味着什么？功劳一身顶不上牢骚一句，拼死拼活干到三十五岁，老浩仁还是个副主任科员！更要命的是，脖子胀痛腰不舒服，还得了痔疮，上厕所屁眼沾辣椒似的疼。老浩仁主要花心思治疗腰颈，颈痛膏贴了百来片，壮骨药吃了几十盒，中医院、人民医院和解放军医院 X 线检查 3 次、磁共振平扫 1 次，显示颈椎生理曲度变直、C5C6 椎间盘后缘突出、椎体缘骨质增生变尖、右腰椎间盘突出。与老浩仁熟了的骨科医生问：“你写材料的？”老浩仁说：“是啊，而且是一个人。”骨科医生说：“组织应该再找人干。”老浩仁说：“找不到呢！”骨科医生说：“那是组织的事，你要保命就不要光靠医生，明白吗？”

似懂非懂的老浩仁在颈痛中迎来上级对单位的检查，到手的准备材料超过三十份。老局长说好好干，有位置时组织会考虑！备受鼓舞的老浩仁加班一个星期，累得颈椎疼痛面部发烧才去找办公室主任，说身体实在顶不住了。办公室主任也忙得焦头烂额，顺口说：“你顶不住了谁来干？”老浩仁火了，“那是你的事”，将材料甩在桌上，拂袖出门。办公室主任赶紧向老局长汇报。老局长说“他娘的真有个性”，打电话给老浩仁想要教育教育他，老浩仁说“我在医院”，啪地挂断。不管领导们如何怀疑猜忌，老浩仁终究病倒住院了。平常看不见的组织在这个时候终于发挥作用，赶紧调集几个高学历同事接替老浩仁，又调了个年轻人到办公室工作。解决写材料青黄不接的问题后，再将老浩仁调到工会老干后勤科。

中文系毕业，曾经意气风发的老浩仁，在四十岁那年成了单位的边缘人。内心追求上进的老浩仁主动承担分发福利的工作，对参加茶聚的退休老干部也格外照顾，还经常代同事出席他们找借口不去的追悼会。退休老干部大多身体棒、吃饭香，被老浩仁斟茶倒水一伺候，重新找回在职时的威风，就夸老浩仁不错。尤其是退休的程副局长每次茶聚后，用剔过的牙签指着老浩仁说："好同志，有前途。"单位的副调研员上官远辉每次晃着保温杯来找老浩仁要茶叶时，也不忘夸他一下。老浩仁最初只想收敛过去的锋芒，过去颈腰有病是事实，曾经顶撞领导也是事实。后来才觉得歪打正着，可能就是从换岗开始，成了人人夸赞的"老好人"……

好人当久了，谦卑会自动持续。没有任何背景的老浩仁对谁都恭恭敬敬，十几米外就给领导让路。老局长在时给老局长让，新局长来了给新局长让。单位发生不光彩的小事，退休大姐重领慰问品，在职同事往家里拿茶叶，科长往领导车里拎特产，处在关键位置的老浩仁见了也睁只眼闭只眼。年过半百的老浩仁越来越没脾气，越来越喜欢谈人情世故，只有被叫"老好人"时，心里才五味杂陈。内心空荡荡却练就表面笑呵呵的老浩仁，并没磨灭曾经满怀的希望。老浩仁盯着工会老干后勤科长临近退休，有心去新局长家汇报下思想，想想又作罢。老浩仁觉得自己就在科内人缘又好，正好可以顶上这个位置，没必要去领导家走后门留下把柄。

等到好事如期，单位党组推荐三个人选，除了老浩仁，还有两个业绩平平的副科长。老浩仁更加成竹在胸，自己虽非领导职务，但任职长、资历老，机会大着呢！可惜人算不如天算，老浩仁在首轮民主测评中被刷了下来，一个不被看好的年轻副科长反而顺利晋升。失意的老浩仁表面波澜不惊，内心波涛起伏，本来养好了些的颈椎腰骨病复发，还带全身发烧。老浩仁病倒后，新局长破天荒地来家看望。心有不甘的老浩仁顺势倒出满腹委屈，说着还差点流泪。新局长轻描淡写地说："其实你没有多大问题，就是老好人当得多，群众的意见那关过不了，只要认真改过好好工作，日后还有机会的。"

病中受到教诲和鼓励的老浩仁看到了新希望，回到单位有心改之。退休的程副局长晃晃悠悠来到工会老干后勤科，趁没人时悄悄告知小道听来的消息：新晋升的科长此前的民主测评也不咋的，但人家是市委马常委的外甥。老浩仁一怔，怯怯说了新局长对自己的看法，还责备自己以前当惯了老好人。程副局长呵呵一笑："你都五十岁了还不明白，谁不是老好人？那只是人家的借口！"程副局长左手端着泡了上好普洱的保温杯，右手拍了拍老浩仁的肩膀，"亲爱的兄弟啊，我可什么也没说，你多保重啰。"晃晃悠悠地走了。

"是啊，我都五十岁的人了，确实看不出谁不是老好人呢！"迷茫的老浩仁又去厕所思考这个严肃问题。裤子解开，人一蹲坐，排泄物翻江倒海地冲出来，老浩仁觉得心里舒坦很多时，程副局长发来微信：继续当你的老好人吧，新一把手曾是马常委秘书。读完微信的老浩仁感觉肛门括约肌猛一收缩，屁股眼里立时火辣辣地疼起来。

（原载《微型小说选刊》2018 年第 5 期）

菩　萨

李立泰

父亲老咳嗽，半夜咳醒，披衣服坐起来，母亲也坐起来陪父亲，两个人面对着说话，母亲给父亲倒杯水喝，压压咳嗽。

父亲日渐消瘦。母亲也拿不出什么好的补品，当年能吃上饭就不错了，母亲能拿出的最好的东西就是早晨的一碗鸡蛋花儿，叫父亲喝。

吃的药嘛，厂医务室薄荷片、止咳糖浆，啥的。

父亲是先进工作者，早上班晚下班，对工作是勤勤恳恳、兢兢业业、吃苦在前、享受在后、服从领导、团结同志、任劳任怨、以厂为家……这些四个字的好词，毫不夸张，都用在父亲身上也不为过。上班三十年父亲从没请过假，没缺过一天勤，全厂有名的老黄牛！

一次父亲随领导陪客人吃饭，父亲拘谨地光拣青菜吃。最后把剩下的半瓶酒，一盒烟，一个打火机（南方刚出的液体塑料打火机）交到办公室。

看看这就是二十世纪五六十年代的国家主人，工人阶级父亲，公家的好处一星半点不沾，厂里的一草一木，一个钉头，半截铁丝也没往家拿过，真正的大公无私。

现在的年轻人看到这些，会说当年俺父亲憨，可父亲响应党的号召，以毛泽东思想挂帅，鼓足干劲力争上游，多快好省地建设社会主义，学雷锋、学王杰、学王铁人、学焦裕禄做革命的"傻子"。

这次领导也是变相地奖励父亲，安排他出差天津，看看大城市。

父亲工作这些年，从没出过远门，母亲为父亲做了件新上衣。母亲嘱咐父亲，给厂里办完事，转悠转悠，看看景致，再到大医院看看咳嗽。父亲说，行。

父亲买硬座，住旅店，不住宾馆，在小吃摊吃饭，给厂里省钱。厂里搞建设需要资金呀！最后一天上午办完事，去火车站买了返程票，下午去了天津第一人民医院。

大夫把听诊器在手里暖着，待温暖了，让父亲解开扣子，给父亲听诊。大夫感觉有问题，开了单子叫父亲去做透视，父亲不情愿去，一个咳嗽，还用透视啊？去吧，诊断需要。大夫说父亲。父亲做完透视，将报告交给大夫。

大夫问父亲：谁跟你来的？

父亲说：我自己来的。

大夫说：你不能回去了，需要住院观察。

父亲的脸腾地红了，说：大夫，我的火车票都买了，晚上七点的火车，要不火车票就瞎了。

大夫说：老同志，我不是开玩笑，你真的需要住院治疗，马上去邮局给你厂里打电话，告诉家人。

父亲无奈地说：好吧，那我给厂里说，让家里来人。大夫您写住院手续，我去去就回。

父亲出了医院，回头看看没情况，就撒了丫子，奔火车站去了。到了天津站候车室，父亲找个座位眯起来。你叫我住院，虽是好意，可是有那必要吗？厂里上新设备，人手紧，一个人当俩使。家里也离不开我，孩子小，老伴顾不过来。再说了，我不回家，住院了，还不把她吓个半死，啥病啊，这么严重吗？假如真需要住院，我再回来不迟。

想到这，父亲还暗自庆幸逃出了医院，只是觉得对不住大夫，态度多么好的人啊！俺这不是不知道好歹吗？好同志啊，对不起了！

几天来太疲劳了，父亲迷迷糊糊地打着小呼噜困着了。

睡梦中父亲忽然听到火车站广播喇叭喊：各位旅客请注意、各位旅客请注意，下面广播寻人启事，钟祥明同志，钟祥明同志，听到广播后，请到进站口，有人找。播音员喊了两番儿。

父亲惊醒，扑棱一下坐起来，揉揉眼睛，朝进站口快步走去。

谁呀这是，进的设备有变故？是刘科长吗？还是机床厂的胖科长？

当父亲走到进站口，朝人群里望去，没刘科长也没胖科长，却见医院的大夫从救护车上下来，冲父亲快步走来。

父亲看见大夫后，眼瞪得老大，惊呆了！哎呀，大夫都追到火车站来了。

大夫喊父亲：老钟同志！老钟同志！父亲的脸又腾地红了。

大夫说：老钟同志，你说出去打电话告诉厂里和家人，我一等不来，二等你也不来，到下班你也没回来。

父亲不好意思地说：大夫，对不起，对不起，别生气，俺是怕家里人挂念着我。

大夫说：别说了，你是我的病人，马上跟我回医院，你这病耽误不得。

父亲涨红着脸，鼓了鼓勇气，对大夫说：我、我都买火车票了。

大夫说：老钟啊老钟，病要紧！票好办，退掉。

这是那个年代的事。

当年的白衣天使，救死扶伤，他们大都是好人，菩萨心肠。

（载《微型小说选刊》2018 年第 6 期）

李愉快的愉快生活

蒋育亮

说起李愉快，我们高平县十里八乡的，无人不知，无人不晓。

李愉快是我们旮旯屯小学的校长。

其实，他在任的时间并不长，好像也就五年光景。

但村上人却将她记得刻骨铭心。

那年，李愉快来到旮旯屯小学时，十七八岁。听说，是从中师刚刚毕业。

李愉快人长得高挑瘦削，白皙脸蛋，常泛出朵朵红晕。村上老人说，那样子，像就要生蛋的小母鸡。两条马尾辫，蹦跶蹦跶，直甩得男人们心痒痒的。清脆的话语，如山涧小溪，常从她嘴里“哗哗”流出，甜甜地润透村上人的心。

我们旮旯屯男女老少，都将她唤作仙女。当然，心里也实诚地这样认为。

李愉快没来多久，一青年便尾随而至。那几日，老天心情不好，总是稀稀拉拉在流泪。我们旮旯屯小学两排破旧的瓦房校舍，常有老天的眼泪流入，滴滴答答的，让人心情不爽。李愉快瞥瞥那青年，马尾辫一甩，嘟着小嘴说，想结婚？行啊，将这旧校舍修好就行。那青年扫视校舍一圈，咬咬牙，毅然走了。这话儿，李愉快是当着全校七名老师的面说的。老师们淡淡一笑，认定李愉快讨厌那青年，找这么个可笑的理由来搪塞。

谁知，没几天，那青年竟然带着好几辆装满木头、砖头的大货车，开进了我们旮旯屯，停在了旮旯屯小学前。李愉快甩着马尾辫，兴高采烈地迎了上去。

一段时日后，新校舍果真建成了。庆典那天，李愉快当着全体村民的面，长长地吻了那青年。李愉快扬起双臂，面对那青年，高呼着，我李愉快说话算数，决定嫁给你啦！声音在山水间荡漾，很久很久。

事后，村上的人才知晓，那青年与李愉快是师范学校的同学，父亲是县上赫赫有名的企业家。

新学校落成后，村上的人对李愉快更是刮目相看。恰逢老校长退休，于是村民集体请愿，硬是活生生地将李愉快拽上了校长的位置。

李愉快不但校长当得好，书教得好，与村民的关系更是鱼水相融。那时我们旮旯屯很穷，谁家有时日子紧巴，她会很大方地支助。一个月的工资，常常弄到半个月就没了。在我们旮旯屯，受过她恩惠的人，随便用手一捞，就有好几个。那青年有一次将他父亲的话带来，告诉李愉快，说再这样下去，他的企业就是专门为李愉快办的了。李愉快嘴一歪，嘟嘟囔囔地说道，赚钱，不就是用的吗？我这钱，用得有意义啊！那青年听了，愣在原地足足半天没有回过神来。

李愉快还是我们村的义务调解员。那几年，村上的邻里纠纷，都是她出面调停。只要她出面，再难再大的矛盾纠纷，都能得到化解。

那次，我婶的一头猪，窜出猪圈，将村上毛二头菜地里的菜拱了个稀巴烂。毛二头捡起一根木棒，活活地将我婶的猪打死了。

那年头，养一头猪不容易，更何况，全家的经济来源，我那俩堂弟的读书费用，都指望这头猪。我婶哭得死去活来，但拿毛二头家没法。毛二头家人势强，四五个崽女，个个虎背熊腰，蛮不讲理。村上的人，平时谁都不敢去招惹他家。何况，是我婶的猪先跑到他地里去的，不占理呢！我不服气，去他家理论，却让吓得屁滚尿流地跑了回来。

我婶悲天抢地的哭声，惊动了李愉快。李愉快出面协调，果不然，几日后，我婶拿到了赔偿金。拿到赔偿金后，我婶主动上门去给毛二头家道歉，说是自己的猪没圈好。同时，我婶从毛二头家给的赔偿金中拿出一点，要补偿毛二头家被猪损坏的菜。毛二头满脸茫然，望着我婶说，你不是已经给了我补偿吗？再说，猪是畜生，不明事理，我也不应该去打死它的。毛二头向我婶深鞠一躬，表示赔礼。这回，是我婶满脸茫然了。因为，她压根儿就没给过毛二头家补偿金啊！我婶见毛二头鞠躬道歉，好生激动。掏出全部赔偿金，坚决要退还给毛二头家。毛二头瞬间更是纳闷，梦游般喃喃自语，我可没给过你赔偿金啊？霎时，双方都云里雾里。

此事之后，我婶家与毛二头家成了好邻居。毛二头家也成了全村仗义执言的人家，村上只要有不平之事，他们家常常主动站出来打抱不平。

说起这一变化，李愉快最为高兴。很少自我表扬的她，这回也昂着头，自豪地说，我的功劳不小吧！

后来，李愉快怀上孩子，在那青年的一再恳求下，回到县城去了。

临走那天，我们旮旯屯男女老少，全部出门，列队欢送。当时，哭声响成一片。见此情景，李愉快抹抹眼泪，而后大声地笑着说，父老乡亲们，我去县城了，今后你们去县城就多了一个落脚点，应该高兴才是啊！欢迎大家常去看我哦！话一说完，全场哭声更为响亮。李愉快狠心转身，嘴里哼着歌曲，赶紧钻进车里，快速离去。

老远，李愉快从车窗伸出头来，叫了一声，大家要去看我啊！声音虽然细小，却飘进了我们所有旮旯屯人的心坎里。

（载《微型小说选刊》2018 年第 6 期）

一汤陈

王琼华

裕后街有很多吃饭的馆子，好吃的菜也多，比如芋荷鸭、酿豆腐、血灌肠、烧鸡公，还有黄焖翘嘴鱼。但裕后街有一句口头禅：吃遍整条街，不如喝口汤。

这一口汤还得上“一汤陈”去喝。

“一汤陈”是一个馆子的店名。店子原来叫“陈八碗”。老板姓陈。俗称陈八碗，还是缘于祖上传承下来的“八碗菜”。细眼一看，都是他老家宴席上几碗有头有脸的菜。头，即牛头；脸，即猪脸。但花了心思，俗菜也做出了几分特色。陈八碗接手馆子时，裕后街吃饭的地方越来越多，他的馆子被逼得不死不活了。

陈八碗只得把几个小工辞了。

一个月后，掌勺师傅也走了。一天没两桌客，馆子养不起小工和掌勺师傅，陈八碗就自己掌勺和洗碗了。

这天傍晚，有个瓜脸女子上门，问：“老板，要小工吗？”

刚好一整天没半个客人来吃饭。陈八碗便脱口说：“你是老板，你要小工吧。”

瓜脸女子一噎，露齿笑道：“老板开玩笑哪。”

“开啥玩笑？我这个老板今天都没饭吃了。”

瓜脸女子知道怎么一回事后，便往店门走去。她走了几步，又转过身子，跟陈八碗说：“老板，点菜！”

“你、你吃饭？”陈八碗有点儿意外。

瓜脸女子点点头。

陈八碗说：“看见了吧，你才是我的老板。”

“我第一次下馆子，好让老板你今天开个张。”

原来瓜脸女子想帮自己！陈八碗心里不由得一热。瓜脸女子点了一份青椒炒肉，他多抓了一把五花肉扔进锅里。炒好后，瓜脸女子说打包，拿回去给儿子吃。陈八碗便问了个明白。原来，瓜脸女子进城陪儿子读书，家底又不厚实，便想来城里最热闹的裕后街找份小工做一做。陈八碗一吁：“都不容易呵。”就在这时，八九个吃饭的客人嚷嚷闹闹走了进来。瓜脸女人马上跟陈八碗进了厨房，帮他洗菜切菜。菜炒好后，她又把菜端上桌。陈八碗见她做事利落，一张笑脸，嘴巴爽甜，便跟她说：“你是一个带来财运的人。行，就在我店里做点事吧。不过，工钱只能拿人家店里的一半。等生意好了，我再给你加点儿。”

“好好好，谢谢老板！”

第二天，瓜脸女子便来上班了。

但接连几天的生意又不太好了。这天晚餐，好容易才来了三四个客人。瓜脸女子见他们点菜差不多了，就说：“我们店的汤更是一绝，不妨点一个汤。”

“什么汤？”有个胖男子问道。

“鱼头汤。”

“鱼头汤也算你店里一绝？哪个店里没鱼头汤？”

“这汤你们喝了觉得一般般，算我请客呗。”

陈八碗听到瓜脸女子这么一说，吃了一惊。客人倒是很乐意听到瓜脸女子这般说话，马上加了一份鱼头汤。不过客人结账时也没说什么，直接把鱼头汤的账也给结了。

客人走后，陈八碗跟瓜脸女子说："做生意可不能这么说话。你今天算运气好。遇到一个不好说话的角色，这碗汤我得扣你的工资。"

瓜脸女子笑道："该扣就扣。"

第二天中午，又来了十几个客人。带头的就是昨晚来吃饭的那个胖男子。他跟朋友说："今天，我请你们喝鱼头汤。如果这鱼头汤算不上裕后街最好喝的鱼头汤，我今天就把盆里的鱼骨头统统吞下去！"

陈八碗一惊，又来了一个乱说话的人！

但让他感到意外的是，一碗鱼头汤让客人们喝得连声叫好，还追加了一大盆。很快，店里的生意好了起来，来吃饭的人越来越多。每拨客人点的第一道菜就是鱼头汤。陈八碗有点儿莫名其妙，这鱼头汤自己熬了那么多年，怎么突然就招人喜欢上了？他尝了一口汤，惊呆了。这汤怎么比以前的好喝多了？鲜而不腻，回味无穷。呵，看来自己要走运了。

很快，他给瓜脸女子加工钱了。

瓜脸女子笑道："老板，你是个好人。好人有好报。"

第二年，陈八碗把店门口的"陈八碗"的招牌换了，取名叫"一汤陈"。这牌子一亮，店里的生意更加火爆。

这年冬，陈八碗上街买鱼头时滑了一跤，屁股上的骨头全裂开了，店只好交给儿子去打理。

小老板走马上任的第一天，就把瓜脸女子辞了。理由就是一个，瓜脸女子年龄大了一点，有损店面形象。他又花大价钱找了几个如花似玉的姑娘来当服务员。

陈八碗一唏嘘，这店他做不了主啦。

几年后，瓜脸女子来找"一汤陈"。结果发现，馆子不知道什么时候倒闭了。她敲了半天门，才见陈八碗撑着拐杖把门打开。瓜脸女子称，她儿子刚刚考进北京城里读书，便想上门来答谢店老板前几年的帮助。

又问："馆子怎么不开了？"

"妹子，你不晓得，我儿子一接手，生意就越做越差。"

"这回事呀。"

"你说奇怪不奇怪，你走后，这鱼头汤就没人喝了。我尝了一口，是不好喝了。我都把熬鱼头汤的方法一五一十传给了儿子，怎么汤就是不好喝了呢？"

"老板，您还蒙在鼓里吧。"

陈八碗想了想，猛地抬起头望着瓜脸女子，问道："难道是你……"

瓜脸女子说："老板，我不瞒您了。在您做的鱼头汤里我偷偷加了两味中药粉末，鱼汤才特别好喝。放心好了，我奶奶传给我的一个秘方，不仅好喝，还补身子。"

"天哪，原来是这样！"陈八碗这才明白一切，又说，"谢谢你呀。"

"谢个什么？我奶奶说过，帮人便是帮自己。"

没多久，"一汤陈"又开张了，老板换了，瓜脸女子做老板。不过，店名并没换。因为女老板也姓陈。她把陈八碗请来坐收银台，还开了一个很高的工钱。陈八碗说："这行不行呢？"瓜脸女子爽朗地说："有啥不行的？当年我最艰苦时，你收留了我。"

女老板在鱼头汤里放了两味什么中药，至今仍是让街坊们津津乐道的一个谜。

（载《微型小说选刊》2018 年第 9 期）

天下仙人渡

肖建国

当我们感到快没有希望的时候，从江心岛划出一条船。浅黄的船身，半圆的乌篷，船尾站一老者，手执双橹，奋力向这边划来。

老海说，还是我的运气好，吆喝几声，把上帝都感动了，让老人家亲自出来接我们。

众人都夸张地笑，只有我心中扭曲着。

来江心岛看看，缘于教授在课堂上讲到程大鹏。一提起他，教授顿时像打了鸡血一样兴奋。这家伙，厉害！以前在滨市做官，据说口碑还不错。调到水城后，大权独揽，肆无忌惮。经查，当前水城贪污最多的是他，玩得最花的也是他。在江心岛，他私人拥有一座“白宫”，每晚至少要两个女人服侍他。然而这豪华的安乐窝，最后竟成了他的葬身之地……

教授还说了什么，我们没记住。而“江心岛、白宫、女人”这几个词，却牢牢占据脑海。趁下午自习，我们驱车向江心岛赶来。

顾名思义，江心岛就是江中的一个小岛，面积有十多亩。如一叶扁舟，静卧在江水间。老海是本地人，介绍说，岛上原有几户居民，出入全靠两边的吊桥。程大鹏相中这块风水宝地后，以拆迁的名义将村民安置他乡，自己却在岛上建了“白宫”，并拆除吊桥，出入全靠红船。

然而，我们到来，却不见红船。用电话一打听，程大鹏刚出事那阵子，这儿被当成反腐倡廉教育基地，确实用红船运送过参观的客人。如今三五年过去了，程大鹏这点儿事，已不值一提。故此，就没人来啦，红船也被收走了。不过，电话里的人说，有一老头，私人做了一条船，在这里坚守着，你们喊喊，试试。

我们几个轮流吆喝，不见动静。眼见日头偏西，正准备返回，老海拼足力气号了几嗓子，老者应声而出。

上得船来，发现老者人瘦面冷，手背上青筋暴突，浑浊的眼睛里布满血丝。老海说，老人家，我们去岛上瞧瞧，来回收多少钱?

老人反应有些迟钝，怔了一会儿说，随便。

老海笑了，这随便是多少，十元八元行不?

老人没任何表情地点点头。老人一回话，我心里就咯噔下。他的口音和黝黑的面部轮廓，让我隐隐有似曾相识的感觉。

老人无趣，我们话就不多。桨声吱呀，绿波四散，乌篷船缓缓向江心岛划来。待上岸，老人忽然说，我可以给你们当导游吗?

你？老海正要拒绝，我忙点点头。毕竟我是小组长，老海只好说，那就……来吧。老人感激地冲我拱拱手。

上了小岛，绿影婆娑，鸟鸣啁啾，风景甚佳。我问老人，您老贵姓?

老人愣了愣，苦笑说，我一个讨饭的人，做点小营生，哪敢妄称贵姓呢？来，我给你们介绍下，这条鹅卵石小路，当年就是大鹏要求铺的；这香樟，是他亲手种下的。他说岛上水汽大，多栽樟树，可减少蚊虫。

大海说，老人家，程大鹏可是贪官呢，怎么感觉你在替他念好经?

老人脸一红，忙说，贪官人人恨，我也恨。坑了国家不说，也害了自家。只是，我想把知道的情况说给你们，也让你们多点收获。

我说，老人家，你尽管说就是了。

在老人的指点下，我们来到了“白宫”前。这是一栋欧式建筑，由主楼和副楼组成，主楼高五层，副楼三层。汉白石柱，圆形屋顶，白屋白墙白窗户，酷似美国总统府。大海说，真是会享受啊。

老人忙说，起初，这里建房原本是想给全市有功之臣休养用的。哪知建成后，太漂亮了，太豪华了，就好比刘邦进了阿房宫，好得让人挪不开步。他落得如此下场，身边缺少的是樊哙和张良啊！

老人感觉自己有些失态，忙收住口。我盯着老人仔细看了看，顿觉脑袋轰轰的，像有团火在燃烧。

“白宫”大门紧闭，院子里游泳池已干涸，停车场内长满荒草。顺着院子走一圈，当来到后墙时，一堵雄壮的泰山石霍然矗立在眼前。老人站着不动了。老海的神情也变得严肃起来。老海说，当年，程大鹏得知事情暴露后，就在抓捕人员踏上小岛的那一刻，一头撞在这石头上。这泰山石原本是他买回来当靠山的，不承想却成了凶山。唉，人啊，早知今日，何必当初呢？

老海继续说，程大鹏出事后，他老婆就拿出离婚证，说两人早就办了手续。他的孩子早已改姓，在国外读书，至今没有回来。他老家那边，据说只剩下一个精神恍惚的老父亲。

老海一席话，听得大家都有些揪心。此时，暮色涌起，我们急忙向江边走去。我看到老者双眼通红，脸颊上有没擦净的泪痕。

待登船，我们发现系缆绳的石柱上有一行大字：天下仙人渡。这字写得龙飞凤舞，铿锵有力，很有唐代书法家怀素风骨。

我注目良久，感叹说，这是程大鹏的手迹，他还是很有才的！

老海问，你怎么知道是他写的？

我没应声，老人却非常肯定地点点头。

船上，我问大伙，有谁知道这五个字的意思？大伙一阵沉默。我抬起头来对老人说，大伯，你给我们讲讲吧。

老人没想到我会这样称呼他，摇橹的双手一阵颤抖，乌篷船发出短暂的颠簸。老人清清嗓子说，他知道自己作孽太多，想祈求保佑，平安渡到彼岸，可惜人间没有神仙，有的，都是罪人！

后面这话，让我们不寒而栗。

此时，我已知道老人是谁。我想对他说，是的，我们都是有罪的。在滨市时，大鹏不仅是我的同事，也是我的兄弟，可我没能当好樊哙和张良。我今天来就是为了赎罪的。老人家，你干吗要在这里坚守呢？

（载《微型小说选刊》2018 年第 9 期）

河上的男人

赵淑萍

故事开始的时候，他还是一个男孩。

他的绰号叫“白条”，细细长长的个子，在水里像鱼儿一样敏捷。楝树花开，他就偷偷下河游泳。楝树花谢，他在河里从早泡到晚。嘴唇发紫，手脚肿胀，他还不肯上岸。母亲拿着长竹竿来催打，他一个猛子又潜游到河对岸去了。母亲气得直跺脚，连连喊“冤孽”。

可母亲也有欢喜的时候。他下河常常带一个脸盆，出水时就是一脸盆的螺蛳、河蚌，有时候还有河虾和河蟹。四婶那天打肥皂洗手，金戒指滑落到了河里，他扑通一声下去，在水里摸索一阵，就把戒指捞上来了。

家里兄弟多，他很早辍了学。除了偶尔去地头，他几乎都在河上。家里有一只带篷船，他整天划着船，在河道里上上下下。用网兜鱼，下河摸螺蛳，打捞河上漂浮的菜叶，他全部的生活内容就是这些。抓来的鱼和螺蛳，吃不完就送给邻居。他经常躺在船上过夜，望满天的星光。有一年，河上漂来一条大蟒蛇的尸体，白花花地盘绕着甚是吓人。没有人敢去碰，他用铁耙把大蛇的尸体推到河塘边，挖了个深坑埋了。在这条河上，他救过溺水的小孩和老人，还抢捞过被台风刮来的东西。

整日漂在河上，二十多岁了还没有任何恋爱的迹象。他娘整日叹气。也托过媒人，但一到去相亲的时候，他就上船了。有一次他躲不了了。他救起一个落水的姑娘，姑娘上岸后，死活要嫁给他。姑娘的家人倒没有嫌弃，只是担忧：这个沉默寡言，一直在水上漂着的男人会让她过上好日子吗？一个月明星稀的夜晚，他吃了晚饭上船，突然愣住了，船上坐着个人，是她。

他们结婚了。结婚的第二晚，他又上了船。该不是小两口拌嘴了吧？人们在猜测。日头当空时，人们听到他媳妇在岸上喊他吃饭。芦苇深处箭一样蹿出一只小船，直奔岸边。他上了岸，提了满满两桶鱼，鳞光闪闪。他的媳妇会打理，只拿出几条，其余的提到集市上去卖了，回来时满面春风。“鱼卖了好几个钱。”她对男人说。从此，他网鱼更加用心了。但他从不在一个地方网，遇到小鱼，他就放回去。几年过后，他们家的茅草房变成了瓦房。

可有一阵，他提回的鱼越来越少，后来，竟然空着手上了岸。“怎么了？”妻子问。“这水发黑了。可能是那家厂排出的污水。河上有死鱼漂上来。这河里的东西，不能吃了。今天我划了十多里，没有看到水清的地方。”“房子的账还没还清呢。我们把鱼和螺蛳卖给贩子。城里人可喜欢吃野生的鱼。”妻子说。可是，接下来很长一段时间里，他再也没有网鱼。他仍然在水上漂，他在拾纸盒子、塑料袋、易拉罐和可乐瓶。他知道，这条河就是他的家，他不能容忍家里有脏东西。他那精明的妻子，后来又把这些东西卖到了废品回收站。

一天，他喜洋洋地拎着鱼和螺蛳上岸，还叫妻子把另一张网补一补。“太阳打西边出来了。”女人一脸疑惑。“你不知道，现在河都重新整治了，这水又清了，这河里的鱼和螺蛳又能吃了。”他笑着，一脸灿烂。媳妇也高兴了，卖鱼比卖废品光彩多了。

一天，一位母亲带着女儿从岸上走过。母亲从口袋里掏东西，把一张百元大钞给带了出来。小女孩眼尖，弯腰去拾，一阵风，把钞票刮到了河里。钞票在河面上漂呀漂，母女俩眼巴巴看着，无从下手。这时，从不远处箭一样划过来一条小船。船上男人用一把长长的钳，一把夹起了纸钞。他上岸来，递给了小女孩。小女孩的妈妈摸出一张十元的钞票给他，男人笑笑，拒绝了。母亲和小女孩道了谢，往前走。走了好几步，却听见男人在后面喊。“莫非他反悔了？”母亲把手伸进袋里。没想到，那男人却跑上来，对小女孩说：“你看，我的本事大不大？”小女孩奇怪地望着他。旁边的母亲用手蹭蹭小女孩的背：“说，叔叔本事真大。”小女孩照着说了。

于是，男人一脸灿烂。

接下来，男人一连几个夜晚没有下船。再接下来，说是男人的媳妇有了。这么多年后，他们终于有了孩子。现在，男人的媳妇总是指着她那花朵一样的女儿说：“我喜欢男孩。可我们家的那个，说是要女孩。生女孩也好，可以天天在我跟前。”

（载《微型小说选刊》2018 年第 10 期）

丹高子的满洲悲伤

陈力娇

伊汉通屯，是满洲离松花江最近的码头，泊船多，游人也多。

有一个乞丐爬上岸来，想讨一口吃的，他已经三天没吃一口饭了。此时正是稻子丰收时节，家家户户吃上了新米做的饭，饭香弥漫整个码头。

要饭也不是好要的，他一连要了五家，都没敲开主人的门。有的人家从窗子看到他向他们家走来，提早就把大门关上了。院子里除了狗叫，听不到人声，都噤若寒蝉了。

到第六家时，情形好转，一个女人在院中晒豆角，把豆角切成丝，遍布在盖帘上。一抬头看见他，没等他说话，就进屋给他盛饭去了。女人面容慈善，小巧玲珑。不一会儿，就把一碗热乎乎、上面带着几块肉的大米饭，端到他面前。

乞丐感激得险些掉泪。他接过来，大口地吞咽，如饿狼一般。

饭是刚出锅的，女人担心他烫坏喉咙和胃，忙告诉他：慢慢吃，饭的屋里的有。她的话刚出口，乞丐愣了一下，当他认定眼前的女人是日本人时，他一下子把碗摔在地上，用食指拼命地抠着嗓子眼儿，艰难地吐出刚吃下的饭。他说：操他妈的，吃了口鬼食，真晦气。然后向着村外，扬长而去。

女人受了打击，被羞辱得差点落泪。待缓过劲儿来，她碗都没捡，直奔红部去找部落长。部落长是退役军人，关东军下派管理开拓民的。这会儿他正研究地图，怎样才能把打下的粮食快速送到会发镇，再由会发镇取道黑河码头，供应北部边境守备队。

见丹高子风风火火跑来，他皱起了眉头。从他接管伊汉通开拓团以来，他认为这个女人最难缠。当然她的文化程度也最高，日本早稻田大学毕业。

丹高子进了开拓团的门，眼泪就已经下来了。一路她认准一个理，原因不在于乞丐懂不懂礼貌，而在于日本守不守规矩。你若是老老实实待在自己国土，中国人怎么会登门辱骂？你若不是抢了他的饭碗，他又怎会不知道感恩？

丹高子理顺了这些，进门就毫不客气地逼问部落长：咱们住的房子是哪来的？

部落长眼皮都没抬，回答：满洲人给的。

丹高子又问：土地和马牛是哪来的？

团长的嘴角现出不屑，但他还是回答了丹高子：也是满洲人给的。

丹高子步步紧逼，咱们和满洲人非亲非故，他们也不欠咱的，凭什么把最好的给咱们？凭什么自己挨饿让咱们有好吃好喝？

八嘎！部落长震怒了，他站起身咆哮道：日本人住房满洲人给盖，日本人吃粮满洲人给种，日本人要花姑娘满洲人给送，这些都是大日本皇军用生命和刺刀争来的权力，这回你明白了吧？

部落长是个大个子，丹高子看到他高出桌子三分之二的身体，觉得遇到了不可理喻的蟒蛇，气愤地摔门而出，一路她边走边哭，泣不成声，直到碰上大友爱子。

大友爱子是她在伊汉通唯一能谈得来的女性。丈夫在县里的城防守备队工作，见识比一般人广。两姐妹手挽着手，来到屯南的稻田。

时值九月下旬，小部分稻子已经收割，还有大部分金黄铺陈着大地。草是绿的，树是绿的，大地一片广袤无垠，黄绿相间。丹高子哽咽着说：我就是觉得我们太愧对中国人了，关东军到处烧杀抢掠，我们平民也成了帮凶，每当，每当……丹高子说不下去了，大滴的眼泪又落了下来。

大友爱子率先在田埂上坐下来，丹高子也跟着坐下来。秋风轻抚着她们的身体和鬓发，让丹高子着火般的心稍稍凉爽了一些。大友爱子看看左右没人，说：不用悲伤，我们在满洲待不长了，太平洋战争注定输了，日本面临战败，小孩子都拉上前线了，我们离回日本不远了，满洲终究不是我们的家呀。

丹高子吃惊地瞪大了眼睛，现出了少许的喜悦。她愤恨地说：咎由自取，真想不到还有这一天，老天有眼啊。大友爱子又看看四周，只有风吹拂玉米叶子的声音，远处开拓团平平整整的房子，冒出缕缕炊烟。她拉了下丹高子的袖口，警告她，不要乱说，要杀头的。越是这样，你越要注意言行，别再去红部了。部落长是死硬派，你不知他会做出什么事来。他腰间的手枪，说不定哪时就指向自己人。

丹高子说：我已经把他得罪了，就等着他开枪好了。大友爱子说：不行，你得想办法挽回，时局复杂，你家的那口子又被充兵，如果回日本，你拖儿带女的一个人怎么行，不还得仰仗他关照吗？

怎么挽回？丹高子问。大友爱子说：给他做点铜锣烧，部落长最爱吃铜锣烧，给他送去，让他高兴。丹高子一摆头说：不做，不送，看他能把我怎么样？大友爱子温和地摸了下丹高子的头发，说：我替你做，我替你送，到时他要提及，你别忘了应一声。

铜锣烧是一种烤制甜点，内置红豆沙，做工讲究。从生豆泡水，到煮豆火候，再到最后加糖，都要细心照顾才行。

两个女人在心里，温习着它的每一道工序。丹高子心里想的却是，毒死他。

（载《微型小说选刊》2018 年第 11 期）

奇　情

薛培政

深秋时节，我到移民新村探望孤寡老人杨青石。

尚未走近院门，便听到院里传来一阵唱腔：我本是卧龙岗散淡的人——虽非字正腔圆，倒也听着顺耳。

咦，太阳从西边出来了，是啥事让几个月来郁郁寡欢的老杨，有了这般精神？

见我走进院后，他显得有些局促，却掩饰不住内心的激动。

老哥，心情这么好，有啥喜事？我笑着同他打起了招呼。

不瞒老弟，还真有喜事，要不，你猜猜看？一向直来直去的老杨对我卖起了关子。

我往前凑凑小声逗他，你是捡了个金元宝，还是天上掉下个老伴儿？

嘿，还真让你蒙对咧，老伴回来了——老杨笑嘻嘻地答道。

老伴？哎，你不是——望着我满是疑惑的样子，他便朝屋里喊道，黄妞儿，出来见过客人！

话音未落，就见“忽”地从屋里蹿出一条大黄狗，亲热地贴着我的裤腿摇起尾巴来。

好了，退下吧——那狗听了老杨的话，乖乖地退到一旁卧下了。

在院内坐定后，看着我依然好奇的表情，老杨呷了口茶，又看了黄狗一眼，乐滋滋地说道，五年了，我没白养它，本想再也见不着面了，谁承想昨天一开门，它竟卧在了俺家门口，俺就纳闷嘞，它是咋找来的？

倒也是，老杨搬迁至此几个月了，好几百里地，这狗居然能跑着找上门来，简直就是天方夜谭！我不由得啧啧称奇。

黄狗像是听懂了我俩对话，小声呜呜叫了起来，似乎诉说寻主路上的不易。

老杨深吸了一口烟后，饱含深情地说道，唉，俺属狗，这辈子与狗有缘呐。

早先，俺为生产队放羊。那时山里狼多，为防狼祸害羊，俺养了一条叫赛虎的黑狗，那狗忠诚，俺走到哪，它跟到哪，晚上就卧在羊圈边。那年下暴雪，半夜里，就听见赛虎瘆人狂叫，俺想肯定羊圈遭狼了。一骨碌爬起身后，摸起猎枪就朝羊圈那厢放了一枪。等俺赶到跟前，狼已吓跑了，就见雪地上流了大片的血。赛虎一动不动守在羊圈边上，见俺过来后，咕咚一声倒下了。俺把它抱进屋掌灯一看，满身都是血口子，那血咋也止不住。不一会儿，它朝俺呜咽几声就断气了，疼得俺那心都碎了。

说到动情处，老杨的声音有些颤抖，我赶忙为他点上一支烟。

乡亲们怕俺难过，第二年开春后，又给俺送来一条小花狗。那狗通人性，平时俺上山放羊，狗跑在前面，俺头朝哪边摆，它就走哪条路，还救过俺一命哩。唉，好狗命不长。1958 年水库大坝动工，俺村搬迁到几百里外的邻省汉水镇，走时大人小孩装上卡车，任何牲畜却不让带。眼见着汽车发动了，村里那群狗急得发疯了，拼命撵着往前跑。半年后，那群狗找上门来时，瘦得都没样儿了，见到自家主人那天，一条条倒下就没起来。

说到这里，老杨两行老泪流了下来。看着他伤心的样子，我觉得两个眼窝也潮湿了。等缓过劲后，他朝我苦笑了一下说，不怕你见笑，俺这辈子没成家，也没个知冷知热的人，就把狗当知己了。

前两条狗都死得惨，俺发誓再也不养狗了。1978 年春，俺申请回原籍后，就在镇上企业当门卫。那个雨天，一条瘸了腿的小狗，在俺门前饿得直叫唤，叫得俺心里不落忍，就把半块馒头扔给了它，这狗就黏住俺了，咋撵也撵不走了，那狗就是黄妞儿。

老杨朝黄狗瞥了一眼说，这次移民搬迁日期确定后，村里乡亲都忙活开了。俺光棍一条，唯一牵挂的就是黄妞儿。俺和外县的表弟商量妥送他喂养。搬迁的头天中午，俺做了一桌菜，还包了饺子，想和黄妞儿吃个团圆饭，就算分别了。可它精着哩，平时扔块骨头，都稀罕得不得了，可这回盛的好饭好菜，它却纹丝不动，紧贴着俺身边，泪水涟涟地看着俺吃饭。唉，俺还能吃得下吗？就雇辆三轮车送它走，它却守在窝里不出来，还是开车的小伙子帮俺拖上车的。到了表弟家后，它拧着身子不下车，几个人费劲将它关进柴房后，它那哀求的叫声让人听了心酸呐。

俺搬迁到这半个月后，来看俺的表弟说，那狗半夜挣断绳子跑了。打那之后，俺心里就像堵了块石头，连做梦也常梦见俺的黄妞儿。这下好，它自个儿找上门了。

因还要探望下一家移民，我便起身告辞。在目送我走出一大截子后，老杨仍带着黄妞儿站在胡同口。远远望去，秋日暖暖的夕阳下，一幅人与动物和谐的画面映入眼帘，让人看了从心底涌出一股异样的暖流。

（原载《微型小说选刊》2018 年第 12 期）

关　门

葛会渠

叶慧最近总是睡不好觉。夜里失眠，白天精力自然跟不上，整日哈欠连天的，一看书眼睛就发花，让她痛苦不堪。

事情的起因竟缘于关门。

叶慧的父母分别在棉纺厂和手套厂工作，两人都上夜班。不过，一个是夜里十二点的班，另一个却是凌晨两点的班。问题就出在这儿，母亲出门时叶慧通常刚躺下，好不容易才睡迷糊了，父亲又要去上班，防盗门“砰”的一声就把她给惊醒了。再睡，脑袋便嗡嗡地疼，怎么也睡不踏实了。

尽管她痛苦异常，但父母并不知情。也难怪他们，这么多年都是这样过来的，女儿从未失眠过。其实，叶慧也清楚，是自己的心理出了问题，自打跨进高三的大门，就老像有座大山堵在心坎上似的，让她对任何声响都特别敏感。

长此以往，别说考大学了，自己的神经不被逼疯就是万幸了。叶慧想同父母谈谈，让父亲调个班，但是好几次，每当她看到父亲因操劳而过早花白了的头发时，话到嘴边又咽了下去。父母都是普通工人，省吃俭用地把她养这么大不容易，她实在不忍心当面说出口。

怎样才能解决这个问题呢？叶慧伤透了脑筋。

不过，没隔多久，聪颖的她便想出了一个好办法。

这晚，叶慧放学回家，母亲将热腾腾的饺子端上了桌。一家三口吃了一会儿，母亲忽然对父亲说："这段日子，我们手套厂附近发生了几起夜里抢劫单身女工的案子，弄得我天天提心吊胆的。孩他爸，你能不能跟你们单位的领导说说，把你上班的时间也调到夜里十二点，这样我俩就能一起走了，我也不用怕了。"

"谁会抢你这样的老妈子呦，"父亲哈哈大笑起来，笑得饭都快喷出来了，他又说道，"不过还真挺巧的，我们厂里的纺锭车间最近夜里十二点的班次缺人，明天我就向领导申请，看他们同不同意把我调过去。"

父母说话的时候，眼睛总时不时地瞟向叶慧。叶慧当然明白，这些话是故意说给她听的，但她佯装不知，只顾埋头吃饺子。

第二天夜里，关门声只响了一遍。

叶慧的睡眠逐渐恢复正常了。日子在埋头苦读中飞逝，转眼就进入了春天。

乍暖还寒的季节交替时分，气候变化很大。这天晚上，叶慧忽然感到浑身困乏，四肢无力，偶尔还伴有一阵阵的冷意。一定是感冒了！因为怕父母担心，她没敢声张，自己悄悄地找了两颗药吃了。

到了夜里十二点，父母准时出门了。叶慧躺在床上捂紧被子，心想睡一觉就没事了，谁知没过多长时间，身上的寒意却越来越重，头也疼得更加厉害了。她赶紧找来体温计一量，天，竟然 39 摄氏度！

不能再硬撑了，得立即去挂水才行！看看墙上的挂钟，快要到凌晨一点了，好在小区里就有一家诊所，而且就在楼下不远处。叶慧连忙穿好衣服，带上钱，打开了房门。

关上防盗门，楼道口的感应灯应声而亮，就在灯亮的一刹那，叶慧不由自主地尖叫起来。微弱的灯光下，楼道口竟然蜷缩着一个人，背靠着墙，头埋在肩膀里，显然是睡着了。

尖叫声惊醒了那人，他抬起头来。天哪，竟然是父亲！

两个人都呆住了。父亲好像做错事的孩子般涨红了脸："我，我……"叶慧知道父亲想要说什么，她泪流满面，上前轻轻地捂住了他的嘴……

那年高考，清江市出了个作文满分的考生，当地晚报在第一时间全文刊登了这篇文章。

作文题是围绕"门"写一篇800字左右的文章，体裁不限。满分作文写得朴实无华，但感人至深：一名高三女生的父母都上夜班，而且时间不一致，晚出门的父亲关门时总会将女儿吵醒。为了巧妙地解决失眠的问题，一天早晨，女孩故意将日记本遗忘在卫生间的梳妆台上。父母偷看了女儿的日记，母亲编出了一个抢劫的故事，父亲编出了一个调班的借口。从此，两人一道上班，每天关门声只响一次。但实际情况是，父亲并没有调班，出门后，困乏的他就睡在自家的楼道口直至上班，为的就是能让女儿睡个好觉。女孩并不知情，直到一天夜里她发高烧到楼下的诊所去挂水才发现了这个秘密……

文章的最后写道，那个女孩自从发现父亲的秘密后，就再也不让父亲睡在外面了，关门声每天仍会响起两次，可她竟再未失眠。

晚报同时刊登了阅卷老师的评语，只有短短的一句话：世上的爱有许多种，但从没有一种能与父母对儿女的爱相比。

（载《微型小说选刊》2018年第13期）

根叶谣

符浩勇

二喜八岁时就跟娘去逃荒。路过黄家村时，娘病倒了，被一户人家接济。娘对她说，这方水土虽贫瘠些，但扎下根苗也会长出枝叶，留下来吧，或许能捡条命。黄家二老老来得子，取名祥生，刚满两岁，图日后有个照应，就答应了娘。娘在黄家躺了半个月，病未见好就撒手走了。

黄家老两口把二喜当亲生闺女待，饿不着也冷不着她柔弱的身子。二喜也勤快，把两岁的男人当弟弟，抱在怀里，背在背上，牵在手里，贴在心上。祥生长到十岁，也懂得怜惜她。一回，娘让他去打火油，他偷偷给她买了一只蜻蜓发夹，回来说钱丢了，遭了爹一顿臭骂……二喜不敢戴那只蜻蜓发夹，她在溪边对着倒影梳妆时，祥生就掐边上的野花往她发鬓上插……

山里的水土养人，果然像娘说过的那样，根苗扎在贫瘠的地里，居然抽出了枝叶，人吃树叶也长肉，喝凉水也带劲。二喜长到二十岁，身上的短蓝布褂遮不住青春气息，祥生这才不再跟她挤一个被窝睡了。那时，有支穷人的部队在邻村扎营下来，祥生去报名，竟然被收编了。黄家老两口这才想起办婚嫁的事。

离别前夜，二喜捧着祥生的脸，说，离开姐了，你出门在外可怎么过啊？祥生忽然哭了，姐，这辈子我不知道怎样报答你，我走后，你要孝敬爹娘，你要等我回来！二喜说，你说什么话啊，把心放肚子里，谁跟谁哩，你走了，姐的心也像蜻蜓一样跟着你走。二喜说话的时候摸出了那只蜻蜓发夹。

祥生刚走一年，就给家里捎信，说部队打了胜仗，还特地对二喜说，他当了连队号手，就像姐小时候带他上山打柴，摘了嫩树叶编成的哨儿，含在嘴里腮帮鼓鼓地吹……二喜不识字，听念信的读，想着祥生顽皮的身影，眼里盈着泪光，心里却偷偷笑了。

三年后，部队有人探亲途经黄家村，带话说，祥生当警卫员了，嘱咐爹娘一定要多加保重身体。二喜忙问，什么是警卫员啊？回答说，警卫员就是为首长挡子弹的。二喜听了十分焦急，千叮咛万嘱咐回家探亲的一定要带话给祥生，就说子弹不长眼睛，姐不能抽身去代替你，你，你自己一定要当心，你要死了我也不得活！

到了第五年，刚开春，部队就来了人，是个警卫员，却不是祥生。警卫员说，首长很忙，很快就要转战了，抽不开身回来。哦，原来是祥生的警卫员。二喜差不多跳起来了，心想弟弟你有出息了，终于有人为你挡子弹了。警卫员带来了黄家村人这辈子也没有见着的钱。二喜就想，只要弟弟把人留着给我就好。老两口已是风烛残年，行动很不灵便，对警卫员说，这家里多亏了媳妇二喜，像闺女一样孝顺，累弯了腰杆。二喜听着忙把话顶回去，爹娘，看你们说的，不能让祥生在部队分心啊……说时，转身去伙房烧火。

警卫员掏出一封信，欲言又止，嗫嚅了一阵，才说，其实，这趟来，首长有个交代，他不能再耽搁二喜了，说让二喜不要等他，他当个首长不容易……再说，首长与二喜的婚姻也不受法律保护……

老两口听着，气不打一处来，忽然大嚷，天杀呀，良心喂狗了……这让我老黄家怎么对得住人家，没有二喜，我们这把老骨头早弃荒野了……

其实，二喜没走远，从伙房转来正听得明白，她蹿出来，盯了警卫员一眼。他低下头去，二喜这才忽地抱着老两口，跪了下去，说，爹娘，祥生在部队有出息，我们该高兴。他一定有他的难处，我从小跟他一起长大，知道他心地好，或许他有什么过不去的坎，才那样做的，只要他好好活着，他还会回来的，我不还是你们的闺女吗？我这闺女从八岁就是你们拉扯大的呀……

警卫员走前，对老两口深深鞠了一躬，说，您二老一定要保重身体，让二喜找个好人家……

二喜连连摆手，说，不，我不走，我一走，祥生就会落下骂名，世人就会咒骂他陈世美，他就会遭人戳背丢眼。只要有一口气，我就不会离开……我娘说过，地再贫瘠，只要扎下根，就会长枝叶的。

警卫员咬着唇，没听完二喜的话，他转身就跑，跑得比山风还快，但山风不知道，他哭了，更不知道祥生再也回不来了。

（载《微型小说选刊》2018 年第 14 期）

采访江秀琴

骆 驼

这条路，走了多少回了？让我算算，这前前后后，应该是七回了吧。

每往返一次，我的心，都如尖刀划过……

虽然那场巨大的灾难离我们远去，已经快一年了，但留在心底的伤痛、呈现在眼前的现实，是无法与时间同步，慢慢消去的。

前往汶川的路上，我不止一次地问自己，现在，她过得好吗？她的生活，是不是真的像电视里说的那样，充满了阳光与欢笑？

我说的她，叫江秀琴，是汶川某单位职工，地震发生四天后获救。她的丈夫、姐姐、母亲，全部在地震中遇难。这个坚强的女人，依靠一小瓶藿香正气水，顽强地生活了四天！人们救出她时，她手里还紧紧地攥着还有半瓶液体的药瓶！

就此打住，说正事。单位头儿知道后，要我快速出击，搞到第一手新闻资料。我便在2008年5月中旬的某一天，满腔热情地踏上征程。

现在回想起来，在2008年，中国的媒体的功能，是多么强大！各类媒体纷纷涌向四川，涌向各大灾区。作为地方报刊，要在当时顺利采访，是多么艰难！不过，我还是通过当地的朋友，顺利地见到了江秀琴。

面前坐着的，是怎样一个弱不禁风的女子啊！瘦小的身材，消瘦的脸庞。也许是年纪相近，加之我这人长得比较容易让人产生悲情的缘故吧，江秀琴没有说几句话，就已经满面是泪了。

我默默地为她递上卫生纸，她默默地接过，但我很快发现，那么多的卫生纸，都不能挡住她的泪流。她的每一次述说，都是肝肠寸断；每一次哭泣，都是撕心裂肺！

我说，我们休息一下吧。她看了看我，没有言语，但我读懂了她眼里满含的感激之情！

我故意岔开话题，谈了一些与地震无关的事。慢慢地，她的心情便平静下来。我们便接着谈。这时，江秀琴单位的领导在门口探了探头，对我说，能不能快一点啊，会议室还有好几个记者等着要采访她呢。虽然时间才中午 11 点，但江秀琴告诉我，今天，我已经是第 11 个采访她的人了。

我一惊，忙问她，每天都这样吗?

江秀琴说，是的。昨天 20 多个，前天 30 多个，今天啊，不知道会有多少个哦。江秀琴接着说，没有办法，这是单位安排的工作啊！

我的心一下子狂躁起来，不知道是悲痛、同情、理解，还是失落、无助、后悔。

我起身给她倒了一杯水，她有些不好意思，忙感激地接下，说该我给你倒啊，你是客人。

我说，不要客气。便转身站到窗前，想努力使自己的心情平静下来。

我说，这样吧，你将自己所有的关于地震的事情，全部讲给我，我保证，以后，在一般情况下，你再也不会像前几天这样过了！江秀琴半信半疑地看着我，再次开始了她的讲述。

前几天，我在电视里看到了满面阳光的江秀琴，她的精神比我想象中的还要好，电视画面上呈现了她在单位、在家的工作和生活画面，我还看到了她的父亲、女儿。于是我便产生了前去看看的念头。

我很快就见到了江秀琴。见到我时，她自然先是一惊。当我问她这一年生活得怎样时，她突然转过身去，偷偷地抹泪。我的心情降到了冰点。看来，我们的所谓新闻，在这次报道中，依然只是注重了表象。

江秀琴突然转过身来，一把握住了我的手，我明显感到，这只小手，是多么用力。她浑身颤抖，无论怎么努力，都难以平静。

我不知所措。此时才深深感到，男人，有时候也是多么无助！

终于，江秀琴平静下来，说，这几个月，我一直在托人找你，但是，都没有音讯。没有想到，真的没有想到，今天居然在这里见到了。

江秀琴对我说，要不是你，我不知道能不能活到今天！真的！

我说，没有什么，应该的。我问她，前几天的那个采访你的电视节目，你看了吗？

她高兴地说，看了，看了啊。我还向采访我的电视台记者打听过你呢，我还托他们帮我打听过你呢。江秀琴有些后悔地说，采访我那天，我怎么会忘记找你要张名片呢？

随即，江秀琴便硬要我去看看他们一家新的住处，还说，必须到她家去吃顿午饭，她的父亲、女儿，都想当面感谢我这个恩人呢。

我的心，不安起来。

或许，朋友你现在会心生疑惑地对我说，你并没有帮助过人家啊？哪里谈得上恩人呢？

是的！我也这样想。

其实，我只是在采访完江秀琴的当天下午，就起草了一份关于江秀琴地震遭遇的介绍材料，详细介绍了前后的一切。然后，我跑到当地的文印店，打印了几百份，送给了江秀琴。并对她单位的领导，提出了非分要求：以后，无论谁要采访江秀琴，请不要通知她本人，将这份材料交给来者，就行了，在短时间内，请不要再让她面对媒体了！

事情就是这么简单。

（载《微型小说选刊》2018 年第 15 期）

人　鱼

李　吟

河里有人溺水了。张超刹车停靠，然后跳下河滩。

河滩上躺着个水淋淋的男孩，活过来了。男孩是一位农妇救起来的。农妇四十多岁，宽脸，黑黝黝；大眼，圆溜溜。农妇一身透湿，水珠滴答。她脚边有个竹筐，里面有把晒蔫的韭菜，肯定是没有卖完的。农妇不温柔，对着另一个光头男孩破口大骂，光头男孩十来岁，哭泣着，抖颤着。农妇用手揪住光头男孩的耳朵，力气不大，光头男孩没有叫痛。农妇骂够了，喘着粗气，拍拍光头男孩的脸，不骂了，还安慰几声，说没事了，没事了。

张超断定光头男孩是农妇的儿子，溺水的男孩是别人家的孩子。

张超问需不需要送孩子去医院，他有车。

张超的话音刚落，喝饱河水的男孩立即站起来，摇摇头，表示自己好了，不用去医院。

男孩十二三岁的样子，个子高挑，一脸惨白。

张超不看男孩，再看大宁河水。午后的烈日洒在水面上，河水响得比较温柔。河水虽温柔，但卷着银色的浪花，还有漩涡。漩涡温柔地旋转啊旋转，小孩被卷进去肯定不是好玩儿的。张超不看河水了，看农妇："这些孩子无知，他们水性太差，却喜欢玩水，不出事才怪。"

农妇抹抹额上的湿发：“这不是孩子的错。大热天，水里多好玩，我也想在水里玩。”

张超一怔：“孩子没错？”

农妇一瞪大眼：“错的是这小东西会游泳，但他不会救人，连喊人都不会，傻了。这大孩子不会游泳，却想游泳，差点儿死了。”

“也就是说你的儿子会游泳，那大孩子不会游泳？”

“这小东西明明知道自己保护不了别人，却偏偏带人来玩水。”

“有规定啊，到处写着‘汛期内严禁下河游泳’。”

“当家长的要挣钱养家，谁能时刻把孩子看着？除非用铁链套上锁在家里，那也违法嘛。”

“生意比生命更重要？”

“不做生意不挣钱，日子咋过？”

“那孩子若是出了事，你的孩子有责任。”

“我的孩子有责任？”

“难道不是？”

“我给你说，小孩是大人越不允许他去玩的地方，他越想去玩；越不让他做的事，他越想去试试；越不给他看的东西，他越想去看看。”

“有些道理。”

“其实，我们大人也一样。现在城里人好多都只有一根独苗，含在嘴里怕化了，捧在手里怕摔了。大人错的是害怕孩子有危险，偏偏不教会他们游泳，不告诉他们哪些地方可以游泳，哪样的天气可以去游泳……我的两个孩子都是五岁时就会游泳，他们现在快成家了，没出过啥危险。”

张超呆住了，难道那光头男孩不是农妇的儿子？

果然不是。

农妇对溺水的高个子男孩说：“孩子啊，欺山莫欺水，古人说的。你千万莫把小命弄到水里当儿戏，懂了吗？”

高个子男孩点头，懂了。

农妇又对光头男孩说：“你还没有本事教会别人游泳，就不要逞能。你今天差点儿把人家的小命交给阎王爷了，知道吗？”

光头男孩哭了，点点头。

农妇也一抽一抽地哭了，她一挥手：“回家去。”

两个男孩鞠躬：“谢谢啊！”然后踢踏得河沙飞扬，跑了。

张超惊呼一声：“你不是光头孩子的母亲？”

农妇抹泪：“我刚才像那两个小东西的母亲，现在不是了。当时好吓人，要不是我到河边来洗筐，孩子也许没命了。”

“大姐，你说话有点绕。”

“你说说，人怎样才能既能游泳，又不会被淹死？”

“我咋会知道？”

“只有人鱼才行。”

“啥？世上有人鱼？”

“哎呀，懒得和你瞎扯，回家去喽。”农妇将竹筐挎于手肘，走几步，跳下河，朝对岸游去。

农妇的身子在水中一沉一浮，头发一飘一荡，仿佛人鱼。

（载《微型小说选刊》2018 年第 16 期）

对台戏

袁省梅

杨士贤正在钟楼下的一家酒馆里自斟自饮时，听到对面桌子几个陕西人说起戏园子演戏的事。原来是，戏园子要唱戏，且是南台秦腔、北台蒲剧的对台戏，而且呢，秦腔上演的是花旦宋上华的拿手戏《烤红》《杀狗》，蒲剧这边呢，是小梨花担当主演，演的也是她的叫座好戏，《表花》和《藏舟》。

杨士贤听到小梨花的名字，眼就痴了。杨士贤是个戏迷，是因为他有个嗜好戏剧的姥爷。杨士贤的父母死得早，在西安开店的姥爷把他接了过去。小时候，他跟着姥爷没有少进戏园子，到他十一二岁时呢，就记下了满肚子的戏文，《玉堂春》《红鬃烈马》这些喜欢的剧目，他甚至能倒背如流，秦腔、京戏、河南梆子、蒲剧，杨士贤都能哼几声，且京戏是京戏的韵味，梆子呢也有梆子的腔调。然姥爷去年就给他下了死命令，不许他看戏。

去年，小梨花带着戏班子在西安的晋南同乡会馆演出时，王会长叫杨士贤和小梨花搭个戏。王会长说，士贤平时爱唱个戏，你跟小梨花搭个《楼台会》吧。杨士贤没想到他这个小有名气的大隆昌绸缎庄的主管，站在小梨花的身边，看着小梨花，张嘴竟然磕磕绊绊地忘了词，惹得全场人几乎笑翻。后来，杨士贤多次回想起这个场景，想起面前的小梨花眼波如水、笑意盈盈地看着他，悄声给他提醒下文，他就觉得很开心。他说，今生能跟喜欢的人面对面唱一次戏，自己这个戏迷也值了。那次只有一个人没笑，就是姥爷。回去后，姥爷甩给他一句话，不许再进戏园子！姥爷的意思很明白，就是不许他与小梨花有来往。

一年多来，他也确实没有进过戏园子，然今天不一样了。今天，小梨花的蒲剧团要跟秦腔唱对台，蒲剧从晋南来到西安，地理、人脉上就差了一筹，他要买红票为蒲剧捧场，为小梨花捧场。所谓红票，其实就是有价赠券。想起明天或许能见到小梨花，杨士贤提起一根筷子敲打着碗沿，唱了起来：

我正在城楼观山景，耳听得城外乱纷纷……

是蒲剧的腔调了。

然那桌陕西人的嚷嚷声突然大了起来，搅扰得他没法唱下去。仔细一听，就听见那个黑胖的汉子说，蒲剧哪有秦腔好看，我看明儿个的观众都挤到秦腔台下了。旁边的瘦子说，听了秦腔，酒肉不香啊！杨士贤听着，心下有些不乐意了。然人家说人家的，他也不好前去阻拦，不屑地哼了几哼，心说你们看过几出蒲剧啊，竟敢这样胡说八道！放下筷子要去找商界朋友时，那桌上的声音又传了过来，这次竟然点了小梨花的名。那个瘦子说，小梨花算哪棵葱啊，一个土包子山里妞，敢跟宋上华唱对台戏？！

杨士贤一下就生气了，秦腔是好，他也喜欢，宋上华的《杀狗》，做工优美细腻，表演准确柔和，他不知看了多少遍，可你们不能一味地拔高秦腔的好宋上华的好，就把蒲剧说得一文不值了吧？况且，他怎么能容忍别人这样贬损小梨花呢？他不走了，他扭转身子，侠肝义胆加上酒力，也不顾斯文，指着那桌人断喝一声，就说，宋少华再好，也没有小梨花好！

那桌人正聊到兴头上，没想到半道上杀出个程咬金，他们怎么能够示弱！双方都乘着酒力，唇枪舌剑，争论了起来。

小梨花好！

宋上华好！

蒲剧好！

秦腔好！

杨士贤看他们瞪着眼睛几乎要打将过来，心说，武的咱寡不敌众，咱跟你哥儿几个来文的吧。他摆摆手说，这样吧，咱都不要吵闹了，我看你几位也是戏迷，肯定会唱几嗓子，咱也别等明儿个的对台戏了，店里客人也不少，咱秦腔蒲剧各唱一段如何？他没有说比试的话，可谁都能看出来，他是不打败这几个人不会罢休的了。在他的心里呢，是决计要为小梨花为蒲剧争个名头。

一旁的客人纷纷拍手响应，酒店老板也跑了过来，搬桌子挪凳子空开一块场地，杨士贤和那几个陕西人就真的把酒店当成了舞台，唱了起来。

那几个人还真的能唱。一个浓眉细眼的人唱了一段，瘦子和那个黑大汉也吼了一段。

当杨士贤一身杭纺裤褂，一顶夏礼帽，一把黑折扇，往空地上端端地一站，堂堂仪表和不俗的谈吐就有些风流倜傥，先赢得了客人们的喝彩。待他张嘴唱了《会襄阳》里的一段，满堂的掌声就响了起来。

杨士贤问，谁再来一段？

瘦子往前挤，黑大汉瞪了他一眼，摆着手说不唱了，邀请杨士贤一起喝酒。黑大汉说，咱啥话都不说了，我敬大哥您一杯。

杨士贤却不领情，直咄咄地追问，蒲剧好听不？

黑大汉说，好听。

杨士贤说，小梨花的戏更好。

黑大汉说，那是肯定了。

杨士贤乐了，坐了过去，拿起一根筷子，梆地敲下碗沿，拿捏着嗓子唱起了旦角：

正月里迎春花黄灿灿，二月里兰花实美观……

是小梨花的叫座好戏《表花》。

（原载《微型小说选刊》2018 年第 16 期）

安大师

曾立力

大师原本也是草民，在家大集体做工。工余，写点“南瓜花低垂着金色的嘹亮”之类的短诗，见诸报端而有名。

厂长见了说：真还没看出，这小安子肚子里装的全是墨水呀！人才难得，人才难得，可不敢埋没啊！欲调来厂办做秘书。

那时小安子还很小，秀秀气气一副女人相。人小心却不小，断然拒绝，嗤之以鼻说：哼！我这墨水可是要写春秋文字的，怎能去写那些蝇营狗苟之事呢？并不领情。

厂长当过兵，炮筒子脾气，战场上失去只胳膊，真正意义上的“一把手”。听罢，气不打一处来，当即拍案道：这还得了！小小年纪竟敢如此狂妄，不让他吃点苦头，怕是不知道盐是咸的。

遂将其发配至全厂最脏最累的铸造车间去翻砂，让他像孙猴子一样，到太上老君烟熏火燎的仙炉内炼炼再说。

人在年轻时总归要付出些代价的。

去了铸造车间，工友们并不欺生，一点儿都没为难他，反而处处关照他。不管谁和他一道去抬那些笨重的铸件，都会将绳索往自己这头挪个几寸，生怕他吃不消。浇注铁水时，也总让他离得远远的。工友们半开玩笑半认真地说：小心别溅到你那白白净净的脸上呀，破了相变成麻子，秀才也不好找对象啊！

没事干时，他便坐在砂模上，望着空旷的车间发愣，目光呆滞。有工友戏谑：活脱脱一个脑膜炎。气得他跳起来急急忙忙辩解道：我，我这是在构思，艺术构思，懂不懂？这样子叫苍茫！众工友大笑。

偶尔他也会应邀到工友们家里去聚餐，和工友们一起大块吃肉，大碗喝酒。趁着酒兴，为大伙朗诵些莫名其妙的诗，踉踉跄跄地大醉而归。

后来，他在一篇文章里充满深情地回忆说：永远也忘不了铸造车间的那些哥们姐们！

只有一点，每遇见厂长，他必绕道走，死活不愿与厂长脸对脸地再打照面，借此发泄心中的怨怼。

男生女相，天生犟。若不是厂长主动找他，他是绝不会去找厂长的。

一天，厂长让他去趟办公室，他听后权当耳边风，理都不理。领导的话哪能不听呢？工友们好劝歹劝总算把他劝出了车间。

那天，厂长心情不错，问了问他在车间里的情况，将张表格拍在他面前，拍了拍他的肩膀说：你小子好好读书去吧！厂长认为：他压根儿就不是块做工的料。不是做工的料，留在工厂干什么？这电大全厂上上下下就他小安子去读最合适。

后面厂长还给他上了一课。厂长说：人有才固然好，但恃才傲物就不好了……厂长学过辩证法，爱讲事物的两个方面，一只空袖筒在他眼前晃来晃去。

电大毕业，他去了家文化单位，就这样他离开了工厂。

艺术这东西也就一法通，万法通。后来他写小说、画画、篆刻、书法，都取得巨大成功。再后来，就成了别人口里的大师。

坊间传闻他创作时有两大怪癖：一是须先净手；二是不能超出

原工厂旧址方圆500米的范围，否则就没灵感，写不出东西，好像便秘一样。他搬过好几次家，确实都没超过500米范围。

这期间，他与厂长曾有过一次并不愉快的会面。

这天，来了几个外地的文友，他去安排个饭局。酒足饭饱后，到吧台一结账，却发现出门时走得匆忙忘带钱包了。担心惊动朋友，他忙跟老板说好话：先写张欠条，马上送钱来。老板一根筋，死活不干。也许是酒精的作用，他心头火一蹿，口里起了高腔：就凭我的名字，也值你这顿饭钱！平时他并不这样。

谁知厂长恰好也在这吃饭，出来遇上，问清楚饭钱，一只手拍500块钱在吧台上，撂下句：没听说谁的名字可抵人民币。空袖筒一晃，走了。连辩解的机会都没留给他。

接踵而至的这些年，城市越来越光鲜，他的脸上却起了皱纹。工厂早已关门，工友们四散而居。彼此生活轨迹不同，圈子也不一样，平常少有一见，保持着些许联系。听说厂长退休后仍住在老地方，凭着其特殊的身份，一只空袖筒晃来晃去，帮工友们解决点儿实际困难。

那地方他也熟悉，几次想去，却一直未去。心头一直在去与不去之间来回拉锯。

前几天遇到一位工友，工友告诉他，厂长走了。临终前还念叨着小安子，说有本书要送给你。工友还说：其实厂长一直都关注着你，只是你犟他也犟。接着工友将书拿了出来交到他手中，原来是一册剪贴本。都是他这些年来在本地报纸上所发表的文章。有些文章他都没印象了，每一篇都端端正正地贴在两大本《知音》杂志上。

厂长一只手，贴好这些剪报，得花多大工夫？厂长怎么走得如此突然？他慌忙诘问道：怎么不通知我呢？工友说：打过电话没人接。那你们不会来家里找啊？工友看着他沮丧的面孔说：到小区找了，都说没这个人。

这怎么可能？为证实工友的说法，他特意找了副墨镜戴上，在熟悉的小区里像个陌生人一样四处打听。接连问了好几个人，全都说：没见过，不清楚，从没听说过。安大师？安有大师？他懊恼不已。

细雨霏霏，青松环绕，凝视着墓碑上厂长微笑的脸庞，他哽咽道：小安子看您来了！

（载《微型小说选刊》2018 年第 17 期）

故事的下半部

崔　立

饭店里，几个好久不见的朋友要了一间包房，大家一起吃菜、喝酒。酒喝得有些多了，就开始扯起了闲篇。

张山说，我有一个故事的上半部，是在我一个同事身上真实发生的，这里，我姑且叫他一个人，你们看，谁能接一个下半部？

这倒是很有趣。

王四、刘五、赵六纷纷应和，说，我来试试，我来试试……

张山的上半部很简单，那天，一个人下班，路过一条大马路，就看到在一处马路中央，围了好些人。缘于好奇，又或是缘于别的什么，一个人推开人群，走了进去。柏油路上，有一个老人，一动不动地躺在那里。

一个人很纳闷，想，围着那么多的人，他们怎么不救人呢？当然，一个人也没多想，就赶紧打了120。在120救护车来了后，一个人和医护人员们一起上车，把老人送到了医院……

讲到这，张山说，我的开头讲完了，你们谁来接呢？

王四挥舞着手，说，我来，我来。

王四的下半部是这样的，到了医院后，经过医护人员的全力救治，老人被救过来了。被救过来的老人不知道是脑子有点儿糊涂呢，还是故意的，拉着一个人，非说是他撞了他，导致他倒在了马路上。一个人当时就蒙了，这可真是说不清楚了。

一个人脑子灵光一闪，想到了他一个在交警队的朋友。那一处正好有摄像头，朋友调看了那个监控录像，是老人走着路，自己晕倒在路边的，根本就没人撞他。朋友带着复制的录像赶过来，才还了一个人一个清白。

刘五摇摆着手，说，不对，不对，不应该是这样的。

刘五的下半部是这样的，到了医院后，经过医护人员的全力救治，老人还是处于昏迷之中。老人的家属来了，老人的儿子揪住一个人的领子，喊，你赔我父亲，你赔钱！一个人反复解释，说，人不是我撞的，我是看他在路边，才送他来医院的。家属们都一脸不信，说，你有这么好心？！

无奈之下，一个人想到了那里不知道有没有摄像头，查下来，没有。实在没办法，他想到了寻找目击证人。在这救老人的现场，至少有几十个围观的人。可他在那里问了几天，都找不到一个愿意为他做证的人。一个人那叫一个悔哦。

赵六拍着手，说，你们的，都太平淡了。

赵六的下半部是这样的，到了医院后，经过医护人员的全力救治，老人还是因抢救无效，没了。匆忙赶来的老人家属，在手术室门口围住一个人。老人的两个儿子都长得五大三粗的，掐住一个人的脖子喊，你说，你怎么赔吧！一个人憋红着脸解释，说，人不是我撞的……他的话没说完，眼前亮了一下，眼角处止不住地疼。是老人的小儿子，对着他的眼睛打了一拳，他的眼角都青了。

一个人想了许多办法，来证明自己的清白。摄像头，那里没有。目击证人，也找不到。实在没办法，他竖了一块寻找目击证人的牌子，跪在老人躺过的那个地方。他没日没夜地跪了一个星期，也找不到目击证人。一天，他醒来的时候，就看到他躺过的地上，竟被丢了几枚硬币。他还从路边开过的车的玻璃上，看到衣衫褴褛、蓬头垢面的自己。他想死的心都有了。

三个朋友的下半部都讲完了，都看着张山，说，精彩不？现在你可以讲讲你那个下半部了。

张山说，其实很简单，后来，老人醒了，向这人表示感谢。赶来的老人的家属，也一起向一个人表示感谢。

大家使劲摇头，说，你这个结尾，太假了，你这胡编乱造，也要有根据嘛。

张山解释，说，我没胡编乱造啊。

大家还是一脸不信，说，生活中，哪还有这样的结果呢？

张山愣住了，他其实还想说，明明是救死扶伤的好事，为什么不能把人都往好处想呢？他还想说，其实那个“一个人”，就是他自己。他最后想说，他和老人一家，至今还有往来。他们一直很感激张山对老人的救助。

可张三什么都没说。

张三只是说，你们觉得假就假吧，咱们喝酒。

张三那天没喝几口酒，却醉得不省人事。

（载《微型小说选刊》2018 年第 19 期）

王大壮的最后请求

代应坤

王大壮昨夜几乎没睡，一大早起来眼睛红红的，走起路来一点精神都没有。

他担心的事情终于还是来了：派出所要辞退他。吴所长昨天下午找他谈话，他闷头一个劲儿地抽烟，没有提出任何要求。他知道县公安局局长都只能干到 60 岁，而他已经 66 岁啦。

他是一名合同工，以前叫临时工，有趣的是，他这名临时工居然在国家机关待了几十年，比有些正式工待的时间都长。

太阳刚从东方爬出地平线，王大壮就在院子里背着手转悠，这里的一草一木，一砖一瓦，是如此亲切，又是那么遥远。

28 岁那年，他从部队退伍回到农村，昔日的警卫连班长一下子没有了奋斗的方向。正当他苦闷的时候，镇上工商所招聘协管员，他毫无悬念地被录用了，所里只有 3 个人：所长，副所长，他。他是这里的顶梁柱，力气活、得罪人的事大多由他出面，那时候执法不规范，不存在临时工无权执法的事，他也就大大咧咧，天不怕地不怕地执法。一次，本镇一家最红火的食品厂用霉变的面粉生产月饼，一时间引发许多人食物中毒，群众跑到镇政府反映，没人搭理，于是跑到工商所投诉，所长、副所长哼哼唧唧也不表态，任群众在所里大喊大叫，王大壮头脑一热跑到这家食品厂，弄来样品，送检，检验结论是霉变食品。于是封存了所有月饼，并要求所长对该厂处以经济处罚。

这下可捅了马蜂窝，食品厂老总跑到县政府喊冤叫屈，要求解除合作协议，返回老家浙江。

县政府与食品厂的合作协议未解除，王大壮却被解雇了，理由是执法不当。

王大壮是含着微笑离开工商所的，心里想：当官不为民做主，不如回家卖红薯，大不了继续种我的二亩地！

镇上派出所的姜所长当初跟王大壮是一个部队的，虽说不是一期兵，但脸不热心热，他知道王大壮有过硬的擒拿技术，于是招聘他为治安员，协助干警抓捕犯人，巡逻放哨。这期间，王大壮多次负伤，多次被评为优秀治安员，但是他转正的事，却一次次搁浅。姜所长抚摸着王大壮伤痕累累的头部，眼眶湿湿地说，弟弟呀，眼看你就到 40 岁了，这年龄几乎没有转正的可能了，一个月几百块钱的工资只能糊口不能养家，回去吧，所里补助你一万块钱，你在镇上做点儿小生意，比在这儿强。

王大壮的脸突然红了，说，姜所长嫌我年龄大了，想撵我走？如果是这样，我现在就走，所里的补助费我分文不要。

姜所长说，好，好，算我多嘴，你继续战斗！

谁知这年冬天，王大壮遇上那个事呢。

那天晚上，派出所抓来十多个吸毒人员，人多，手铐不够用，有几个人就没有严格控制住，一个嚷着小便的年轻人，走近院墙时突然一个跃身逃了出去，王大壮随后也翻过墙头，追赶过程中王大壮被逃犯捡起的石头击中，下颌骨粉碎性骨折，他忍着剧痛生擒了逃犯，乖乖，原来是毒枭！

姜所长调走，马所长继任，姜所长离开所里的那天晚上，跟王大壮结结实实地喝了一次酒，两人都醉了，两个大男人抱在一起哭得稀里哗啦。

王大壮 50 岁那年冬天，马所长单独请王大壮喝了一顿酒，喝酒回来马所长说，由于年龄问题，县局决定让您离开治安岗位，您在所里食堂忙忙，活儿轻，也没有危险。

王大壮转过身，说，所长，别说了，我要喝酒！拿酒！

马所长一把拉住他的手，哥，我的亲哥，你不同意可以，酒就别喝了。

王大壮用手在脸上抹了一把，眼睛亮晶晶的，半晌才说，我是军人出身，服从命令，明天我就到食堂去！

谁能知道呢，那个晚上王大壮关着灯，坐在床沿上抽了一夜的烟，烟头扔得满地都是。

有人说王大壮是官迷，祖宗八代没见过官，治安员这个角色算什么，还恋恋不舍；有人说王大壮头脑搭错线了，跟他一起退伍的农村兵在街上摆一个摊点，也挣了几十万元，他倒好，一万元存款都没有；还有人说，王大壮不抓人身上发痒，你看，他到了食堂以后还多管闲事，几次追赶已经逃脱的犯罪嫌疑人……

暂且放下别人对王大壮的评价，让我们把目光转向王大壮吧。此时，在派出所院子转了几个小时的王大壮，身穿警服，迈着坚定的步子走进吴所长办公室，说，所长，你昨天找我谈话，问我有啥要求，我现在请求：让我穿旧式警服戴旧式警帽，站在咱们派出所门前照一张相，我百年之后，照片陪我……

吴所长眼睛湿润了，“啪”地一个立正，用右手敬了一个最标准的军礼。

（载《微型小说选刊》2018 年第 20 期）

与楼擦肩而过的旅游

原上秋

他和老婆第一次吵架，是在退休的这一年。这一年他准备了3万块钱，说出去旅游。等他计划好路线调整好情绪要出发的时候，老婆竟然把钱都借给了在洛阳的妹妹买了房子。他气得把饭碗都丢地上了。

他和老婆住在牧城，大半辈子关系一直很好，平日里老婆的任何决定，他从没反对过，所以从没吵过嘴。他在这件事上发如此大的火，很让老婆意外。不就是个旅游嘛，停几个月再去，不是一个样?

他的气不在这里。妻妹家已经有3套房子了，一个儿子在部队当兵，再买房子，一人一套都住不过来。说白了，他们是把买房，当生意做。

按说洛阳做洛阳的生意，牧城过牧城的日子，谁也不影响谁。可是，洛阳买房把牧城的旅游费用占用了，这就成了问题。

紧接着，他和老婆开始冷战，这也是前所未有的。

老婆的闺密过来串门，听说了此事，数落起他来。你个死老陈，老了老了，脾气倒上来了。不就是个旅游嘛，过俩月再去，人家景点又不会关门。

老婆的闺密一点不把自己当外人，都在一起几十年了，彼此熟悉，平时就是这口气说话，谅他不会对自己出言不逊。

他辩解说，根本就不是这回事，他是看不惯洛阳那人的生活态度。做事不量力而行，借钱倒卖房子。家里算上这个都4套了，充什么大蛋。

他和老婆不算苦大仇深，几天光景，头顶的乌云就散了。

两人晚间踏着月色散步，老婆说，当时都是我心软，妹妹打电话说本来不想买，手头不宽裕，这个房是人家的指标房，到手就赚。我告诉她余钱倒是有3万，你哥他想出去旅游。洛阳那边显得不高兴了。她竟说，旅游重要还是买房重要……

他夺过话头说，要我说，旅游还是比买房重要。

老婆说，那也不能要回这个钱了，刚借出去就要，算哪回事。

他说，不要可以，但需要给洛阳这人上上课。

散步回到家，他打通了洛阳的电话。接电话的是他的一条杠子。他说，你好啊，老马，又买房子啦?

洛阳老马说，是人家的指标房，到手就赚。

他一听这话，口气就不好了。平时他最看不得洛阳老马成天钱啊钱的，仿佛人活着，就是挣钱。他就拉开架势，从人生的意义开始谈起，讲与金钱无关的快乐。反正围绕一条暗线，这个房子压根儿不应该买。

洛阳老马越听越不是滋味，就反驳说，是不是拿你3万块钱你不乐意呀？不要紧，你那钱还没动，明天就给你打回去。

他一听，也不客气了。不识好歹呀你，你用我的钱去生钱，还得罪你了。不用拉倒，你把钱打过来，我就拿这个钱去游山玩水。

第二天，3万块果然气咻咻地跑到了他的卡上。

钱的一去一回，把他们的心情弄得很糟。

老婆埋怨他不该要回这个钱。他辩解说，我也没说要回这个钱，那洛阳老马自己说不要，他打回来咱们就收。

老婆说，你说那话，谁听不出话音。这回好，亲戚还来往不来往了？叫我说，旅游的事先搁几天，你给洛阳再打个电话，这个钱就让他们使吧。

他觉得憋屈得慌，明明是自己的钱，从洛阳转过来，就戴着原罪一般。不管咋说，老婆发话了，这钱还让他们使吧。他就拨通了洛阳老马的电话。

没等他说话，洛阳老马说，没你那 3 万块钱，我照样把房子买了。

他一气之下挂了电话，发誓再不和这类人来往。

不等花果飘香，他坐上了开往西安的火车，开始了计划已久的旅行。

火车路过洛阳，不远处有一幢很气派的高层建筑。洛阳老马的房就买在那里。

他的心在向往兵马俑的时候，洛阳的那幢高楼从火车边上一闪而过。或许，他和洛阳的老马在那一刻擦肩而过。

（载《微型小说选刊》2018 年第 20 期）

橘红色瓦云漫天的傍晚

马金章

瓦当是个猎兔高手。那时还没有禁持猎枪，猎获的野兔供不应求，城里一家老字号“刘记五香兔肉”天天上门收购。一个橘红色瓦云漫天的傍晚，瓦当对刘记来收购野兔的人说，明天起，恁甭来了。

来人不解，咋，嫌咱出价低？

他摇头，想挂枪。

要改行？

他又摇头，挂了枪，就布网、下套，捉活的，暂不卖，想圈养。

来人惊喜，办野兔养殖场，这好啊。今后，咱合作的路子更宽敞啦。

瓦当就挂了枪，就活捉野兔饲养。

他的野兔养殖场建在山脚下。场地足有十多亩，里面长满了高高低低、青青黄黄、杂七杂八的野草，是个肥美的牧场。

这天，他发现一簇草枯萎了，蹲下一看，草下有一堆新鲜的松土。经验告诉他，这是老鼠打洞捣鼓出来的。他拨开草丛，果然发现一个洞穴。便提桶往老鼠洞里灌水。老鼠经不住水淹，一会儿便出了洞，几只老鼠被他逮个正着。

老鼠是野兔的天敌。野兔刚生下的兔崽仅三四指长，胎毛还没从身上奓开时，是老鼠的美餐。老鼠繁殖得快，一只母鼠一月生一窝儿，一窝儿多达十五六只，一年能生二百来只。野兔的天敌，这会儿自然成了瓦当面对的敌人，从此，他便和老鼠较上了劲儿。老鼠们精透得很，它们在地里到处打洞，打成了地道网络，进出洞口无数，灌水灭它们的招数儿不中用了，若从这个洞灌水，它从另一个洞逃跑了。看着一只只减少的野兔娃崽儿，瓦当愁苦得不行。后来，他琢磨出个招儿：熏粮仓的磷化钙说不定中嘞。一试，真中。磷化钙这种农药，见水遇潮起火，往多个洞口一放，毒气蛇一样曲里拐弯儿游走于密密麻麻的网洞，洞穴中的老鼠无处藏身。

瓦当制服了老鼠，野兔在牧场里整天乱窜撒欢，快乐成长。

谁知好景不长，野兔的另一个天敌老鹰光顾上了兔场。苍鹰展开翅膀，像停在空中的一片黑色的云，鹰瞄准野兔后，一个俯冲下来，叼起野兔后又唰的一声飞上天空，野兔甭说挣扎，哀叫声都发不出来就成了鹰的猎物。瓦当知道鹰是国家野生保护动物，它叼你的野兔行，你猎杀它不行。

为防鹰，他花儿千元买了尼龙网和木桩，将整个养兔场用网罩住。鹰太贪嘴，盯住野兔后仍像以往一样向下俯冲，尼龙网的网络细如发丝，鹰在高处看不到网，发现网时收翅已来不及，结果它们有的翅膀被网束缚住挣脱不了，就被生生吊死在网上。

瓦当本来张网是为了防范鹰，但小小的网眼儿却使一些鹰毙了命。他可怜这些鹰，撤了网，改用炮仗驱赶鹰。鹰或许是有太多从猎枪下逃命的经验，它们对枪声有种本能的胆怯。

瓦当的手边儿，经常有个装炮仗的篮子，看到鹰俯冲下来，他赶紧点着炮仗一扔，咚的一声炸响，鹰被“枪声”吓得急忙在空中转向逃跑。

牧场中的野兔，也会随着炮仗的响声活跃起来，它们四下奔窜腾挪，野草摇动，一派生动的景象便在牧场里出现。

野兔繁殖很快，一月一窝崽，原来圈养的两百多只一年多就繁殖成三四千只。野兔将要出栏时，老字号“刘记”的人来了，一只野兔的价格比以前高出两倍。要刨掉穷根摘富果啦，瓦当的心里比灌了蜜还甜。但来的人提了一个问题，说城里人喜野味儿，养的虽是野兔，可兔身上没铁砂弹子，食客就会怀疑不是野兔是家兔。家兔的价仅是野兔的五分之一呀。

他们要对这圈养的野兔用枪猎杀。

瓦当将出栏的大兔和留栏的小兔分开，让他们猎杀。

当三四杆猎枪对野兔举起来时，养兔场里立时出现了令人意想不到的场景：枪还没响，整个牧场的野兔狂奔乱窜地逃避起猎枪来。野兔的眼睛位于头部两侧的最高处，这使它们能看到前后左右的情况，野兔对猎枪、猎人有着与生俱来的防范能力，它们将被猎杀的信号迅速传递开来。但它们好多没能摆脱厄运，三四杆猎枪响了，出膛的铁砂成扇面射向野兔……

看到他养的野兔一只只倒地毙命，瓦当揪心地落下了眼泪。

老字号刘记的人在牧场里兴冲冲地笑着，叫着，蹦跳着捡拾野兔，将它们扔在一辆农用车的铁锈斑斑的车厢里。

农用车冒着黑烟嘭嘭开走了。围墙里剩下的大兔和小兔看到瓦当，便疯了一样围着四边墙的内侧狂奔。它们想寻到逃脱的出口，但高高的围墙使它们失望了。它们就远距离助跑，向围墙上猛撞，撞得头破血流。一时，大墙内侧倒下一只只撞死的野兔。

看到大兔小兔集体自杀的惨景，瓦当震惊了。

这天，也是个橘红色瓦云漫天的傍晚，瓦当在牧场墙上打开几个洞，将野兔全部放生了……

（载《微型小说选刊》2019 年第 2 期）

神灵的爱抚

羊　白

父亲常年在外，两个多月才回一次家。在我的印象里，父亲从来就没抱过我，肢体接触会让我们不自然。记得有年春天，放学路上，我们一帮同学正叽叽喳喳地说话，某个同学用胳膊捣我一下，说，你爸回来了。我抬头看，五十米开外，果然有父亲的身影。他肩上扛着一个黄挎包，歪着头向我们这边走来。无疑，那里面有好吃的东西，以及家里需要的东西。

我烦躁起来，和同学说话已经心不在焉。往前再走一段，这条路就会和父亲走来的那条路交会，虽然我心里也盼着父亲，哥哥姐姐和妈妈都盼着父亲回来，可我还是不愿和父亲正面相遇，我该怎么叫他？他会怎样对我？这都让我面红耳赤，心慌意乱。

距离越来越近，我必须有所行动。我不知道父亲是否已经看见了我，反正我很难受，有一种逃跑的欲望。我渴望能有一个岔路口。可是没有。停下来，这也说不过去，同学们会怎样看我？

情急之下，我谎称要拉大便，让同学们先走，然后哧溜一下钻进了路边的油菜花地。

这件事情，成为我记忆里的一个痛处，我从来没对别人说过。我不知道父亲当时看见我了没有。如果他看见了，必定也会成为他的痛处。我和父亲的关系，就是这样难以启齿。从内心说，我们都不愿意这样，可偏偏这样了。缺乏感情基础的亲情，尤其是两个沉默寡言的人，面对面时就显得尴尬。在我很小的时候，我就体会到了这一点。

父亲退休后回到农村，有了相处的时间，我却要去外地上学。参加工作后，由于离老家远，也就是偶尔通通电话，问问家里的情况。听母亲说，做了爷爷的父亲，变得慈祥了，和孙辈们在一起时像个小孩，我哥哥的孩子，就是父亲一手带大的。为了孙子开心，他不辞劳苦，亲手给孩子做陀螺，做风筝，甚至费尽心思地找来废旧的自行车链条给孩子做火药枪。母亲指摘他，说他太宠爱孩子了，这样危险的玩具，他也敢做。我懂得，这叫隔辈亲。只是一大家人要聚在一起，已经是一件奢侈的事情。

我万万没想到，长时间地和父亲聚在一起，竟然是在他得病住院时。

医生告诉我们，癌细胞已大面积扩散，只能保守治疗，关键不能让病人垮掉。我们只好瞒着父亲，告诉他是严重的胃炎，配合医生治疗慢慢就会好的。

父亲说，胃炎不可怕，长年在野外跑的，哪个没胃病，这么多年不都这样过来了。他让我们兄妹几个不要太牵挂，留一个人照料就行了，该干啥干啥。

有天我在病房的卫生间里蹲厕，无意中听到父亲和邻床的病人低声谈话，听着听着，我的眼泪哗啦就涌了出来。原来，父亲早就知道了他的病情，我们瞒着他，他心知肚明。他和那个病人说：“唉，人这一辈子呀，早晚都要走，没什么想不通的，只是，折腾了孩子们，个个都有工作，不能让孩子们整天耗在医院里……”

我装作什么也没听见，继续请假照顾父亲。我知道，能够和父亲待在一起的时间已经不多了。

一段时间的治疗后，父亲坚持要出院。我们只好答应，希望家庭的温暖能给他以慰藉。

回家后，父亲把电话簿里的号码又工工整整地重抄了一遍，尤其把日常生活中常用到的那些号码，比如子女、亲戚的电话，水电煤气的维修电话，都写在了显眼位置。我知道父亲是怕母亲在他离去后，不能很快地找到这些电话，母亲眼睛不好，他把那些重要的号码又用红笔描了一遍。然后，父亲把银行卡、煤气卡、电卡、医疗卡、公交卡等，全部收纳在一个专用的盒子里，把各自的密码写了一张清单。母亲看着这一切，什么也没有说。其实母亲很仔细，这些东西是不会忘记的，可她由着他，她知道这是父亲愿意做的事情。做愿意做的事情，又何尝不是一种幸福？

让我惊讶的是，父亲还翻出了一张欠条。欠款为两千元，应该是父亲铁路上的同事欠下的，父亲说这人他信得过，前年出了车祸，家里有难处，不急着要，等对方宽裕了，一定会还的。父亲给母亲交代的细节，我在隔壁房间听得清清楚楚，心里不由得一阵翻滚，觉得我对父亲还是了解太少了。

出院半个月，父亲的病情急剧恶化，不得不又回到医院。由于药物的刺激，父亲吃点东西就呕吐，呼吸困难，咳嗽不止。我们眼睁睁地看着病痛对父亲的折磨，却束手无策。癌细胞像一把寒光闪闪的利剑，正在他的身上无情地切割。

看着父亲迅速地瘦下来，坐卧不安，呼吸不畅，我除了握住他的手，没有更好的办法。甚至谈话也极少。在死亡面前，我们都不知道说什么好了。

不太难受时，父亲会斜躺着望着北边的窗户发呆，我不知道父亲在想什么，他在遥望故乡吗？在想他的父亲母亲吗？这最后的时刻，父亲依然不善言辞，他把话都埋在了心里，和一个个细小的动作里。

有天晚上，我趴在病床上陪护，后半夜，实在瞌睡得不行，眯了过去。恍惚之中，我感觉头皮有点痒。突然之间灵光一闪，我意识到父亲正在用手轻轻地抚摸我的头发。我的身体打了个激灵，泪水哗啦一下就溢满了眼眶。我能理解父亲的心情，这么多年，我们父子一场，却从来没有过亲昵的举动。我们之间有太多的隔阂，我们是血脉相连的父子，却无法正面交流，只能在深夜抚摸，偷偷表达爱意。我的心里波涛起伏，我压制着身体，最终没有起来，而是选择了装睡。我不忍心惊动这神灵般的爱抚，多么宝贵呀，让人心酸又幸福！

（载《微型小说选刊》2019 年第 2 期）

石　榴

田双伶

秋生扶着车子在街边站半天了，车后座两边挂的柳条篮里，石榴还有一半儿没卖出去。时过中午，尽管白露都过了，天气还是很热。秋生擦了擦额头的汗，望望天上的太阳，心里有些焦急。从家里骑车到市里要一个多钟头，刨去来回路上的时间，只有三四个钟头就得把篮子里的石榴卖完。园子里还多着呢。

篮子里的石榴浑圆饱满，皮上秋霜溜过般涩红，仿佛轻轻一碰就要爆裂。有几个已经爆裂开的石榴，犹如哪个大盗的私囊，裹满密密实实闪烁生光的红宝石珠粒。这石榴多喜人呢！秋生看着心里就喜欢，可自己说好不行，就像一句广告语：大家好才是真的好。他站的小区在市郊，周边是一些厂矿企业，打工的人多。夏天的时候秋生来这里卖过西瓜，因为偏离市区，街道两旁聚集了小摊小店小铺子，一到傍晚时分，人们都赶集似的过来买东西。虽说来这儿卖东西价格贱，可秋生不喜欢去市区，听说要交这费那费，城管不定时地查，再说现在城里人买东西都好用卡用手机支付……秋生都不喜欢。在这儿好，人多了高兴了还可以叫卖两声“软籽儿石榴，甜得很呢……”人们看了石榴从心里喜欢，秋生才愿意，哪怕秤上亏些。买石榴的人把钱交到他手里，他心里是欢喜的，觉得那是对石榴的奖赏。这样想着，秋生也像石榴样咧嘴笑了。

一个姑娘走过来，侧着脸看见了篮子里的石榴，双眸霎时盈亮。秋生从她翕动的嘴唇间，听到一声轻叹——多好的石榴呀！

石榴当然好，软籽儿的，甜着呢。秋生心里说着，眼睛一眨不眨地看着姑娘。秋生从她的衣着和说话的神情上判断，她是某个公司企业里的白领。她化了淡妆，眼睛特别亮，像黑葡萄。秋生上学时写作文爱这样形容姑娘的眼睛。她年龄不大，叫女士不合适，不，还是叫妞好，乡下对年轻的女孩都叫妞。秋生就在心里叫她，妞。妞用一种方言和他说话，秋生能听出来那浓重的口音，来自他生长的那片丘陵山区。她的话很家常，仿佛站在村口的菜地里，和他闲唠，不像有的女孩进了城就撇一口普通话，不敢说自己是乡下的，把家乡的一切都忘了。

妞拿起一个咧了嘴儿的石榴，摩挲着脸颊，问，石榴都熟了，现在地里的瓜都罢园了吧？

早罢园了。秋生说完忽然一愣，只有豫西乡下长大的姑娘才知道什么是罢园呀！

今年都没吃着几个甜西瓜，我好吃那种黄瓤的沙瓤瓜，籽儿是黑的，有籽儿的地方是空的，一个瓜得一二十斤重。妞望着天空的眼神有些茫然。秋生看着来往的三三两两的人，还是没人买石榴。妞还在拿着石榴和他唠，也没一点买的意思。秋生就掰开一个石榴让她尝尝，石榴饱盈盈的，个儿大，秋生舍不得让人尝，一个都要十多块呢。几粒石榴籽儿掉落出来，如几颗透明的珠子，欢快地在地上蹦跳了几下，落在脚边。

你尝尝，软籽儿石榴，可甜了。秋生说。

妞接过来一块儿石榴，欢喜地看，口里喃喃着，多好的石榴。目光里透着怜惜，好像掉的不是石榴，是她珍爱的珠宝。她说，我家也种着几棵石榴，五月里开得满树的红花。哎，你听过坠子《偷石榴》吗?

秋生笑了,听过,爹娘在家经常听,现在年轻人有几个爱听的?

妞的手机响了,她说了一句话,放下手里的石榴,脸庞朝着秋生,微微一笑,走了啊。

秋生怔了一下,从篮子里拿了三四个大石榴,放进塑料袋子里,塞到妞手里。

妞接过来,也怔了一下,说,谢谢呀。

自家的东西,哪里用谢?秋生腼腆起来。

今天人少,到日落时分,装石榴的篮子才卖完,秋生收拾停当准备走了。

街旁商铺的灯光渐次亮起来,人们三三两两闲散地在街上逛,说笑间间杂着不同的口音。妞站到他面前的时候,他才愣过神来。

妞端着一个瓷盆,葱花的香气扑鼻而来,妞说,尝尝,我刚烙的油饼,站一天饿了吧?我在楼上看见你还没走。

秋生接过妞递来的湿巾擦擦手,卷了一个油饼吃。真香呀。

不如地锅麦秸火炕的饼好吃。妞说。

两人脸对脸傻乎乎地笑了。

秋生喜欢这样的交换。他的石榴不是只用来卖钱的。在乡下,用新打的麦子换杏儿换豆腐换凉粉儿,你家的瓜我家的果儿,东家的白菜西邻的萝卜,谁用过钱?谁说过谢呀?

秋生吃完了两张饼,心满意足抹了抹嘴。妞冲他笑了笑,摆了摆手,回身走了。秋生望着穿红色衣裳的妞,走向一座楼。薄暮里,那座楼像一个咧开了嘴儿的石榴,一盏盏灯光,如一颗颗宝石般的石榴籽儿,闪着亮光。

今天回去得有点儿晚了,明天还得去园子里摘石榴呢。秋生骑上车子，哼着河南坠子《偷石榴》，晃晃悠悠离开了城。

（载《微型小说选刊》2019 年第 3 期）

1985年的一场电影

李义文

明天家里放电影！

父亲是在晚饭后宣布这一决定的。那时太阳已经落山，屋里光线暗淡了下去。

父亲说这话的时候脸上的表情混沌在冥冥的暮色中，难以分辨，但他说的每一个字犹如昨天大舅来家里道喜时炸响的鞭炮，令人震撼和惊喜。

姐说，放啥电影？没有这个必要。

父亲说，咋没必要？你考上大学是我们刘家的荣耀，是大喜事。

姐说，这纯粹是浪费钱。

父亲说，浪费个啥？现在都时兴这样。你别理论了，我已联系好了。

姐见父亲已安排了，便不再说什么。她知道父亲的脾性，认定了的事他是不会轻易改变的。

三年前的暑假，姐收到县一中的入学通知书。在我们斋公桥村，一个女孩能念完初中就算了不得了，上高中那只能是一种奢望。

那天夜里，父亲问姐，闺女，想上吗？

姐低着头，没有作声。家里条件差，母亲身体又不好，家里是无法供她上高中的。

父亲对姐说，闺女，只要你想上，爸就是砸锅卖铁也供你。

姐默默地流下了眼泪。

父亲用实际行动告诉姐，他是有能力供她读书的。父亲累完田里活，就去村砖瓦厂拉砖。他认为力气就是钱，力气是使不完的，那钱也就不会断。他把身上的力气变成一张张大大小小的钞票供姐读完了高中。

现在父亲还在村砖瓦厂使力气。在村砖瓦厂，父亲可算是待得时间最长干活最卖力的人了。

每天天微亮父亲就起床，到晚上天擦黑才回来。他身上好像有使不完的劲，完全看不出他有多疲惫。

姐不同意放电影自然也有她的理由。

那天，母亲叫姐去给父亲送午饭。临近正午，骄阳似火，烘烤大地。走了一会儿，姐的短衫就汗湿了。到了砖瓦厂，姐瞧见父亲正拉着一车熟砖从窑洞里出来。他身上落满灰土，脖子上搭着一条看不出颜色的毛巾，身子努力地向前倾，黝黑的脊背在烈日下很是刺眼。

姐的眼睛不禁模糊了。她放下饭盒，上前帮父亲推了一把。

父亲回头看见了姐，笑着说，闺女给爸送饭来了。

等父亲卸完砖，姐说，爸，吃饭了。

父亲用毛巾揩了一把汗，对姐说，饭就放在那儿，你回去歇息吧。我承包的活儿还没完，再干一会儿。

说完父亲又推着小车进了窑洞。望着父亲瘦小佝偻的背影，姐的眼眶又湿润了。

第二天下午 5 点多钟，放电影的人就来了，他们早早地扯起了银幕。银幕就像一面布告牌，家里放电影的消息立刻传遍了村里村外。

天快黑了，看电影的人从四面八方不断地赶来。门前平时沉寂宽敞的禾场变得热闹拥挤。

父亲看着眼前晃动的人群，不知咋的，心里竟有些慌了，甚至有点不知所措。一些熟人向他打招呼或道喜的时候，他只是嘿嘿地笑着，机械地说着“多谢”两个字。

放电影了，全场安静了下来。有的坐着，有的站在地上，还有的站在凳子上。人们都被电影里的打斗情节深深吸引了。

人群中间留给父亲的椅子却是空着的。

父亲在围子外转悠着。他一会儿在银幕底下站一站，一会儿又到后面转一转。他在看他的电影。他的电影就是眼前的人以及这放电影的场景。他甚至觉得这比银幕里的情节更生动更有趣，有时他还在嘿嘿地笑。

姐从人群里挤出来，拉着父亲的手说，爸，去坐着看电影吧。

父亲轻轻推了推姐说，我在看咧，你快去吧，别耽误了看电影。

姐无奈，只好回到原位上。

直到电影结束，父亲的椅子还是空着的。

散场了，姐却发现父亲不见了。

母亲在屋里找了，没有。

妹妹在后院里找，也没有。

父亲上哪儿去了呢?

正当家里人着急的时候，姐发现了父亲。

他歪在草垛里正打着呼噜。

（载《微型小说选刊》2019 年第 3 期）

放生记

韦如辉

刚下过一场雨，森林公园弥漫着树叶与泥土的混合气息。

张三面前遇到一汪水，他想跳过去。哎呀，很不幸，他跌倒了。还好，身体的部件好好的，只是双手沾满了泥。

张三在心里感叹着自己的幸与不幸，小心翼翼地向河边走去。河水清冽，在微风的吹拂下，波光不紧不慢地制造着情趣。张三无心欣赏这种情趣，他需要用河里的水，将手上的污泥清洗干净。

下到河边，张三的眼睛里，现出两个圆圆的东西。张三在心里惊叫一声，天哪。

圆圆的东西是两只鳖。随着张三的脚步越靠越近，两只鳖伸出的小脑袋，迅速缩到鳖盖里。

张三顾不得手上的泥，他伸出两只手，按住了两只鳖。鳖受到惊吓，开始往水里跑。

张三只抓到一只鳖，眼睁睁看着另一只沉到深水里。

张三手里的鳖，盖上长有青苔，他不得不两手相互配合，才把它弄上岸。

张三边走在回家的路上，边美滋滋地想，这么大的鳖，足足四五斤，够自己跟刘春花吃几天的。

看到张三手里蠕动的鳖，刘春花惊叫一声，妈呀，哪来的鳖？

张三把事情的经过给刘春花复述了一遍。然后得意地说，赶紧烧水，马上杀鳖。

刘春花紧闭双眼，双手合十，嘴里嘟囔道，阿弥陀佛。

张三看到刘春花的样子，觉得好笑，却笑不出来。一旦他笑出来，刘春花轻则拧他的耳朵，重则骂得他找不着北。

半夜，刘春花惊醒，好像从水里刚上来似的。

张三问，怎么了？

刘春花喃喃地回答，噩梦。梦中，刘春花被一个小鬼追赶着，一路奔逃，来到河边，掉进河里。河水湍急，刘春花在水中大喊大叫，救命啊！

太阳升起的时候，刘春花告诉张三，把鳖放生吧。

张三不解，嘴里嘟囔着，这么大的鳖放生？

刘春花眼瞪起来，愤怒地说，我不想家里有事！

张三想说，鳖跟平安有什么关系？但是张三没敢说出口。

张三拎着鳖去放生。一路上，引来无数人的好奇，哎呀，这么大的鳖！

一个汉子出现在张三的面前，挡住了张三的去路。张三认得他，上次在一块喝过酒，开渔行的，姓什么来着？张三记不清楚了。张三叫了句，老板，有事？

汉子递过来一根烟，不说有事，也不说没事。他的眼睛只盯着张三手里的鳖，笑吟吟地说，嗯，野生的鳖，少见了。

张三不管它是野生的还是饲养的，他要放生。

汉子听到张三要放鳖，连忙说，张科长，这鳖我要了。

张三一脸不高兴。他不高兴，不是因为汉子要他的鳖，是他公然叫自己张科长，不是明摆着寒碜人吗？

汉子伸出一个巴掌说，五百块。

张三心头一动，五百块，不小的数字，一个星期的薪水。张三又想，不行，刘春花让放生的。

汉子似乎猜透了张三的心思，他这样跟张三说，你这只鳖给我，我给你一只同样大小的鳖，再找给你四百块钱，咋样？

张三心里好像有两瓶好酒在蹦跶。刘春花怎么办？她可是个难缠的主儿。

汉子再劝，反正是放生，放哪只不一样？你看这两只有什么区别？汉子快步跑到一个水盆边，拎起一只拧着脑壳看着张三的鳖。

张三拎着鳖，兜里揣着四张“红皮”，兴高采烈地往河边走，正好碰到王五。

王五知道张三逮住一只野生鳖后，高兴得不得了，接二连三地表扬张三。

张三受到王五的表扬，不但没高兴起来，还摇头叹息地告诉王五，他要去放生。

王五说，放生？神经病！王五的眼睛越睁越大，唾沫星子喷了张三一脸。

王五把嘴伸到张三的耳朵边，告诉张三一个秘密，科长老婆犯了一种病，到处买野生鳖做药引子。王五的意思很明确，张三应该把野生鳖送给科长。

张三本来没有这个想法，他也不想巴结谁。而王五满嘴跑火车，搞不好他没到河边，科长就知道了。

好了，张三自然把鳖送给了科长，科长跟老婆直夸张三是个好同志。

到了年底，张三没有评上先进，科长坚决反对张三当先进，尽管张三的民意测评并不差。

王五酒后将张三拉到一边说，你那鳖不是野生的！

张三的脑袋瞬间大了，科长是怎么知道的？

一夜没睡，张三明白了，那次跟汉子在一块喝酒，就是科长招呼的。

（载《微型小说选刊》2019年第5期）

梨花白

赵淑萍

这世上，大部分的良善之人，不会咒别人死。当然，谋财害命者除外。但是，对于村里一个叫“梨花白”的人来说，就不一定了。

因为，他是给死人穿衣的。村里的老人们在生前就准备好了一套寿衣，专为死后赴阴曹地府时穿。入殓或者火化前这行头就得全部换上。那寿衣，往往是中式衣服，老太太的鞋子还绣着繁密的花，和戏文里的一样。因为是留在阳间的最后的形象，这衣服当然要穿得光鲜、体面，不能皱巴巴的。可是，死者的身体僵硬了，不好穿，而且亲人们穿，又怕眼泪掉在上面，怕逝者后世流泪烦忧。于是，就有了专门给死人穿衣的人。这钱好赚，以前两三百现在七八百了。而且，主家还得给穿衣人好酒好烟地伺候着，伺候他也等于在给死者尽孝。

这村里能够给死人穿衣服的也就两人。有一人已经很老了，穿得不利索了，现在，有丧事的人家都来找“梨花白”，甚至外村的人也慕名来请他。

“梨花白”眉清目秀，长得不赖。他爹娘去世得早，就剩下他和弟弟两个。以前大家都穷，这两兄弟孤苦伶仃的，日子更难过。平时他就种点庄稼，还给人家干点杂活。“梨花白”的弟弟，绰号叫“猫头鹰”，经常干小偷小摸的事。比如别人家地里的瓜熟了，番薯可收了，他就半夜三更去偷，但是，绝对是东家偷一点，西家偷一点，匀开偷，偷瓜挑熟的，绝不踩死瓜藤和生瓜蛋子。偷桃子常偷那种歪劣干瘪的，绝不偷饱满丰润的。除了吃的，其他东西都不偷。日子长了，村里人知道是他，只是骂几声，也不怎么理论。因为昼伏夜出，就有了“猫头鹰”的绰号。起初，人们怀疑“梨花白”也参与了。但一天，有人经过他们破败的屋，漏风的墙里传出了“梨花白”的厉声呵斥：“你我管不了了，但偷来的东西，我饿死也不吃！吃了，脏了手，怎么给死去的人穿衣？”有一次，牛高马大的“猫头鹰”在一个外乡人那里讹钱（按今天的话说就是“碰瓷”）。这时，“梨花白”赶来了，甩手就是一巴掌，“猫头鹰”就乖乖地跟着哥哥走了，从此再无此行径。

“梨花白”面庞白皙，夏天空闲的日子，常穿一件雪白的纺绸衫，摇着一把折扇，很有点文化味。因为爱听说书，那三国、水浒、隋唐英雄传之类的，他熟了，乘凉时就讲给别人听。他讲得最生动的是“三请樊梨花”。凡此种种，就是他被叫“梨花白”的由来。要说他那双手，不仅白，而且巧。他穿寿衣，平整，妥帖，整个像被熨过一样。穿时，他戴上手套、口罩，那神情是凝重肃穆的，如在进行一项无比庄重的仪式。人们对他客气，也跟他聊天，但终究不会长谈，更不会深交，可能多少有点忌讳。

村里死人，对这家来说是噩耗，对“梨花白”来说无疑是个好日子。有一年夏天大热，村里的老人被生生热死的就有七八个。“这下可好，‘梨花白’发财了。”村人说。可是，“梨花白”的一大半钱都给了弟弟。“猫头鹰”就带着这笔钱和一个寡妇住在一起了，不久，四十多岁的寡妇，居然添了一个漂亮的女娃。

村西的一个孤老婆子，年岁高了。不知什么时候起她每晚都穿着寿衣睡。她怕自己有一天睡着睡着就醒不来了。她孤身一个，又没钱，没人给她穿寿衣的。你想，大热天穿着寿衣睡，没病也得捂出病来。后来，“梨花白”特地跑去，劝她：“别担心，有我呢，我会给你穿寿衣的，我不要一分钱。”老婆婆顿时神清气爽，身体硬朗了不少。

但是，人们还是认为，“梨花白”一定每天盼着这村子死人。死了人他才有生意。特别是富户李三，就说过，人不为己天诛地灭，“梨花白”铁定盼着有人归天。李三因为自己带了好多种病在身上，面对“梨花白”特客气：“我说‘梨花白’，我高血压，心脏又不好，什么时候两眼一闭就去了，到时，你给我穿衣，我备了上十一下九件，你一件件都要给我穿得齐整、舒服，我儿子一定给你双倍价。”

那天，李三从外面回来，天色已晚，抄近路走小道，走得急了点，突然感到眩晕、气闷，跌倒在路边。而这时，路边只有“梨花白”一人经过。“梨花白”二话不说，平时文质彬彬的他，咬破了李三的手指，然后背起李三狂奔，跑到附近的诊所。就这样，李三捡回了一条命。后来，人们再没说过他盼村里死人的话了。

年复一年，“梨花白”也老了，头发雪白了，但身子很硬朗，他孑然一身，仍然在给逝者穿衣。

那天，“猫头鹰”的亭亭玉立的女儿，在梨花地里举着手机拍照。“梨花白”和“猫头鹰”打路边走过。“我说侄女，你别拍梨花了，拍我们吧。我们两个，头发也跟梨花一样白。”夕阳中，“梨花白”脸上的笑容很灿烂。可是，不知怎么随即黯淡了。他对弟弟说：“我给那么多人穿了寿衣，谁又给我来穿呢？又有谁会像我这样把‘穿寿衣’当一回事？”

（载《微型小说选刊》2019 年第 5 期）

威　风

相裕亭

东家做盐的生意。

东家不问盐的事。

十里盐场，上百顷白花花的盐滩，全都是他的大管家陈三和他的三姨太掌管着。

东家好赌，常到几十里外的镇上去赌。

那里，有赌局，有戏院，还有东家常年包下的一套沿河临街的青砖灰瓦的客房。赶上雨雪天，或东家不想回来时，就在那儿住下。

平日里，东家回来在三姨太房里过夜时，次日早晨，日上三竿才起床。那时间，伙计们早都下盐田去了，三姨太陪他吃个早饭，说几件她认为该说的事给东家听听，东家也不知道是听到了，还是压根就没往耳朵里去，不言不语地搁下碗筷，剔着牙，走到小院的花草间转转，高兴了，就告诉家里人，哪棵花草该浇水了；不高兴时，冷着脸，就奔大门口等候他的马车去了。

马车是送东家去镇上的。

每天，东家都在那“哗铃哗铃”的响铃声中，似睡非睡地歪在马车的长椅上，不知不觉地离开盐区，奔向去镇上的大道。

晚上，早则三更，迟则天明，才能听到东家回来的马铃声。有时，一去三五天，都不见东家的马车回来。所以，很多新来的伙计，常常是正月十六上工，一直到青苗淹了地垄，甚至到后秋算工钱时，都未必能见上他们的东家一面。

东家有事，枕边说给三姨太，三姨太再去吩咐陈三。

陈三呢，每隔十天半个月，总要想法子跟东家见上一面，说些东家爱听的进项什么的。说得东家高兴了，东家就会让三姨太备几样小菜让陈三陪他喝上两盅。

这一年，秋季收盐的时候，陈三因为忙于与各地盐商周旋，大半个月没来见东家。东家便在一天深夜归来时，问三姨太："这一阵，怎么没见到陈三？"

三姨太说："哟，今年的盐丰收了，还没来得及对你讲呢。"

三姨太说，今年春夏时雨水少，盐区喜获丰收！各地的盐商蜂拥而至，陈三整天忙得焦头烂额。三姨太还告诉东家，说当地盐农们送盐的车辆，每天都排到两三里以外去了。

东家没有吱声。但第二天东家在去镇上的途中，突发奇想，让马夫带他到盐区去看看。

刚开始，马夫以为自己听错了，随后追问了东家一句："老爷，你是说去盐区看看？"

东家没再吱声，马夫就知道东家真是要去盐区。东家这人不说废话，他不吱声，就说明他已经说过了，不再重复。

当下，马夫掉转车头，带东家奔向盐区。

可马车进盐区没多远，就被送盐的车辆堵在外头了。东家走下马车，眯着眼睛望了望送盐的车队，捻着几根花白的山羊胡子，拄着手中小巧别致的拐杖，独自奔向前头收盐、卖盐的场区去了。一路上，那些送盐的盐农，没有一个跟东家打招呼的——都不认识他。快到盐场时，听见里面闹哄哄的呼喊声——

“陈老爷！”

“陈大管家！”

东家知道，这是呼喊陈三的。

近了，再看那些穿长袍、戴礼帽的外地盐商，全都围着陈三递洋烟、上火。就连左右两个为陈三捧茶壶、摇纸扇的伙计，也都跟着沾光了，个个叼着盐商们递过来的烟卷，人模狗样地吐着烟雾。

东家走近了，仍没有一个人理睬他。

被冷落在一旁的东家，心里很不是滋味，他在那帮闹哄哄的人后面，好不容易找了个板凳坐下，看陈三还没有看到他，就拿手中的拐杖从人缝里轻戳了陈三的后背一下。

陈三一愣！还没有反应过来身后的这位小老头到底是不是他的东家时，东家却把脸别在一旁，轻唤了一声：“陈三！”

陈三立马辨出那声音是他的东家的，忙说：“老爷，你怎么来了？”

东家没看陈三，只用手中的拐杖，指了指他脚上的靴子，不温不火地说：“看看我的靴子里，什么东西硌脚！”

陈三忙跪在东家跟前，给东家脱靴子。

在场的人谁都不明白，刚才那个威风凛凛的陈大管家陈老爷，怎么一见到眼前这个骨瘦如柴的小老头，就跪下给他掏靴子呢？

可陈三是那样卑微，他把东家的靴子脱下来，几乎是贴到自己的脸上了，仍然没有看到里面有何硬物，就倒过来再三抖，见没有硬物滚出来，便把手伸进靴子里头抠……确实找不到硬物，就仰起脸来，跟东家说：“老爷，什么都没有呀！”

“嗯——”东家的声音拖得长长的，显然是不高兴了。东家说：“不对吧！你再仔细找找。”

说话间，东家顺手从头上捋下一根花白的头发丝，猛弹进靴子里，指给陈三：“你看看这是什么？”

陈三捏起东家那根头发，好半天没敢抬头看东家。东家却蹬上靴子，看都没看陈三一眼，起身走了。

（载《微型小说选刊》2019 年第 6 期）

留　痕

滕敦太

儿子要带女朋友回家，再三叮嘱茂老汉，一定要编几个精致的竹篮子，让女朋友带回家。

儿子的事是大事，女朋友初次上门，人家都是准备金银首饰，儿子却让他编竹器，这不得不让茂老汉重视起来。儿子有些得意地告诉父亲：女朋友的父母在大地方做水晶生意，编几件精致的小竹器，里边放上水晶，能起到绝佳的艺术效果，未来的岳父母一定喜欢。这可关系到儿子的终身幸福啊！

茂老汉就开始擦汗。给大地方的人编竹器，得用最好的材料。茂老汉最拿手的是竹篮竹筐，但现在很少编了。竹编需要用细的刺槐烘弯做把手，这些年本地刺槐几乎绝迹。用别的树做把手，会走形，也不坚实。

茂老汉将自行车打足气，带上绳子砍刀，到西山那边买了一捆竹子。回来的路上，特意走了一条没走过的山岭路，看能不能找到刺槐树。他一定要用最好的材料做竹器把手，决不能在这上面给儿子丢份。

野外有一片果园，护园林居然全是大拇指粗的刺槐！茂老汉像捡到了宝，兴冲冲地来到果园里，却见看园小屋锁着门——冬季农闲，没人。

吸了两个多小时的旱烟，天快黑了，果园主人也没来。茂老汉咬咬牙，在合适的地方砍了十多棵小刺槐，截好捆在车上。然后取出几张票子，从护园小屋的窗户扔了进去。

由于走的是一条陌生路，茂老汉到家快半夜了。他一边做饭，一边在院中堆起木柴，烧火烘烤刺槐。很久没有闻到这股味道了，茂老汉仿佛忘记了劳累。

十几天后，儿子带着女朋友水柔上门。水柔娇小的身材，软语吴音，甜甜的“阿叔”叫得茂老汉合不拢嘴。水柔抚摸着编好的竹器，不住地喊：“太美了，太美了！”当即拍照发给父母。

第二天，水柔父亲回电，说这样的竹编最适合放在店里展示水晶。他把图片发在朋友圈，很多同行都要订购，并用微信发来了订金，定做一百件，价格由这边定。

儿子很兴奋：“爹啊，水柔老家可是国际知名的商业大城市，您的竹编在那里畅销，以后就能走上国际啊！”

茂老汉就苦笑：“我也愿意让竹编有个好市场，老祖宗留下的手艺不能丢啊。可这竹编的木把手，用刺槐最好，现在买不到了啊。”

水柔心细，她轻声地问：“阿叔啊，您老这些材料在哪买的？价钱不是问题。”

茂老汉忽然感觉老脸发烧，说话也支支吾吾：“是一个野外果园用作防护林的，不知人家卖不卖。”

儿子办事利落，一个电话，朋友就开来了工具车。几个人带上刀锯，由茂老汉引路来到岭上，找到那片果林，主人还是不在。儿子与朋友一嘀咕，一个用刀，一个用锯，直接动手砍刺槐树。水柔也戴上手套，往车上扔树棒。

茂老汉急了：“这怎么行，得跟人商议啊！”儿子直起腰：

“爹，砍树要紧，咱也不会让人家吃亏的，给他钱呢！”

“那也不行，有钱也不能抢啊！”茂老汉顿足。倒是水柔明事理，过来劝：“阿叔，咱先少砍点，这不是急用吗？用完再来买。”

“对！”儿子很是亢奋，“这片刺槐，够我们用的了！”

茂老汉不再说话，他不能阻水柔的面子，又感觉不对劲。刺槐长得慢，这一片护园的刺槐，要长好几年，可卖树，就不值钱了。换成谁也不会同意的。

有了木把材料，茂老汉的院子里，每天都要生火烧烤刺槐。缭绕的烟雾里，茂老汉的眉头越皱越紧。

儿子与水柔再来时，坐着一辆中型工具车，来装竹篮竹筐。看到满屋子的竹器，儿子喜不自禁，当即要找朋友，再去上次的地方砍刺槐树。

“不用去了。”茂老汉嘟囔了一句。

“咋了？”儿子不解。

“不用去了，我，我以后不能编了。”茂老汉支支吾吾。

“咋啦？”这次是水柔问，“阿叔，是不是身体累了？”

“我不能编竹器了，我的右手，废了。”

儿子过来，拉过父亲的右手，发现父亲的五个手指内侧，烤肿的肌肉扭曲着，伤痕吓人。

“爹！这是怎么啦？”

“爹老啦，烧木把时，烫伤了手筋，以后不能再编竹器了。”

儿子与女友走时，带走了编好的竹器，留下了几声叹息。

儿子与水柔很长时间没有音信了，茂老汉真想他们，更想早点抱孙子。没事的时候，茂老汉一边吸烟，一边对着院墙上烧烤木把手时留下的黑迹出神。

“编竹器活，竹子要青，木把要白，良心要正。”这是师傅的师傅留下的话。

茂老汉看看右手,那是他故意抓住烤得炽热的木把,自己烫的。

（载《微型小说选刊》2019 年第 7 期）

消失的照片

肖曙光

县委向书记到球山村，想去村里的荣誉室看看，没想到却吃了闭门羹。

为啥呢？村支书老廖不给开门。老廖是位有 30 年党龄的老党员了，是村里大伙儿的主心骨。这人啥都好，就是脾气有点倔。这不，在书记面前，也犯倔脾气了。

球山村是县里的先进村，省市县的各级领导到村里视察过。村里为此建了这间荣誉室，荣誉室里挂满了领导们视察时的照片。大大小小的照片，用相框装起来，挂在墙上。荣誉室也因此成为村里一道亮丽的风景。

随行的钱乡长问老廖为啥不开门，老廖手一挥说，关了，不开了。

向书记的脸顿时有点挂不住了，耐着性子说，关不得的，过几天杨市长要来县里视察，点名要来球山村。荣誉室关了，那怎么行？

钱乡长接过话茬说，是啊，这个时候荣誉室怎么能关？它可是我们县的一块招牌。

老廖摇了摇头，不吭声了。钱乡长急了，骂了一句，你倒是放个屁啊。

老廖闷声闷气地说，有啥好看的？还不如关了好。说完，把头扭到一边。

向书记脸一沉，这话啥意思？

书记，我不是不给您看，只是……老廖无奈地叹了口气。

只是啥啊？书记要看，有啥不能看的。钱乡长拉起老廖就走，快去开门。

好吧，你们去看，看了也就明白了。老廖说完，就开了门。

向书记走进荣誉室，马上就发现了一个很严重的问题：原来挂满了照片的墙上，现在却出现了很多空缺，就像老年人的牙齿一样，一颗颗掉了，露出一个一个的豁口来，看上去很不美观。

怎么缺了这么多照片？向书记有点愠怒地问老廖，谁让你把照片取下来的？

老廖忙摆着手说，不是我想取，是一些照片挂不住了，不得不取下来。

怪了。钱乡长瞪了老廖一眼，说，难道照片长了腿，自己从墙上下来的？

老廖也不接话，走到角落里，拿出几张照片，递给钱乡长，说，你自己看吧。

钱乡长接过照片一看，不再吭声，把照片递给了向书记。向书记看了看照片，脸色顿时阴沉了。

良久，向书记语气沉重地对老廖说，这些照片确实不能挂墙上了。

怎么不是呢？一张一张把它们从墙上取下来，我很痛心。但是不取下来，它们还值得挂在这墙上吗？老廖声音低沉地说道。

向书记重重地叹口气，对老廖说，你做得对，如果还把它们挂在荣誉室里，就玷污了荣誉室。

临走前，向书记握着老廖的手，说，我错怪你了，但荣誉室不要关，它应该发挥更大的作用。

几天后，县里在球山村举行了一个盛大的仪式——挂照片。

向书记首先把自己的照片端端正正地挂在荣誉室的墙上，之后，县里科级以上的领导干部，每个人都把自己的照片挂在墙上。

向书记指着墙上的照片，脸色凝重地对干部们说，把照片挂在这里，是让群众监督我们。如果我们的党员领导干部不能廉洁自律，遵规守纪，那么群众有权力把你的照片取下来，扔进垃圾堆。我希望大家每年都到这里看看，看看哪些人的照片不见了。

老廖看见荣誉室变成了警示室，开心地笑了。

（载《微型小说选刊》2019 年第 7 期）

武生二魁

红　酒

八百里秦川是对关中的俗称，二魁家就在关中一个叫图樵村的地方。

二魁唱秦腔，武生行当，他演血性汉子武松，甩个高音儿，穿云裂石，六马仰秣，素有“活武松”之称。

二魁八岁进戏班子学戏，唱红后，一年忙到头回不了几次家。二魁的爹常常在家里骂，骂武松只顾着醉打蒋门神，景阳冈打老虎，老子还能活几天？回一趟家多难似的。

信儿带到后，二魁觉得对不起爹，于是告了假，回到了图樵村。

图樵村不像别的村子那样分布零散，这里所有人家的院落都是坐北面南，很规整地分成上街下街。二魁家在下街，二魁回到家已是半下午了。爹打量着神武有加的儿子高兴得合不拢嘴，问东问西，闲话谝了一箩筐。这时，婶子大娘叔伯兄弟街坊四邻来了一院子，嚷嚷着要听戏，爹眯着眼儿吧嗒吧嗒抽着烟，也说唱唱唱。二魁当院站定，唱的是《武松打虎》出场时的一段：“老天何苦困英雄，叹豪杰不如蒿蓬。不承望奋云程九万里，只落得沸尘海数千重。俺武松呵！好一似浪迹浮踪，也曾遭鱼虾弄——”

人散了，二魁让泡老尿憋得难受，就朝后院走去。这时天将擦黑，二魁还能听得见上街一群人的说话声。图樵人把茅房统称为“后院”，后院不是真的就在后面的院子，二魁家的“后院”其实就在大门前十米远的地方。

话说二魁来到后院，解开裤带酣畅淋漓地刚刚尿尽，就觉得茅房后墙上一道黑影带着股腥味压了下来，二魁本能地回头看，忽觉喉头一紧，刺痛钻心。狼！二魁被一只在暮色中四处觅食的狼咬住脖子了。

那些年，关中常闹狼患，三天两头听说谁家的小娃在门楼底下玩耍，家人离得不远，坐在树下纳着鞋底子，也就是低头的工夫，野狼神不知鬼不觉就蹿了出来，在人家眼皮子底下把孩子拖走了。至于说张家的猪和李家的羊被叼走，更是常有的事。

如果在旷野中二魁与狼遭遇，一旦交起手来，二魁未必吃亏。可眼下他被自己褪下的裤子绊住了腿，喉咙被这畜生死死咬住，有劲儿不好使。

二魁心里清楚，自己要是不反抗，今儿就会成点心葬身狼腹。情急之下，他腾出双手，死死掐住狼脖子，任凭野狼如何拖拽撕甩，二魁就是不松手。钻心的疼痛加上狼口中热乎乎的腥臭味几乎让二魁窒息，他狠下心，不能就这么死了。

一个茅房会有多大地儿？就这样，野狼咬着二魁的脖子，二魁双手卡着野狼的脖子，裤子缠着脚脖子，露着白花花的屁股，翻着滚着就从茅房里滚出来了。

上街的人端着饭碗，也不是没看到这一幕。这会儿天已经黑了，村庄里偶尔也有人提着马灯走夜路，可谁也没想到二魁这会儿正搂着野狼翻滚。上街有人眼尖，吃着饭就站了起来，看见白花花的东西一闪一闪的，就说，谁家的驴卸了套在打滚儿呀？可恨的是，几个正埋头往嘴里扒饭的老爷们儿都不约而同地站了起来，看风景似的看“驴打滚儿”。

二魁被狼咬着脖子，他干着急喊不出来。否则的话，就冲着他那副穿云裂石六马仰秣的嗓子，随便甩个高音儿，图樵村谁听不见？

二魁竭尽全力与狼抗衡，也不知过了多久，二魁觉得狼慢慢松口了，但他仍然不敢懈怠，双手拼死用力，“嘎嘣”一声，狼身子一软，挣扎两下后不动了。二魁想喊，也喊了，可他觉得自己的声音没从喉咙里出，而是从脖子上四分五落地挤出。他明白，狼把他的气管咬破了，脖子成了个漏斗，到处冒风。

二魁挣扎着站了起来，双手提着裤子，摇摇晃晃地回到家。爹惊呆了，冲到院子里一声吆喝，街坊四邻闻声而来。有人慌忙找来药，说是治狼咬伤的特效药。

二魁真是条好汉，他盘腿坐在炕上，仰着脖子，东院的三伯正哆哆嗦嗦给他上药。可那白面儿药一涂到创面上，“噗”地就被气管里漏出的气给吹跑了。二魁说不出话，只是用手朝门外指了又指。有人不解，提着盏灯疑疑惑惑出去查看，“娘啊”一声惊呼，他们发现了那只野狼。

众人七手八脚张罗着连夜把二魁送进医院，有人认出了他，惊讶地说，这不是唱秦腔的“活武松”二魁吗？

图樵村的人说，没错，不过他这次打的是狼，那狼像小牛犊子。

真狼？

真狼！

据说那只狼被图樵村人抬着，敲锣打鼓方圆几十里都显摆了一遍。

倒是二魁的爹没觉得二魁是打狼英雄，老头儿捶胸顿足，说这回孩子没在景阳冈打老虎，让我叫回来掐死只狼，险些把命丢掉啊。

二魁伤好后，嗓子坏了，演不了武松。二魁不甘心，他选了衰派老生行当，演过《跑城》里的徐策，做派不错，举手投足却有武松的影子。嗓音不光粗犷，沙哑还带着毛刺，刺拉刺拉钝刀子割人的感觉。有些人就说了：二魁演不活唱做并举的徐策。

说归说，关中的戏迷们还是愿意听二魁唱戏，虽然他扮的是徐策，嗓音也不再穿云裂石，可是戏迷们都说，他还是个武生，那嗓子照样有武生的味儿。

（载《微型小说选刊》2019 年第 7 期）

你爱的人从来不曾离开

冷清秋

赵小伟去杨庄找杨桂花。赵小伟从来没去过杨庄找杨桂花。

没去过，赵小伟也知道杨桂花住在哪一户。

可到了，赵小伟却不进门，看见杨桂花也不朝杨桂花喊妈。

他只自顾自地站在门外说：小屈病了，现在县公疗医院住着，你抓紧收拾收拾过去照护着。说完，赵小伟还想再说些什么，却还是没有说，只管掉转身骑上电动车走了。

电动车昨晚充的满格的电，车子上还带着充电器。赵小伟盘算好了，到了县里，先找地方充电，充上电去银行取钱，然后赶去医院看小屈。赵小伟兜里揣着一张工商银行的存折，是昨晚背着媳妇偷偷拿出来的，有钱使到刀刃上，赵小伟觉得今天就是刀刃，人命关天，其他的随后再说！说起来赵小屈是赵小伟的双胞胎妹妹，但赵小屈生下来是个哑巴，赵小伟从小到大都觉得有这样的哑巴妹妹倒霉透了。他不止一次希望自己没有这样的妹妹。可现在，一路骑车的赵小伟一次次被自己的眼泪淹没，他的心抑制不住地疼痛和懊悔，懊悔什么他自己也说不清，但奔涌起的难过就像一把把刀子冲着他插过来。

能不难过吗？炎炎八月，正在绿豆地里摘绿豆的赵小屈晕倒了。

八成是中暑！弄回家，赵小屈的男人扶着头给她灌了一大碗绿豆茶。

绿豆茶灌下去赵小屈慢慢悠悠醒了，但是醒过来的赵小屈没一会儿就表情痛苦地捂着肚子弓着腰，汗珠子泪珠子大颗大颗骨碌碌朝下掉。她后来满脸是泪地比画让她男人目瞪口呆：啥？你活不成了？！赵小屈的比画换来她男人恶狠狠踹了她两脚。

那时候她男人还没料到赵小屈这个倔强的哑巴女人真的是活不成了。当天夜里入院，第二天中午各项检查结果就出来了：赵小屈得了卵巢癌，晚期，已经扩散！她男人攥着检查结果，死死攥着一动不动，走廊上人来人往，一直到许久许久之后，这个木讷的男人才想起来应该赶紧给丈母娘杨桂花打个电话。

可是翻来翻去男人才想起来，他手机里没有杨桂花的电话，便只好先给大舅子赵小伟打。其实按照男人的思路是这辈子也不想给大舅子赵小伟打电话的。几年前他因为家里琐事动手打了赵小屈，没想到赵小伟闻讯赶过来，将他堵在屋里劈头盖脸狠揍了一顿，从那天起，他就发誓这辈子都不想再看见赵小伟那张脸。可是现在情况不同，不打也得打。

拨通电话的他刚说出，小屈住院了，病不好治，眼泪就呼呼呼涌出来了。抑制了一下，他又说，你给老娘说说叫她过来几天。他嘴里说的老娘就是指自己的丈母娘杨桂花。

赵小伟原本也不想给杨桂花打电话，而且他手机里根本就没有杨桂花的电话。赵小伟不想打电话的原因是，在孩子出生的第二年，正需要她帮着带孩子呢，杨桂花却自作主张悄无声息地就把自己给嫁了。等赵小伟知道这件事，街坊里已经传开了，这件事对于赵小伟来说简直是奇耻大辱。赵小伟曾经在集市上碰到老娘，他的第一句话是恶狠狠的质问：短你吃还是短你喝了？！赵小伟的第二句话是：好好好，你以后永远也别回来了！

那段时间赵小伟走在街上都觉得抬不起头。可现在，妹妹赵小屈生了重病，赵小伟只好耐着性子去杨桂花再嫁的那家走一趟。

攥着大舅哥递过来的两万块钱，赵小屈男人的眼睛一下子红了，红着红着就哭了。泪眼蒙眬中他觉得这时候应该喊赵小伟一声大舅哥才是，但嗓子眼憋了几憋还是没有喊出来。当天傍晚天擦黑时丈母娘杨桂花也过来了。杨桂花原本是要早点来的，但是牵着的两头牛在牛市站了一老晌也没遇到买主，后来得亏好心人指路，说不妨去卖牛肉汤的汤馆问问兴许中。还真给人家说着了。牛肉汤馆老板听说情况二话不说就买了，价格给得也公道。

躺在床上的赵小屈扎着吊针，望着一屋子的人咬着嘴唇笑。她觉得不好意思，自己一个人生病，把一家子的人都喊来了。

（载《微型小说选刊》2019 年第 9 期）